江苏青年批评家文丛

成为他人

李章斌 著

江苏凤凰文艺出版社
JIANGSU PHOENIX LITERATURE AND ART PUBLISHING

图书在版编目（CIP）数据

成为他人 / 李章斌著. —南京：江苏凤凰文艺出版社，2023.12

（江苏青年批评家文丛）

ISBN 978-7-5594-7761-3

Ⅰ.①成… Ⅱ.①李… Ⅲ.①诗歌评论—中国—当代—文集 Ⅳ.①I207.22-53

中国国家版本馆 CIP 数据核字(2023)第 091817 号

成为他人

李章斌 著

出 版 人　张在健
总 顾 问　丁　帆
主　　编　郑　焱
执行主编　丁　捷
责任编辑　孙建兵
特约编辑　王晓彤
责任印制　杨　丹
出版发行　江苏凤凰文艺出版社
　　　　　南京市中央路 165 号，邮编：210009
网　　址　http://www.jswenyi.com
印　　刷　江苏凤凰通达印刷有限公司
开　　本　880 毫米×1230 毫米　1/32
印　　张　9.5
字　　数　208 千字
版　　次　2023 年 12 月第 1 版
印　　次　2023 年 12 月第 1 次印刷
书　　号　ISBN 978-7-5594-7761-3
定　　价　58.00 元

前　言

江苏是创作大省，也是评论强省，有着一批勇立潮头的当代文学批评领军人物。前辈学者不仅有陈瘦竹、吴奔星、叶子铭、许志英、曾华鹏、陈辽、范伯群、董健、叶橹、黄毓璜等批评界先驱，其后继、师承者，如丁帆、朱晓进、王尧、王彬彬、汪政、丁晓原、季进、何平等，如今也都是学术界的翘楚和骨干。继往开来，承前启后，学术实践的推进、引领，向来需要更为年轻的队伍为其不断补充新鲜的营养、血液。这意味着，青年批评家的成长必须作为一个要紧的方向性问题得到把握、关注。

客观地讲，与青年作家的培养、成长相比，青年批评家的培养和成长要更为复杂和艰难。有鉴于此，为进一步培育江苏青年批评新力量，打造江苏青年批评新方阵，系统加强江苏青年批评人才的推介力度，展示新一代批评家的成绩和风采，2022 年，在省委宣传部的大力支持下，江苏省作协经专家评选论证、党组书记处审议通过“江苏首批青年批评拔尖人才名单”，沈杏培、何同彬、李玮、李章斌、叶子、韩松刚、臧晴、刘阳扬等 8 位“80 后”青年批评家入选。

作为江苏青年批评的代表，他们的“集体亮相”，不仅标志着江苏青年批评家群体的初露峥嵘，更意味着新一代批评家已经有了相当的学术积累，具备了相对稳定、成熟的批评风格。他们虽在当代文学现场同场竞技，但却各有专擅，各具锋芒。很大程度上，他们的成长不仅参与、见证了当代文学研究、批评格局的建构，也促进了当代文学研究、批评领域的对话、交流，集中体现了江苏青年批评家在介入当代文学的"当下问题""文学现场"时，所保持的学术锋芒与责任担当。

本套《江苏青年批评家文丛》共推出 8 名入选"江苏首批青年批评拔尖人才"队伍的青年批评家，每人收录一部彰显其风格与水平的作品，共计 8 本，他们有思想、有态度、有锐气、有实力，不仅是江苏青年批评的中坚力量，也是中国当代文学批评的青年代表。我们真诚地希望这套书能够成为他们各自成长的一次回顾和见证，同时，也能够成为中国当代文学批评的重要成果和收获。

2017 年，江苏省作协与江苏当代作家研究中心联合推出《江苏当代文学批评家文丛》(20 卷)，现今，《江苏青年批评家文丛》(8 本)也将付梓出版。这其中，既能够看到江苏文学批评历史代际之间的血脉联系和学术传承，也能够见出青年批评家们在文学理念、学术路径、批评方法等方面，不断精进、沉潜转化的内在轨迹。我们相信，在前辈学人的指引和带领下，在新一代批评家的努力和奋斗下，江苏的文学批评也必将焕发更新的活力，产生更大的影响。

江苏青年批评家文丛编委会

2023 年 11 月

目录

第三辑　论当代诗歌的语言与伦理

第一辑　论“九叶”诗人

重审穆旦诗中“我”的现代性与永恒性

引　　言

自从二十世纪八十年代以来，穆旦就一直被学界视作四十年代现代主义诗歌的先锋和代表，被认为是以 T. S. 艾略特、W. H. 奥登为代表的英美现代主义诗学在中国的继承人。但是，“穆旦—艾略特、奥登—现代主义（理论）—现代性”这条看似顺理成章的脉络现在看来却问题重重。首先，从目前已经发现的传记材料和文本本身的情况来看，影响穆旦的远不只艾略特、奥登等现代主义诗人，其中还包括惠特曼、拜伦、雪莱、布莱克等浪漫派诗人[1]，更包括古希腊哲学、基督教思想等深远的文化源泉，然而这些同样重要

[1] 据穆旦的同学赵瑞蕻回忆，穆旦年轻时非常喜欢拜伦、雪莱、布莱克、惠特曼等浪漫主义诗人：“他在班上听燕卜逊讲布莱克特有兴趣；他几次跟我谈论布莱克。”“他爱《草叶集》到了一种发疯的地步，时常念，时常大声朗诵……”另外，他提到，燕卜逊讲授英国诗歌的范围大大超出现代主义，比如布莱克就被燕卜逊认为是“莎士比亚和弥尔顿之后英国最伟大的诗人”（赵瑞蕻：《南岳山中，蒙自湖畔——记穆旦，并忆西南联大》，杜运燮等编：《丰富和丰富的痛苦》，北京师范大学出版社 1997 年版，第 173、180 页）。这些材料也提示我们必须重审穆旦与浪漫主义的关系。

（如果不是更重要的话）的影响源却被所谓“现代主义”论述有意无意抹除了——人们过于急迫地去“现代主义”里寻找认同。其次，大部分所谓“现代主义”“现代性”理论都有针对西方社会、文化背景的潜在指向，这些理论一旦放到中国的文化、历史语境下往往格格不入，但我们不要忘记穆旦正是在中国社会、文化语境下写作的。再次，穆旦因为其大胆的语言态度在艺术上为中国诗歌引入了很多异质元素，这些元素从中国诗歌角度来看当然是“现代”的，但是若放到整个西方文化的语境中，则大都古已有之。如是，则所谓穆旦的“现代性”内涵其实落入了它的对立面——“永恒性”的范畴。在对“现代性”的片面强调中，它几乎已经失去了具体的针对性，变成了一个包罗“现代”时代的一切品质的宽泛的褒义词。

在被认为是穆旦之“现代性”的突出体现——“我”或者自我认同——这个议题上，上述迷思暴露得尤其明显。在论述穆旦与现代主义诗学关联的文章中，梁秉钧先生著名的《穆旦与现代的“我”》堪称典范。此文注意到穆旦那些残缺、被动的内在自我的独特性，他认为这表明穆旦是“内省阶段的现代主义作品”，这样的“我”也是其现代性之所在[1]。梁秉钧的分析构架至少从其本身来看显得相当周全，他的分析思路也被其他很多研究者承续了下去，成

---

[1] 梁秉钧：《穆旦与现代的“我”》，杜运燮等编：《一个民族已经起来》，江苏人民出版社 1987 年版。本书凡引此文者皆在正文后注明页码，不另注。另外此文最早实际上是梁秉钧的英文博士论文的一部分，见：Ping-kwan Leung, *Aesthetics of Opposition*: *A Study of the Modernist Generation of Chinese Poets, 1936—1949*, unpublished Ph. D dissertation, University of California at San Diego, 1984.

了穆旦研究中的经典论述[1]。但是，穆旦诗歌之“我”仰仗的资源实际上远远越出所谓的“现代主义”诗学，而直抵西方文化的根源：“两希”文化。穆旦诗歌中的残缺、被动甚至有罪之“我”的表现深深地根植于柏拉图哲学和基督教思想对人性的认识——而且直接受到后二者的影响。换言之，被假定为“现代”之“我”的本质实际上大都属于“永恒”之“我”。不考虑这些思想背景，对所谓“现代性”的认识必将流于肤浅。我们发现，梁秉钧在运用“现代主义”“现代性”理论分析穆旦之“我”时，由于忽略了穆旦的思想背景和历史语境，处处存在着强解文意、“强文本以就理论”之弊。下面我们先来仔细审查他关于穆旦的“我”的论述，来看其理论与文本存在着怎样的难以弥合之裂缝，然后再思考理解穆旦之“我”需要结合怎样的思想脉络，以及穆旦之“我”的“现代性”究竟应该如何把握——如果说所谓残缺、被动之“我”并非是现代才有的新鲜物事的话。以此为契机，我们再进一步思索“现代性”与“永恒性”或者文化传统之间的复杂关联。

（一）对《我》的重新解读和反思

《我》（1940 年 11 月）是梁秉钧论述穆旦的“现代的‘我’”的重要例证，然而就在其论述的关键支撑点上，我们看到了现代主义理论与穆旦文本之间不和谐的裂缝。为了避免在分析梁秉钧观点时断章取义、随意引申，我们先大段引述他关于《我》的分析，并

[1] 除了收入穆旦逝世十周年文集《一个民族已经起来》以外，该文还作为代表性范文收入多种现代文学研究文集中。比如，《二十世纪中国文学史论》下卷，王晓明主编，东方出版中心 2003 年版；《中国现代文学研究导引》，刘俊等编著，南京大学出版社 2006 年版。

梳理其理论脉络与视角，然后再来观察这种脉络是否能深入到穆旦的文本中去。下面是《我》全诗：

从子宫割裂，失去了温暖，
是残缺的部分渴望着救援，
永远是自己，锁在荒野里，

从静止的梦离开了群体，
痛感到时流，没有什么抓住，
不断的回忆带不回自己，

遇见部分时在一起哭喊，
是初恋的狂喜，想冲出樊篱，
伸出双手来抱住了自己

幻化的形象，是更深的绝望，
永远是自己，锁在荒野里，
仇恨着母亲给分出了梦境。

梁说："虽然诗名叫作《我》，穆旦却利用了中文的特质，省略了这个文法上的主词，一开始就强调了个体的被动性和易感性。诗中的'我'是残缺的、孤立的，这是时间也是空间的隔绝，既没法融入历史的整体，也没法汇入群众之中。失去了那种和谐的整体性，是现代的'我'焦虑的由来，所以便用种种方法来反叛，想改变这状态。"（第 49—50 页）梁秉钧准确地道出了《我》的语法特色，感受到了诗中的“我”的残缺、孤立状态，也认识到了诗中的“我”对整体性的渴求[1]。但是，他认为失去整体性是因为个体的“我”无法与“历史”与“群众”融合（这是一个相当大的疑点），于是，他便以“外在世界—内在世界”的对立视角来解释诗中的“我”与时间的关系，强调我（内在世界）与历史、群众（外在世界）之间的对立：“因为外在世界变得不稳定不可持，只好转而肯定内在感受，这是现代诗的一个特点。穆旦第二段里主观地处理时间的方法，也带有现代色彩。马蒂·加连纳斯高就曾将主观地处理时间和客观地处理时间的差异，视为分辨现代性的一个标志：‘广义而言，就它在历史上的位置而言，现代性可以见诸以下两种价值观无法调和的对立上面：一是资本主义文明中客观化的、社会可以清楚测量出来的时间（时间差不多成了有价的商品，可以在市场上买卖）；一是个人的、主观的、想象的时间，由自我创造出来的私人时间。后者对时间和自我的辨识方法构成了现代主义文化的基础。’”（第 50 页）

梁接着这个理论分析道：“这种特殊的对时间和自我的看法，很清楚地流露在《我》这首诗里。诗第二段说‘痛感到时流’，时间是主观地感受出来的。自我不断地挣扎、不断地失落，只有不断在主观对自我的认知中，才可以感觉自我长远地存在于时间之中：‘永远’是自己。”（第 50—51 页）

---

[1] 我想补充的是，《我》这种无主句语法（每句的实际主语都是“我”）以及关于“我”的残缺性、孤立性的构思受到了奥登的一首诗歌的影响。穆旦在 1940 年 10 月（《我》的创作前一个月）曾经翻译了这首诗，诗云：“是第一个婴孩，为母亲温暖，/在生前而仍旧是母亲，/时间流去了而现在是个别……孤独的在肉体里，自己不是朋友”（路易·麦克尼斯著，穆旦译：《诗的晦涩》，香港《大公报》“文艺”副刊、“学生界”副刊连载，1940 年 2 月 8 日至 20 日载完，重刊于《新诗评论》2010 年第 2 期，第 255—256 页）。

梁所引加连纳斯高（今译卡林内斯库）的观点出自《现代性的五副面孔》一书[1]，他在这里把现代主义看作“资本主义文明”的对立面（这对于欧美现代主义基本上还是适用的），两者的对立具体体现为“客观—主观”和“社会—个人”这两对矛盾，梁把穆旦文本归附到“现代主义文化”的一方，也就是“个人”“主观”的一方：“我”只有在个人、主观的时间里才找到存在。由于有了这种主观的、内在的“自我”形象，梁认为穆旦诗歌是“发展至内省阶段的现代主义作品”（第43页），这种自我形象也是穆旦的“现代性所在”（第48页）。

然而，若细致地检阅梁秉钧的解读，会发现它并不能与穆旦文本本身的意义和结构配合无间，而是龃龉迭出。

首先，针对本诗第二节，梁认为穆旦的“我”只有在“个人、主观的时间里才找到存在”，但是他在前文又云“我”与空间和时间“隔绝”（这同样也只能依据第二节来下结论），其自相矛盾显而易见。从第二节本身来看，它写的是“我”与“时流”的对立关系，“我”在“时流”中无法把握、无法“抓住”任何东西。这种对“时间”的隔绝或者“敌对”感受在穆旦诗歌中是很常见的。在同年同月写的另一首诗《智慧的来临》中，穆旦写道：“稍一沉思会听见失去的生命，/落在时间的激流里，向他呼救。”而在另一首诗《三十诞辰有感》（二）中，穆旦也说：“留恋它象长长的记忆，拒绝我们象冰，/是时间的旅程。”可以说，穆旦对“时间”的否定描述贯穿了他整个创作历程。为了让穆旦的时间观显得切合卡林内斯库的现

[1] [美] 马泰·卡林内斯库：《现代性的五副面孔》，顾爱彬、李瑞华译，商务印书馆2002年版。

代主义理论，梁秉钧不惜扭曲穆旦文本的含义，把“我”与“时流”的隔绝关系南辕北辙地解释为“我”只有在“个人、主观的时间里才找到存在”，这种理解既不符合文本的基本意义，也不符合穆旦创作的一贯策略，换言之，它与此诗的语境（小语境）和作者整体创作的语境（大语境）都不贴合，甚至还和自己前文的解释互相冲突。

其次，我们来看梁对诗中的“我”关于“整体性”的焦虑的理解。在他看来，“我”之所以是残缺的存在（因此渴求整体性）源于无法汇入“历史”和“群众”。但问题在于，全诗既没提到“历史”也没提到“群众”，这明显是一个引申出来的阐释。遍观全诗，这个引申同样也只能在第二节找到支撑——显而易见，梁极其倚重此节——但这一节同样也不能给这个理解提供支撑。梁看到此节中的“群体”和“时流”，将其视为“群众”和“历史”，这同时也是为了凸显卡林内斯库有关“个人—社会”的对立视野。但是，我们再回到文本之中，同时也联系上一节关于“我”脱离“子宫”的描绘，请问：穆旦为何说是“从静止的梦”离开了“群体”，如果“群体”是指“群众”的话，那么岂不是说“群众”也活在“静止的梦”中？难道穆旦在玩弄一些抽象修辞？如果按梁的视野来看，“静止的梦”也只能当作“冗余信息”给处理掉。然则穆旦文本大多有血肉相连的关联，其有机整体实可为阐释提供强有力的支撑。穆旦在诗的最后说“仇恨着母亲给分出了梦境”（下画线为笔者所加），而在第一节又告诉了我们“我”从母亲“子宫”割裂的过程，这种文本内的呼应已然摆明：“从静止的梦离开了群体”其实与“从子宫割裂”是同一过程的不同表述。

那么，“群体”又指什么？从语境出发（而不是抓住一个字眼望文生义），它应该代表一种胎儿与母亲的融合状态。穆旦本人对此句的翻译也支持了笔者的判断，他将“群体”翻译为“the body of Many”[1]，“群体”并没有被翻译为“masses”或者“public”，而是大写的“Many”，表示一种抽象概念（即“多”“群”）的拟人化，换言之，“从子宫中割裂”就是一个从“多”（“群”）到“一”（“我”）的过程，但是这个在母亲“子宫”中的“群”（或者说与“子宫”同在的一种“群”）显然不可以理解为“群众”，个人与群众的对立只能在“我”的现世展开，而与子宫相关的“群体”则可谓“我”的“前世”——即便不考虑穆旦本人对此诗的翻译，也必须如此理解，那么，“从子宫割裂”、从“群”到“我”、从“静止”到动态的过程究竟是怎么一回事？

熟悉西方诗歌传统的读者不难意识到，“子宫”是一个涉及事物起源和诞生的惯用隐喻，经常被用于有关人类生存的抽象思考之中。王佐良在分析《我》中的“子宫”时提示：“在一个诗人探问着子宫的秘密的时候，他实在是问着事物的黑暗的神秘。性同宗教在血统上是相关联的。”[2]从“子宫”中分裂，也就是一个事物从“群”到“我”、从完整到残缺、从合一到分裂的过程，这个过程既是字面上的，也是隐喻上的。穆旦在《隐现》中也描写了人“诞生”的过程：“当人从自然的赤裸里诞生/他的努力是不断地获得，/隔离了多的去获得那少的。”这句诗与《我》的意思虽然有所区别，但同样强调人的诞生就是一个隔离了“多”（“群”）、丧失了完整性的过程。对这

[1] 李方编：《穆旦诗文集》，人民文学出版社 2006 年版，第 1 卷，第 39 页。

[2] 王佐良：《一个中国诗人》，曹元勇编：《蛇的诱惑》，珠海出版社 1997 年版，第 10 页。

种缺憾的描述的另一面是对人与世界的融合关系的渴求，对“子宫”所蕴含的完整性、原初性的世界的渴求。正如马丁·布伯所言，婴儿与母亲子宫的相融状态“深蕴着宇宙性”，而人对此状态的渴念“实则是人仰慕宇宙汇融，希望勃发为精神之今生与其本真的‘你’相融”[1]。此言实在比卡林内斯库那种与穆旦文本格格不入的宏大理论结构更能呼应穆旦的“我”之存在焦虑。

从这条脉络出发，我们再顺势梳理《我》第三节的表现，它同样也是关于“前世”完整性与“今生”残缺性神话的另一种表述，而且还向我们昭示了这种神话的最初源泉。从表面上来，此节破碎不堪，含义晦涩。穆旦说“［我］遇见部分时在一起哭喊”，这是谁的“部分”？不妨再次运用语境原则来判断：第一节作者已经说“［我］是残缺的部分渴望着救援”，如此看来，这“部分”就是“我”的部分。读者可能会问，“［我］遇见［我的］部分”云云，岂不荒诞？而且，“我”遇见自己的一部分，为何又成了“初恋的狂喜”？“我”的另外一部分与初恋有什么关系？与前文“我”从“子宫”中分裂的描写又有何关联？梁秉钧在解释时完全不理会这一节（因为看不出它与“群众”和“历史”有什么关联），读者可能会以为，这一节似乎是穆旦为了凑够四节加上去的。实际上，这一节与前后文同样是紧密相连的。不过，要清楚这一点得先明了这种表现的最初源头，即柏拉图关于人残缺的本质与寻求爱情的神话，也就是俗云“寻找另一半”的最初起源[2]。

---

[1] ［德］马丁·布伯：《我与你》，陈维纲译，生活·读书·新知三联书店 1986 年版，第 41 页。

[2] 另外，这个神话的进入也使得《我》与前文所说的影响穆旦自我表现的奥登诗作有所区别。

王佐良恐怕是最为熟悉穆旦创作底蕴的批评家，在关于穆旦的《我》与柏拉图的关系上，他同样富有洞见："使我想起的还有柏拉图的对话，在一九三六年穆旦与我同时在北平城外一个校园里读的。"[1]穆旦不仅在1936年读《柏拉图对话录》，1938年他在西南联大学习期间还在读此书。穆旦友人王勉回忆说，他曾记得在联大蒙自校园学习时，穆旦与董庶"一起读柏拉图对话集"的情景[2]。从这些传记事实来看，穆旦显然反复阅读过《柏拉图对话录》，时间至少从清华大学学习期间延续到西南联大学习期间。无怪乎他会在《我》以及一系列诗作中反复改写关于残缺自我与寻求爱情（而不得）的神话。

不妨来重温这个古老神话，以理解穆旦究竟在寻求什么。在《柏拉图对话录》的《会饮篇》中，柏拉图借阿里斯托芬之口指出，"爱情的产生"与"人的本性和他所经历的变迁有关"[3]。他说，从前的人都是"全人"，与现在的人很不一样，他们所有的器官都是现在的人的两倍，比如双口四眼四手等，他们非常强壮，图谋向天神造反，宙斯便将每个人都劈为两半，以削弱他们的力量，于是人就成了现在的状态（半人）。但是由于前世的回忆，这些被劈成两半的人时时都在想念另一半，于是就产生了爱情。在这个神话（同时也是一个文学原型）中，人对爱情的寻求和他对完整性的渴求是合二为一的，正如柏拉图所言："这一切原因就在于人类本来的性格是如

[1] 王佐良：《一个中国诗人》，曹元勇编：《蛇的诱惑》，珠海出版社1997年版，第10页。

[2] 鲲西（王勉）：《清华园感旧录》，上海古籍出版社2002年版，第31页。

[3] ［古希腊］柏拉图：《文艺对话集》，朱光潜译，人民文学出版社1963年版，第238页。

我向你们所说的，我们本来是完整的，对于那种完整的希冀和追求就是所谓的爱情。”[1]穆旦明显地在与柏拉图遥遥“对话”并改写其神话：不仅“我”自诞生始就是残缺的，而且我对完整性和爱情的寻求都将幻灭。从《我》的第三节可以明确地看到《会饮篇》的烙印，后者写道：“这一半想念那一半，想再合拢在一起，常互相拥抱不肯放手，饭也不吃，事也不做，直到饿死懒死为止。若是这一半死了，那一半还活着，活的那一半就到处寻求匹配……”[2]而穆旦则写道：“遇见部分时在一起哭喊，/是初恋的狂喜，想冲出樊篱，/伸出双手来抱住了自己［的］//幻化的形象，是更深的绝望。”在柏拉图神话的烛照之下，这些描绘不仅条理分明，而且也与上文关于完整性的焦虑的表现密切相关了。

当然，穆旦并非仅仅是在重写柏拉图的神话，而是在改写中加入了他自身的特色。在柏拉图神话里，人只要敬畏天神（尤其是爱神），就可以遇到自己的“另一半”，得到爱情和完整性，这种理解也体现了柏拉图一贯的“神佑”理念。但是在穆旦的《我》和他此后的一系列诗歌中，人的这种对完整性和爱情的寻求永远都无法实现。《我》中之“我”遇到他的“部分”和“初恋”，结果发现那不过是他“幻化的形象”，于是陷入“更深的绝望”。在自我与世界（包括“另一半”）的关系中，“我”处于永远也无法克服的焦虑之中；这种对自我完整性与爱情的寻求的双重幻灭贯穿了穆旦大部分涉及爱情或自我的诗作，比如《诗八首》《三十诞辰有感》《诗》

---

[1]［古希腊］柏拉图：《文艺对话集》，朱光潜译，人民文学出版社1963年版，第242页。

[2] 同上，第240页。

(1948 年)、《赠别》，等等。

不管是柏拉图神话还是穆旦的《我》，它们对人（包括“我”）的表现都有明显的形而上色彩——我们知道，神话和形而上学一直是近亲——它们都从起源的角度、以隐喻的方式来体现人的残缺性和人对完整性丧失的焦虑。对于这种角度的艺术表现，用所谓的“个人—社会”“主观—客观”“资本主义—现代主义”来观察难免会有隔靴搔痒之弊，因为穆旦这种视野下的“我”的对立面并非是集体意义上的“社会”或者“历史”，而是与“我”的“前世”相对立的整个现世，也就是丧失了完整性、原初性的当下世界，这样的“我”的涵盖范围当然也不仅限于穆旦个人（正如柏拉图所谓残缺的人也并非只指他本人一样），而是普遍意义上的“人”。同样，对于诗中的“时间”来说，也无所谓主客观之分——严格说来，所有文学作品中的“时间”都是“主观的、个人的”——穆旦在《我》中对时间的描写丝毫没有表现出对所谓“资本主义文明中客观化的、社会可以清楚测量出来的时间”的批判和针对性。卡林内斯库的批判视野必须放在当代西方社会的语境下才显出其意义和针对性[1]，而把这种视野强行加诸穆旦文本，不仅无法切合文本自身的意义，而且有“视界不融合”之弊。

必须承认，在用西方现代主义理论来解释穆旦诗歌（也包括其他二十世纪四十年代诗人的诗歌）方面，梁秉钧所达到的深度和严密度至今没有被超越。但是，从梁秉钧对《我》的阐释中，我们可

---

[1] 实际上，卡林内斯库的“文化—社会”的对立视野确实受到了美国当代社会学家丹尼尔·贝尔《资本主义文化的矛盾》一书中有关现代西方“文化与社会结构的根本分离”的观点的影响。参考［美］马泰·卡林内斯库：《现代性的五副面孔》，顾爱彬、李瑞华译，商务印书馆 2002 年版，第 13 页。

以深刻地体会到先入为主地以西方现代主义理论来阐释穆旦文本的弊病，也就是简单地把穆旦创作归附于所谓“现代主义诗学”之弊：它往往有意无意地肢解文本本身的脉络和语境，也抹除了文本得以产生的思想渊源和历史语境，使得文本分析变成了理论本身的直接延伸和“附加物”。所幸的是，穆旦的大多数文本虽然看似晦涩，其内部却有完整的结构和严密的照应，它们抗拒此种“外来”的理论框架，因此也成了反思“现代主义”理论的可靠支点。不过，上面的分析目的并不在于“攻击”或者“批判”梁秉钧先生。必须承认的是，他的这篇论文至今是这种视野下最好的论述——也正因为如此，它才有被再思考的价值——对它的剖析的真正目的在于以此为契机展望一种研究穆旦（以及所有新诗之“现代性”）的新的“范式”（paradigm）。

（二）基督教思想与穆旦的“我”

如果说穆旦的“我”之残缺、被动的性质并非是“现代”的专属之物的话，那么“我”的现代性究竟何在？国内外对于“现代性”的诸种定义和阐述本文无法尽述，这里仅就西方关于现代性最早的一种著名观点——波德莱尔关于现代性的阐述——来展开我们对“现代性”的反思，尤其是对穆旦的“我”之现代性的反思。波德莱尔在谈到“现代性”这个概念时是将其作为“永恒性”的对立面来强调的：“现代性就是过渡、短暂偶然，就是艺术的一半，另一半是永恒和不变。”[1]波德莱尔所谓的现代性本质上是一种对于“当下”的敏感，出于对沉迷于古典和传统的反抗，他更强调艺术的“现代

[1] ［法］波德莱尔：《1846 年的沙龙：波德莱尔美学论文选》，郭宏安译，广西师范大学出版社 2002 年版，第 424 页。

性”而非“永恒性”。但是在我们当下的语境中，“现代”“现代性”已成为陈词滥调，“现代”被神化为一个开天辟地的创造之源，在此情况下，则有必要反其道而行之，重审艺术作品的“永恒性”以及它们与文化传统的关联——只有充分考虑后者，对“现代性”的强调才是有意义的。因为“现代性”就概念而言本身就是对“永恒性”“历史”的一种参照和批评[1]，如果连“批评对象”都缺席了，这种批评还会有意义吗?

具体到穆旦的“我”这个问题上，若将其放到更深远的传统中(穆旦本身的创作情况要求必须如此)，则可看到穆旦的“我”的性质并非现代才有的新创之物。在下文的分析中，我们会发现穆旦的“我”的表现不仅与古希腊哲学有关，而且更与基督教精神血肉相连：穆旦的“我”之破碎、被动的状态不仅本身就吻合基督教对人的存在性质的理解[2]，而且往往被放置在一种宗教性焦虑的背景之下。这种焦虑与 19 世纪浪漫主义书写上帝之死的矛盾态度不乏共通

[1] 帕斯认为“现代性”的本质是对“永恒性”的批评，参考 Octavio Paz, *Children of the Mire*, Cambridge, Mass.: Harvard University Press, 1974, pp.45—46；保罗·德·曼讨论现代性最有效的一个对立面就是“历史”，见：Paul de Man, *Blindness and Insight*, Minneapolis: University of Minnesota Press, 1983, p.147.

[2] 吴允淑清楚地认识到了否定性、被动的自我和基督教之间的关联。她说：“诸多西方文人的这自我否定意识可以追溯于基督教原罪意识——即使不是传统基督教教条所表明的原罪意识。他们在既存的自我的扬弃中追求真正的自我，因为只要既有的自我破碎，才能辨析自我存在的立足之地，即人自觉到自己是个‘被造物’。这种从作为被造物的破碎到追寻造物主的完善的同一性趋向，在奥古斯丁（Augustine）《忏悔录》里较为明显。”（吴允淑：《穆旦诗歌中的基督教话语》，香港《道风：基督教文化评论》总 12 期，2000 年版，第 226 页）不过，她并没有深入探索穆旦“我”的表现所反映的矛盾的宗教态度（详后）。

之处。而上帝之死，本身就是一种与宗教脱不开干系的现代性态度[1]。不考虑穆旦的“我”背后所关涉的宗教意识问题，对其“现代性”的认识也必然无法深入。

我们在前文说过，穆旦是一个受到基督教影响很深且与基督教精神有着复杂纠缠的诗人。对于穆旦诗歌中的“我”而言，它也同样打上了明显的基督教思想的烙印，最明显的一点就是基督教对自我的否定性见解，对人的原罪的认识。舍斯托夫曾经指出，在无数的基督教圣徒中，他们“直到自己生命完结，始终处于对自己渺小和罪过的疯狂恐惧中”，“基督教的全部意义以及中世纪早期和后期精神生活主要推动力的赎罪愿望，就是由这种恍然大悟产生的。”[2]穆旦的《我向自己说》（1941 年）就是一首带有祷告性质的自我悔罪之诗：

> 我不再祈求那不可能的了，上帝，
> 当可能还在不可能的时候，
> 生命的变质，爱的缺陷，纯洁的冷却
> 这些我都继承下来了，我所祈求的

---

[1] 存在主义哲学家雅斯贝尔斯认为尼采虽然宣称不信仰基督教，实际上却在倡导基督教式的虔信（《存在主义哲学资料选辑》，熊伟主编，商务印书馆 1997 年版，第 525 页）。泰勒也认为尼采的思想必须在基督教思想的脉络下来理解，比如他把此在与永恒和价值连接一起的观念（Charles Taylor：*Sources of the Self*：*The Making of the Modern Identity*，Cambridge，Mass.：Harvard University Press，1992，p.452.）。

[2] ［俄］舍斯托夫：《在约伯的天平上》，董友等译，上海人民出版社 2004 年版，第37 页。

因为越来越显出了你的威力，
从学校一步就跨进你的教堂里，
是在这里过去变成了罪恶，
而我匍匐着，在命定的绵羊的地位，
……

这里的“我”具有的“生命的变质，爱的缺陷”的性质，正可与《我》一诗中对“我”的残缺性、对“我”渴求“爱情”而不得的描绘相互阐释。实际上，穆旦那些带有祷告性质的诗作（比如此诗和《隐现》）大都带有明显的自传性，也就是说其中的细节描述很多都有针对作者本人的指涉性。尤其是“从学校一步就跨进你的教堂里”一语，再考虑第三节的“别让我/把那些课程在你的坛下忏悔”一语，它们与作者自身的经验有很大关系。应该注意到，穆旦诗歌中大量出现基督教符号和意识正好是他从西南联大毕业前后（1940 年），也就是他刚跨出学堂之际。由于基督教意识的进入，穆旦重新审视自己的过去，并认识到自我的罪恶和渺小，“在这里过去变成了罪恶”。在审视中，自我被重新定义，被放置于“绵羊的地位”上。这里穆旦移用了基督教中一个常用的象征，即“绵羊”。“绵羊”在基督教中一般比作信仰神和基督的人，而基督或者神则被比作“牧羊人”[1]，与温顺的绵羊相对的是桀骜不驯的“山羊”（象

[1] 在《圣经》中，大卫王说：“耶和华是我的牧者，我必一无所缺。”（《诗篇》23：1），《圣经》又称耶稣基督为“羊群的伟大牧人”（《希伯来书》13：20）。正如有些牧羊人会舍命保护绵羊，耶稣也捐弃生命，让绵羊般的人得益（《约翰福音》10：11，15；《约翰一书》2：1，2）。耶稣经常把人比作迷失的羔羊，基督徒有责任帮助他们回归正途（《马太福音》18：12—14）。

征恶人和魔鬼)。以绵羊来象征人暗示着人被动、不由自主的本性和容易迷失的倾向,这种对人性的理解实际上深刻地渗透进了穆旦1940年以后的诗作中的"我"之中。

应该注意到,穆旦创作的成熟期开始于1940年左右[1],这与基督教在穆旦诗作中浮现的时间基本同步。基督教意识的进入对于穆旦个人风格的形成实在有着不容忽视的作用,其意义丝毫不亚于艾略特、奥登等现代作家对他的影响[2]。在穆旦早年(1934—1939)的创作中,并没有出现他后来诗作中经常出现的残缺、被动甚至有罪之"我",其中的"我"与一般新诗中的"我"并没有太大区别:"我将永远凝视着目标/追寻,前进——"(《前夕》)"我洒着一腔热血对鸟默然。/站在那里我像站在云端上……"(《哀国难》)这些早年诗句中的"我"依然是那种郭沫若式的主体性高昂之"我",认为可以影响外界、改变历史之"我",这种"抛头颅洒热血"之"我"与后来的"在命定的绵羊的地位"上"匍匐着"的"我"之差别不可同日而语。这种差别也决定了早期穆旦和成熟期穆旦在观照视角、抒情方式乃至修辞使用上的一系列区别。

在穆旦成熟期的创作中,他巧妙地把古典哲学对自我的分裂性的认识和基督教思想对自我之被动性、有罪性的批判理念一同熔铸于对"我"的表现之中。上文提到王佐良在分析《我》中的破碎之

[1] 这里所谓的成熟期,指的是作者能够创作自成一派风格的作品的时期。穆旦那些具有鲜明的个人风格的诗作都是在1940年左右才开始出现的,如《我》《还原作用》《蛇的诱惑》等;在此之前的穆旦创作还没有形成自身独特的风格,依然处于摸索阶段。

[2] 当然,这两种因素并非是相互排斥的,因为艾略特、奥登都是有着浓厚的基督教色彩的作家。

“我”对“子宫”的渴求时提示它与宗教有关联，不过这种关联在《我》中还不太明显，而在另外一种同样书写“我”之破碎性与追求爱情的诗中就很明显了：

水流山石间沉淀下你我，
而我们成长，在死底子宫里。
在无数的可能里一个变形的生命
永远不能完成他自己。

我和你谈话，相信你，爱你，
这时候就听见我底主暗笑，
不断地他添来另外的你我
使我们丰富而且危险。

——《诗八首》（二）

和《我》一样，诗中的“我”追求自我完整和爱情而不得，但加入了明显的基督教因素[1]。作者在这里暗示，让“我”无法“相信你，爱你”和“完成他自己”的是“主”：“他添来另外的你我/使我们丰富而且危险。”不仅“我”无法统一，“你”（他人之“我”）同样也无法统一，两者都处于不断分裂、异化之中，都无法在相互的“爱情”中自我实现：“呵，在你底不能自主的心上，/你底随有随无的美丽的形象，/那里，我看见你孤独的爱情/笔立着，和我底

[1] 令人遗憾的是，梁秉钧在前文也详细分析了这首诗，但他对其中的基督教因素只字不提。目前国内大部分分析《诗八首》的文章，也是如此。

平行着生长!”［《诗八首》（七）］

应该注意到，《诗八首》中有不少“以物状人”的创造性隐喻，比如“水流山石间沉淀下你我，/而我们成长”；“你孤独的爱情/笔立着，和我底平行着生长!”这里把人和感情当作“物”来描绘：人仿佛小溪中的泥沙一般“沉淀”，“感情”如同植物一般“生长”。这实际上也暗合了基督教把人和万物都视为“被造物”的理解，正如穆旦在《诗八首》（五）所云：“那移动了景物的移动我底心”，“那移动了景物的”自然是未现身的上帝。正是在穆旦这种微妙而新奇的隐喻中，人作为“被造物”的本质和心灵的“不能自主”的性质才体现得淋漓尽致。也正是因为人的“不能自主”的特性，他对爱情和完整自我的寻求也时刻面临着失败的危险。可见，穆旦诗歌中“我”的分裂、被动的性质和基督教对人的本性的理解是密切相关的——尤其是后者对人的“主体性”或者“自主性”的否定见解。对于现代汉诗而言，一种新的语言、艺术形态的出现与新的精神的引入是决然脱不开关联的。

但是，基督教对人的有罪性、有限性之认识的最终指归并不是让人认为自己一无是处，而后无所作为。原罪理念一向与它的另一面——“赎罪”——是分不开的。它对人之有限性的强调不仅是为了遏制人过于膨胀的“我性”，同时也包含了提升人性的意图，也就是让人从狭隘之自我走出来，与神建立同一性。在《隐现》一诗中，穆旦把这条路径概括为“在非我之中扩大我自己”。《隐现》本身就包括了穆旦对自私、褊狭之旧我的反思和对新我的寻求：

我曾经爱过，我的眼睛却未曾明朗，
一句无所归宿的话，使我不断悲伤：

她曾经说，我永远爱你，永不分离。
(在有行为的地方，就有光的引导。)
虽然她的爱情限制在永变的事物里，
虽然她竟说了一句谎，重复过多少世纪，
为什么责备呢？为什么不宽恕她的失败呢？
宽恕她，因为那与永恒的结合
她也是这样渴求却不能求得！

此处对爱情的回忆令我们想起了穆旦在清华大学就读期间一场失败的恋爱，据穆旦好友回忆："女子名叫万卫芳，当时在燕京大学……在清华南迁过程中，两人南下。后来，女子家里来一封电报，说是母亲病重，希望女子回去。穆旦不希望女子回去，他说它只是一个骗局，回去了就出不来。但女子还是回去了，并且被迫和原来有婚约的男子结婚……这件事引起了穆旦相当大的愤怒。有人说，从来也没有看过穆旦那么愤怒过，整个楼道都听得到他愤怒的声音。"[1]这次经历同样也是《诗八首》创作的诱因之一[2]。虽然穆旦意识到他的恋人说了一个"重复过多少世纪"的谎言，但是他已经不再像过去那样愤怒和怨恨了，他意识到，"她也是这样渴求却不能求得！"列维纳斯说："《圣经》中的人是能够让他人从我面前通过的

[1] 易彬（访谈）：《"他非常渴望安定的生活"——同学四人谈穆旦》，《新诗评论》2006年第2辑，第234页。

[2] 郑敏认为《诗八首》"是一次痛苦不幸的感情经历"（郑敏：《诗人与矛盾》，杜运燮等编：《一个民族已经起来》，江苏人民出版社1987年版，第34页）。当然，不应把穆旦这些诗作看作是作者实际经验的简单"反映"，它们更确切地说是诗人对经验的升华，甚至抵抗。

人。”穆旦同样也体现了可贵的同情。和他的其他诗作一样，这里对（失败）爱情的描绘是和对自我的审视结合在一起的。在此诗的初刊本中，第一行后面还有一句话：“当我回顾的时候，我看见另外一个我自己……”[1]穆旦宽恕他人、和记忆和解的过程，也是一个破除“我执”的过程。

需要补充的是，只有在这种深厚道德底蕴下，才有《诗八首》等诗对爱情的动人表达。穆旦说：“在你底不能自主的心上，/你底随有随无的美丽的形象，/那里，我看见你孤独的爱情/笔立着，和我底平行着生长!”［《诗八首》（七）］他还说“为永远的谜迷惑着的/是我们二十岁的紧闭的肉体……你们被点燃，却无处归依”（《春》）。当他说这些时，不正是因为他无限同情地意识到“她也是这样渴求却不能求得”吗？这些中的“我”不再为一己之得失斤斤计较，不是占有欲的赤裸流露，而真正地将“我”扩展到“你”。反复吟读这些诗句，我们可以深味其中的语调之高贵（它的背后是道德视野的深厚），它们不像很多写爱情失败的诗歌那样陷入自怨自艾或者怨天尤人（二十世纪三十年代很多情诗的感伤、恶俗之语调由是而来）。从穆旦这些虔诚的爱情诗语中，我们可以体会到诗人布罗茨基对爱情与信仰之间复杂关联的深刻见解：“对象一旦被用爱情的语言道出，它便获得了一个非凡的、近乎神圣的称谓……爱情本质而言就是无穷对于有穷的一种态度。对这一态度的颠倒便构成了信仰或诗歌。”[2]这种对于“我”与“你”的残缺性的同时确认，并在

---

[1] 解志熙整理：《穆旦长诗〈隐现〉初刊本校录》，《新诗评论》2010 年第 2 辑，第 201 页。

[2] ［美］约瑟夫·布罗茨基：《文明的孩子》，刘文飞译，中央编译出版社 2007 年版，第 109 页。

相互的有限性中觅见无限与永恒的隐秘冲动，构成了穆旦那些爱情诗杰作最可贵的本质。

（三）“我”的“永恒性”与“现代性”

但是，从穆旦四十年代写作的总体情况来看，穆旦那些表现自我的残缺、分裂、被动以及描绘“我”与世界的敌对和隔绝的诗作不仅在数量上远远多于他那些表现上帝之“慈爱”和他将“我”“糅合”的诗作，而且比后者更能代表其创作的突出特色。穆旦显然在表现人之分裂、异化和被动上倾注了更多的热情和灵感，而对于“神的国度”之确信和新的“自我”的完成着墨不多。大致说来，在穆旦瓦解既有的自我之后，他并没有像奥古斯丁《忏悔录》那样建立与神性同构的新的自我。到了穆旦晚年，就完全只剩下前一种类型的诗作了，比如《智慧之歌》《友谊》等。就是在这种创作倾向中，穆旦和他笔下的“我”才暴露出与“现代性”的内在关联。因为现代性的基本背景是基督教的衰退——更确切地说是对基督教所规划之意义蓝图的确信的消亡，以及与此相随的对于宗教的悖论态度——穆旦身上同样体现出这一倾向。

在穆旦诗作中，“我”与“上帝”经常处于无法化解的冲突中。在前述《诗八首》（二）中，穆旦写到“上帝”给人安排如此多的混乱和错杂，使得爱情永远也无法实现。读者可能会疑惑：如果不认同上帝，那么直接不信或者无视其存在便是，何必“制造”出一个上帝让自己更加痛苦呢？又何必反复强调自我的有限性与被动性（“被造物”之本性）？穆旦的《隐现》为我们提供了一种理解思路：“他［上帝］是静止的生出虚妄/他是众力的一端生出他的违反。/他给安排的歧路和错杂！/为了我们知道渴求/原来的地方。”如是，则穆旦对“我”的世界之危险、错杂的表现实际上也隐含着对神性的渴求，也就是渴求一种原初的、完整的、万物圆融的状态（神的怀抱）。不过，穆旦在1943年写成《隐现》之后，并没有按其中的脉络进一步投进神性的确信之中并确立统一的、新的自我，在1945年的《忆》中他写到“（我）充满了罪过的空虚”“我黑色的生命和主结合”时，出现的却是这样的感受：

是更剧烈的骚扰，更深的
痛苦。那一切把握不住而却站在
我的中央的，没有时间哭，没有
时间笑的消失了，在幽暗里，
在一无所有里如今却见你隐现。
主呵！淹没了我爱的一切，你因而
放大光彩，你的笑刺过我的悲哀。

艾略特曾经以惊人的洞见指出作为“现代派”始祖的波德莱尔的恶魔主义“本身就是一种想通过后门挤进基督教的尝试”，“真正的亵渎——不只是言辞上，而且是精神上——是信仰不彻底的后果。”[1]显然，他看到了后者对罪恶的歌颂与基督教的原罪理念之间有着扯不清的关联。从上面的这些有“亵渎”嫌疑的诗句来看，不妨把穆旦也称作一个从反面书写基督教精神的诗人——他把自我放在与神之间无法化解的矛盾中来书写人的生存焦虑：“我”从未脱离

[1]［英］T. S. 艾略特：《艾略特诗学文集》，王恩衷编译，国际文化出版公司1989年版，第109页。

过作为“被造物”的本质，需要到神的怀抱中才能得到统一；但神并没有如“我”所愿，反而“淹没了我爱的一切”！这种对“神”的矛盾态度很大程度上也是信仰不彻底的结果。

穆旦这种关于“我”和“上帝”的态度与上帝之死这个现代性主题不乏共通之处。值得强调的是，在尼采宣布“上帝死了”之前，浪漫派就已经触及了这一主题。当代杰出诗人奥克塔维奥·帕斯深刻地认识到了“上帝之死”这一主题矛盾的宗教性质：

> 上帝之死是一个浪漫派的主题。它不是哲学上的，而是宗教上的：就理性而言，上帝或者存在，或者不存在。如果他存在，他就不会死；如果他不存在，一个从不存在的人又怎么会死呢？但只有从一神论和西方线性不可逆时间的观点来看，这种推理才是有效的……如果有人说“上帝死了”，那是在宣告一个不可重复的事实：上帝永远地死了。在线性不可逆进程的时间概念中，上帝之死是无法想象的，因为上帝之死敞开了偶然性和无理性的大门……尽管每一种态度的源泉都是宗教上的，但这是一种奇怪而矛盾的宗教，因为它包含了宗教乃虚空的意识：浪漫派的宗教性是非宗教的、反讽的；浪漫派的非宗教性是宗教的、痛苦的[1]。

穆旦并没有像浪漫派和尼采那样直接宣告“上帝死了”，但他诗中的宗教同样是“奇怪而矛盾的”：他一方面渴求神性，一方面又怀

---

[1] Octavio Paz, *Children of the Mire*, Cambridge, Mass.: Harvard University Press, 1974, pp.45—46.

疑其有效性或者是否是“慈爱”的；他诗中的“我”同样如此，一方面像基督教一贯的认识那样体验到自我的残缺，并渴求在神的力量中实现自我的统一，但另一方面又极度怀疑这种统一的实现，在某些诗作中（如《诗八首》），他甚至认为神才是让“我”“我们”分裂错乱的原因。

穆旦诗歌中的“我”与神之间的紧张关系既与现代中国人普遍缺乏宗教意识、普遍怀疑和排斥宗教的文化氛围有关，也和他面临的残酷的历史现实有关，还与他自身信仰的不彻底性有关（当然，这对于创作而言未必是一个弊病）。因为从非信仰者的角度来说，穆旦的“我”所遭受到的神施加的种种错乱和矛盾，其实很大程度就是外部世界和历史本身带来的（诗人只是将其归之于神而已）。如是，则“我”与“神”的关系也会受制于具体的历史语境，甚至还会受到穆旦个人经验的影响。在写于二战时期的《出发》中，穆旦把人在战争中遭遇的种种矛盾放置在“我”与“神”之关系的框架下，从而将人无法承受之苦难变成一种约伯式的神对人的考验：“呵上帝！/在犬牙的甬道中让我们反复/行进，让我们相信你句句的紊乱/是一个真理。而我们是皈依的，/你给我们丰富，和丰富的痛苦。”但到了四十年代后期，战争所体现的残酷与盲目性质是如此严重，以至于穆旦不再把眼下的一切与神相关联，他跳出基督教的解释框架，认为人心之“残酷”才是世界的造物主［《饥饿的中国》（五）］；这时他笔下的“世界”实则是不断地上演着各种血腥屠杀的疯人院：“‘必然’已经登场，让我们听它的剧情——/呵人性不变的表格，虽然填上新名字，/行动的还占有行动，权力驻进迫害和不容忍，//善良的依旧善良，正义也仍旧流血而死，/谁是最后的胜利者？是那集体杀人的人？/这是历史令人心碎的导演？”［《诗四首》

（三）］在这种情况下，“我”与“神”之间的关系就逐渐让位于“我”与“世界”之间的关系了。

在1948年的《诗》中，穆旦再次书写了自我实现与追求“爱情”的双重主题，却有了更多的悲怆意味和厌世气息：

当我们贴近，那黑色的浪潮，
我突然将我心灵的微光吹熄，
那多年的对立和万物的不安
都要从我温存的手指向外死去，

那至高的忧虑，凝固了多少个体的，
多少年凝固着我的形态，
也突然解开，再也不能抵住
你我的血液流向无形的大海，

脱净样样日光的安排，
我们一切的追求终于来到黑暗里，
世界正闪烁，急躁，在一个谎上，
而我们忠实沉没，与原始合一，

当春天的花和春天的鸟
还在传递我们的情话绵绵，
但你我已解体，化为群星飞扬，
向着一个不可及的谜底，逐渐沉淀。

在写此诗时，穆旦笔下的“世界”犹如《圣经》中的所多玛，其中只有罪恶、谎言，且必将毁灭。那么“我”“我们”又将何去何从？这里的“我们”依然像基督教理解的“被造物”一样，被放在“以物状人”的隐喻下描述，而且和《诗八首》中的“我”一样“不能自主”，他们无法控制自己的血液“流向无形的大海”。那么“我们”本身实现了“合一”“统一”了吗？穆旦的回答似是而非，他既表现“你”“我”之“解体”，也暗示两者在解体中实现了“合一”：“我们”分解为碎片离开浮世的泡沫，沉入“不可及的谜底”，“与原始合一”。这里的描绘延续了《我》中之“我”对原初性、完整性的追寻的脉络，体现了穆旦把此在与永恒连接在一起的倾向。但是，这个“谜底”是神的怀抱吗？无法断言。但即便是，那也肯定不是《隐现》中作为救世主的慈爱之神的怀抱，他已经对神能否挽救世界丧失了信心。在四十年代创作周期即将结束之际，穆旦这首诗对自我破碎与追求完整性的问题给了一个不是答案的答案，它在平静的笔调下隐含着一种决绝心态：“我们”离开世界“忠实沉没”，实际上是以被动的方式义无反顾地抵制“世界”。

结　语

上文我们梳理穆旦创作背后的柏拉图哲学理念和基督教精神，主要是为了更深入地理解穆旦诗歌中的“我”的表现所仰仗的资源，同时也提示读者不应该割裂这一背景而片面地理解穆旦诗歌的“现代性”。保罗·德·曼在一篇著名的谈论现代性的文章中指出：“现代性渴求抹去它先前发生的一切，试图到达一个可以被称为真正的现时的终点，到达一个标志着新的分离的创造之点。有意的遗忘与新的创造行动之间的相互作用展现了现代性这一观念的全部力量。”[1]诚如德·曼所云，遗忘历史，投入“现时”是作家创造力的重要组成部分；对于作家而言，强调（甚至片面地强调）现代性都可以是合法的甚至是必须的，正如兰波所倡导：“必须绝对地现代。”但是，当我们一旦从创作现场抽身而出，而以文学批评或者文学史的角度来观察创作行为时，则断然不可忽略创作所依赖的文学资源和传统，否则一切文学创作都成了新的创造，而文学史则彻底分裂为互不关联之碎片。

当然，本文并没有将穆旦的创作仅仅视作二者的直接延伸，因为真正的创作还涉及思想背景与历史语境、作者经验之间的对话、协商，也涉及诗人本身的艺术态度——尤其是语言态度问题。应该了解到，虽然穆旦的“我”及语言风格都受到了基督教思想的影响，但就是在《圣经》文本中，也没有出现穆旦诗歌经常使用的那种大胆的创造性隐喻；同样，在柏拉图的文本里，也没有像穆旦那样将人的分裂性的表现直接聚焦于代词“我”之上并简洁鲜明地表现出来；而穆旦诗歌中的“我”在面对“神”和“永恒性”时表现的那种深切的焦虑，更是明显脱离了基督教教义而打上了诗人自身以及时代本身的烙印。

穆旦诗歌这种独特的自我表现以及以此为立足点的抒情风格，无疑在新诗史上具有独特而深远的意义。梁秉钧在思考这个问题时虽然忽略了它的思想背景，但毕竟对文本有着良好的判断力，他敏锐地观察到穆旦的“我”与一般新诗中的“我”迥然有别，它明显

---

[1] Paul de Man, *Blindness and Insight,* Minneapolis: University of Minnesota Press, 1983, p.148.

区别于浪漫主义式的自我膨胀之“我”和伏尔泰式的参与历史、影响世界的理性主义式的“我”（第 48 页）。“他［穆旦］总从自我出发去体会他人的处境，又以批判的意识，将自我当作他人一样省察。在穆旦的那个时代，他诗中现代的‘我’令他有别于那些把我当作传道者或号手的教条主义者，亦令他有别于那些对‘我’缺乏批判和反省的伤感主义者。”（第 54 页）信哉斯言。如果把郭沫若称作新诗中主体性高昂甚至自我膨胀的抒情风格的代表，穆旦则可以被认为是主体性瓦解、自我贬抑的内省风格的代表，这种区别可以用各自代表作中的诗句来形容。郭沫若的“我”：“我便是我呀！我的我要爆了！”（《天狗》）穆旦的“我”：“［我］是残缺的部分等待着救援”。换言之，穆旦的“我”是“前我”或者更完美的“大我”的残缺，而“等待着救援”则象征一种对神性或者永恒性的渴求，虽然往往求而不得。

毋庸讳言，在新诗中，明显是郭沫若式的“我”或者理性主义式的“我”占了主流。但是，在现代西方哲学对理性主义之主体性的痛苦反思中，人们发现这样的“我”表现上虽然自足而完备，占据启蒙大众之制高点，足以影响世界、改变历史，但在未经审视的情况下也往往沦为各种意识形态藏污纳垢之所、欲念杂生之地，成为疯魔他人之权柄。而穆旦这样的残缺、负罪之“我”表面看来颇有自贬身价之虞，甚至经常招来自虐自受之讥，但实际上却潜藏着否定自我与提升自我的人性辩证法，也包含着正视自我之丑陋罪恶的勇决气魄。因此，此一态度的自我表现与情感抒发，虽然在中国诗界不多见，却很值得读者和诗人再三深思。

杜运燮："轻体诗"的"轻"与"重"

（一）杜运燮、奥登与轻体诗

在杜运燮二十世纪四十年代的作品中出现了一类被称为"轻体诗"或者"轻诗"的诗歌，幽默、轻快，与同时代诗人严肃、沉郁的诗风迥然有别，而且它们经常有打趣或嘲讽"感伤""抒情"的内容，带有"元诗"的性质。"轻体诗"虽然不是杜运燮创作的全部或主体，但从整个四十年代诗歌版图来看，它们无疑是他最有特色的一类作品。关于"轻体诗""轻诗"（light verse），杜运燮曾解释云："何谓轻诗？我没有仔细研究过，只是觉得并不等于中国的打油诗……着眼点是轻快性、机智、风趣，目的主要是逗趣，给人愉快。我最早是在四十年代读奥登诗时接触到的。我喜欢他的那种轻松幽默，带有喜剧色彩，内含微讽的手法，觉得可以用之于写讽刺诗，加入严肃的内容。"[1]可见，除了轻体诗一般具有的轻松、幽默的特征以外，杜运燮还看重它的两个功能，一是讽刺，二是可以用来写"严肃的内容"，这实际上已经包含了"轻松—严肃"之间的矛盾关

[1] 杜运燮：《自序》，《杜运燮六十年诗选》，人民文学出版社 2000 年版，第 3—4 页。

系，它也是本文探索的核心。实际上，杜运燮早年曾经将“light verse”译为“轻松诗”，比如在《诗四十首》中收入的《一个有名字的兵》一诗曾有副标题“轻松诗（light verse）试作”[1]；而在1948年他又在《中国新诗》上发表了《轻松诗（light verse）三章》[2]。但是，杜运燮后来却倾向于将其译为“轻诗”，他强调这是为了与“轻音乐”“轻歌剧”等保持一致[3]。不过，笔者认为他之所以译成“轻诗”其实更是为避免让读者误以为“light verse”只是“轻松”“打趣”之诗歌，而强调其“轻”的本质。也正是基于这一点缘由，当下的译者大都倾向于将其译为“轻体诗”[4]。笔者也主要采用这一译名来论述。要理解“轻松”与“轻”之间的微妙区别，还得从“light verse”本身的历史看起，它的源头在英国。

杜运燮自陈其“轻诗”写作源于奥登的启发，而奥登则是二十世纪轻体诗写作的大家，他还编撰了著名的《牛津轻体诗选》[5]，并撰写了一篇《导言》，这篇《导言》是轻体诗研究史上的重要文献，它简洁而深刻地概括了英国轻体诗的发展史，并且对轻体诗写作与现代社会的内在矛盾作了卓有洞见的观察。奥登观察到，轻体诗的含义本身就有一个变迁的过程，“在伊丽莎白时代之前，所有的诗歌

---

[1] 杜运燮：《诗四十首》，上海文化生活出版社1946年版，第115页。

[2]《中国新诗》，第3集，1948年8月，第7—8页。

[3] 杜运燮：《自序》，《杜运燮六十年诗选》，人民文学出版社2000年版，第3页。

[4] 比如桑克曾翻译有［英］奥登（W. H. Auden）的light verse诗集，名为《学术涂鸦——奥登轻体诗集》（苏州：古吴轩出版社2005年版），这是国内第一本轻体诗译本。

[5] *The Oxford Book of Light Verse*, ed. W. H. Auden, Oxford: Clarendon Press, 1938.

都是‘轻’的”[1]。这就是广义上的“轻体诗”。这里所谓的“轻”，主要是就作者和读者的关系而言的，尤其是语言上的关系：“当作者和读者是一样的时候，而且这读者也是普通人，那么作者不会觉得自己是非同寻常的，而它的语言也将是直白的，接近日常用语的。”[2]因此，这个意义上“轻体诗”就是写得轻松、读起来轻易的诗歌，它可以是严肃的内容，也可以是幽默、滑稽的内容。

但是，到了十六七世纪，“困难诗”（difficult verse）开始出现了（这是和广义的“light verse”相反的一个概念），“轻体诗”的概念也开始发生变化。奥登注意到，现代诗人由于与社会处于相对隔绝或对立的状态，开始转向对内心世界的挖掘，“对越来越少的东西了解得越来越深入。”[3]他们开始觉得自己是特殊的一类人（诗人），其语言与日常语言差距越来越远，读起来越来越困难，过去那种诗人与读者之间的亲和关系瓦解了，于是“困难诗”大行其道。而轻体诗的含义也发生了变化，“它如今只是指那些社交诗、八行两韵诗、吸烟室里的打油诗。”（即不登大雅之堂的游戏之作，类似于我国的“打油诗”）这是因为新的社会状况下，“只有在琐碎的事情上，诗人们才能感到与他的读者足够地亲密，并忘记他们自己的身份和他们演唱时穿的袍子。”[4]奥登意识到，由于现代诗人很难找到一个可以如鱼得水且获得尊重的社群或者共同体（community），所

---

[1] W. H. Auden, *The English Auden*: *Poems, Essays, and Dramatic Writings, 1927—1939*, ed. Edward Mendelson, London: Faber & Faber, 1977, p.364.

[2] 同上，p.363.

[3] 同上，p.366.

[4] 同上，p.364.

以真正微妙且严肃的轻体诗在现代的命运着实堪忧（详后）[1]。实际上，奥登在反思轻体诗的命运时，也蕴含了他自身的期待和主张，即轻体诗应该去表现严肃的对象，而且过去曾有过的读者和诗人之间的亲密的语言关系应该恢复，在诗歌轻易、轻快的同时又可以保持微妙和丰富。他本人的写作正是这样实践的。再回顾前文杜运燮关于轻体诗的看法，可以看出他对奥登的主张是心领神会的，他力图让“轻诗”区别于“打油诗”，让它同时做到轻快、幽默而又严肃。但是，正如奥登所注意到的，严肃的“轻体诗”写作与现代社会中诗人的定位和处境有着难以化解的内在冲突，这一冲突同样也在杜运燮的“轻诗”中体现了出来。试一一述之。

（二）轻体诗的“轻”与反感伤

杜运燮在晚年的《登攀——生日感怀》（1978年）中曾自嘲云：“幸有‘乐观’成不治之症。”[2]实际上，这也是其诗歌的“不治之症”。从二十世纪四十年代到七八十年代，杜运燮均有大量风趣、幽默、轻松的作品，也就是所谓“轻体诗”。非常有趣的是，在1948年《中国新诗》第三集中，杜运燮的《轻松诗（light verse）三章》之后是诗人辛笛的《一念》。当辛笛痛苦地感到写诗是“奢侈、矛

[1] 无独有偶，意大利作家卡尔维诺也注意到现代文学普遍的“重”的倾向，他也和奥登类似，强调一种“轻”的价值，两者的主张大可深入比较，参考卡尔维诺：《美国讲稿》，《卡尔维诺文集》，萧天佑译，译林出版社2001年版，第318—345页。

[2] 本书所引杜运燮诗歌，除特别注明者以外，四十年代作品均出自《诗四十首》（上海文化生活出版社1946年版），1949年以后的作品均依据《海城路上的求索——杜运燮诗文选》，中国文学出版社1998年版。

盾、犯罪”时[1]，杜运燮却以幽默的语调大谈“排泄问题”：

人体需要有两种排泄，
一种肚子的，一种脑子的，
脑子的过多就满脸书橱气，
肚子的过多就满嘴“是是是”。

他曾经是个报屁股作家，
虽然那时他的脑子吃得省，
排泄得多，却患了胃病
和便秘，天天忘不了谈革命。

现在他投笔从商，肚子的
排泄不成问题，头顶倒秃了，
家里客厅装满了字画和古董，
但天天吞药片说“无聊无聊”。[2]

杜运燮通过“排泄问题”，就简洁地把一个人的一生喜剧性地描绘出来了。可以想见“他”原来是一个小报记者，天天出产大量的报道并宣扬“革命”，杜运燮在第二节打趣道，“谈革命”其实是脑

[1]《中国新诗》，第3集，1948年8月，第9页。
[2] 同上，第7—8页。

子吃得太少而排泄过多的后果[1]，与此相映成趣的是穆旦的另一种写法：“纯熟得过期的革命理论在传观着。”[2]第三节写“他”投笔从商后的生活，与第二节相反，“他”肚子的生计解决了，脑子却无处排泄，造成精神上的“植被破坏”和“荒漠化”。于是，家里挂着的那些“字画和古董”简直是对他光秃秃的精神世界的反讽了。杜运燮这首诗虽然幽默、轻快，却并不油滑（与“打油诗”有别），而且还保持了微妙和暗示性，甚至还隐隐地透出悲哀。

杜运燮幽默打趣的对象不仅包括自然物象、人类性情，甚至还包括“上帝”：

上帝的家庭很简单，只有
父子两个，他夫人的消息
从来没有人提过。最亲的亲戚
当然要算约瑟和玛利亚，
但他们的关系也很难明白。

上帝是个裸体主义者，因为在最初
亚当夏娃都不穿衣服，他吃的
多半是水果；睡觉大概不需要；
他对唱歌似还热心，但最喜欢的

---

[1] 此诗未选入杜运燮1949年后出版的《海城路上的求索——杜运燮诗文选》《杜运燮六十年诗选》等书，而同期《中国新诗》上发表的《论上帝》《善诉苦者》二诗却被选入了，这可能是因为讽刺“谈革命”之故。

[2] 穆旦：《饥饿的中国》（四），《文学杂志》第2卷第8期，1948年1月，第27页。

是人家跪在地上闭着眼跟他聊天。[1]

在诗歌的结尾，作者自注：“此诗系根据流传在‘地上’现有的资料写成的，见闻有限，挂漏在所难免，盼望海内方家不吝赐正。”[2]这个似庄实谐的说明令人忍俊不禁。这首诗以一种严谨的“考据”态度来描述上帝，但正在这种写实的描述中，杜运燮实现了对上帝的神圣光环的消解。他巧妙地运用了专有名词（如“裸体主义”）来揶揄上帝，读者甚至可以感觉到这个“写实性”的上帝实在是太孤独了。通观全诗，可以发现杜运燮对上帝其实并没有太大恶意，他只是觉得这是一个可以激发他的幽默灵感的好题材，可以用新的语言方式重新书写一个众所周知的对象，并创造意外的喜剧效果。

实际上，这种不把任何事情当真的态度正是他的轻体诗成功的关键。杜运燮在他那些较成功的轻体诗作品中，不仅不把外界的事物或人事当真，也不把自己内心的悲观、消极情绪当真，它们都是杜运燮的轻体诗调侃、打趣的对象。比如《季节的愁容》（1944年）：“拥挤杂沓的水滴流遍了表面/并如冬天的风也想用针，带着线/刺我的骨髓；树的头低垂，/眼一闭一闭的，挤几滴眼泪；/我的心如水塘里有不尽的水纹/却不能照见什么：一片战场的泥泞。”“季节的愁容”（即寒冬里的忧愁情绪）本来是一个很容易落入感伤的题目，但作者却有化重为轻的才能。他在第1—3行以一个形象的比喻（风雨如针线穿骨）形容凄风冷雨之刺骨，但作者并没有因此陷入自

[1]《中国新诗》，第3集，1948年8月，第8页。
[2] 同上。

伤自怜，他反而调侃目前的哀景。值得注意的是“［树］挤几滴眼泪”一句，让我们想起了杜甫的名句“感时花溅泪”，但这个情景到了杜运燮这里却成了“感时树挤泪”，“挤”字带有不欲流泪而强“挤”之的喜剧含义，它化解了诗歌中的消极情绪，于是杜甫那种沉痛的感怀变成了轻盈的想象力飞翔。

杜运燮这种以轻盈的喜剧态度化解沉痛和悲伤的倾向一直延续到了其晚年作品，比如《秋》（1979 年）：“经历过春天萌芽的破土，/幼芽成长中的扭曲和受伤，/这些枝条在烈日下也狂热过，/差点在雨夜中迷失方向。”这首诗在二十世纪八十年代初曾经引发了所谓“朦胧诗”的争论[1]，或许是由于当时的环境，争论者并没有注意到此诗含蓄的幽默和微讽，这是杜运燮一贯的诗学倾向。第三句的“狂热”本来是描绘人的心智状态的形容词，但在此处却被“张冠李戴”地用在“枝条”身上，其实别有一番意趣。“烈日”下的“枝条”就其物理状态而言，只能是被晒热，拟人化地说，就是“热得发狂”，“狂热”一词突然被嫁接到这个语境之中，实际上是利用了词语的主动性质和被动含义之间的不和谐来创造讽刺效果。

无独有偶，奥登也有一个类似的诗句，“是谁，站在分水岭留下的症结上，在擦热的青草之间的潮湿公路上……”这里的“擦热”(chafing）这个主动式的动词的使用非常微妙，希尼（Seamus Heaney）分析道：“这个现在分词在语法上的平静被一个隐藏的中音所干扰：草是擦热的，主动式，而考虑到唯一被擦热的就是它自身，它是被动式的。这个分词也占据了及物和不及物之间的一个中

[1] 章明：《令人气闷的“朦胧”》，《诗刊》1980 年第 8 期。其中引述的例子包括杜运燮的《秋》、李小雨的《海南情思夜》等。

间状态。”“这个词暗示留在身后的（分水岭的）地形学交接点现在被体验为一种心理上的症结、一种遭遇两种矛盾状态（同时遇到一种彻底的寂静和一种沙沙作响的骚动）的情况，并被（为）它们所置换。”[1]显然，奥登这种将词语“偷梁换柱”“张冠李戴”的隐喻手法也启发了杜运燮。从《秋》全诗来看，这节诗实际上是在回顾自己的过去。考虑到“烈日”（太阳）在七十年代的语境，不妨说，“枝条”的尴尬状态——“狂热”地被烈日晒热——其实也是对非常历史时期中人们的心智状态的讽刺，它以喜剧性的方式来书写一个悲剧的事实。

综观杜运燮诗作，可以发现他非常善于运用与奥登诗句类似的“张冠李戴”的隐喻手法，来创造出轻松或者讽刺的效果，比如（下画线为笔者所加）：“也曾参加过游行，/烧掉一层薄薄的热情，/使他对革命表示‘冷静’”（《善诉苦者》）[2]；“雨后黄昏抒情的细笔/在平静的河沿迟疑”（《乡愁》）；“它们［鸡］是天生的工作狂”、“［母鸡］总有唱不完的过时流行曲”（《鸡的问题》）；“女性［母蜘蛛］还听从不由自主的安排/吞吃刚交欢后的白马王子/反正只是来了，又走了”（《蜘蛛和网》）。这些隐喻的诀窍在于利用了词语的惯用含义和使用语境之间的不和谐关系，来营造意外的喜剧或者讽刺效果。可见，杜运燮对奥登式轻体诗微妙的隐喻艺术了然于心，而这一点是当下一些“轻体诗”的写作者很少注意到的。

---

[1]［爱尔兰］谢默斯·希尼：《希尼诗文集》，吴德安等译，作家出版社2001年版，第355—356页。

[2]《中国新诗》，第3集，1948年8月，第7页。

再回到杜运燮四十年代的诗作。正如我们前文讨论过的那样，感伤倾向是三十年代诗歌的突出特征之一。在杜运燮四十年代的轻体诗写作中，他经常流露出自觉的反感伤倾向，轻体诗的“逗趣”本性很有效地消解了感伤之“伤”。比如《月》（1944 年）这首诗（第 3—6 节）：

白天你永远躲在家里，
晚上才洗干净出来，
带一队亮眼睛的星子
徘徊，徘徊到天亮，
因为打寒噤才回去。

但贬抑并没有减少
对你的饥饿的爱情，
电灯只上电灯，你仍旧
利用种种时间与风景，
激起情感的普遍泛滥；

一对年青人花瓣一般
飘上河边的失修草场，
低唱流行的老歌，背诵
应景的警句，苍白的河水
拉扯着垃圾闪闪而流；

异邦的兵士枯叶一般

被桥栏挡住在桥的一边，
念李白的诗句，咀嚼着
“低头思故乡”“思故乡”，
仿佛故乡是一块橡皮糖；

月亮是中国古诗最典型的抒情对象之一，关于月亮，古人已经有无数的杰作了，要写出新意来实非易事。但杜运燮这里的诗句却令人耳目一新。他把月亮想象成一位女性——她至少有四十亿岁的高龄——他调侃道：“年龄没有减少/你女性的魔力”（第一节），这几乎是奉承异性的口吻了。他又想象月亮是一位羞涩的姑娘，白天躲在家里，“晚上才洗干净出来”，这完全是一种反抒情的喜剧写法。不过，月亮最大的魔力还在于她能激起古往今来的“情感的普遍泛滥”（此句正是全诗的关键）。这表面上是对月亮的礼赞，实际上是在嘲讽那些滥情的咏月诗作，此句之后的两节诗正是两种经典的滥情方式和情景。

第五节写一对年青人（可能是情侣）在河边赏月之景（这里还隐藏了隐蔽的“赏”与“被赏”的视角变化）。第1—2行写他们如“花瓣一般”飘上草场，这给了读者一个美好的期待，当读者读到“应景的警句”一行时，可能会以为出现的大概是“春江潮水连海平，海上明月共潮生”（张若虚《春江花月夜》）一类的美景，谁知接下来出现的是“苍白的河水/拉扯着垃圾闪闪而流”这样令人作呕的现代城市景象。这个“不应景”的实景无情地嘲笑了“应景”这种行为，嘲笑了那种千篇一律的抒情态度，也告诉我们，在现代生活中，再像古人那样“应景”是愚蠢的自欺欺人。下节也是如此。落寞的兵士动辄“举头望明月，低头思故乡”（李白《静夜思》），不厌其烦地反复吟咏，于是杜运燮揶揄道：“仿佛故乡是一块橡皮糖。”久嚼则无味。可以看出，杜运燮在调侃和打趣中国诗人这两种“情感的普遍泛滥”方式时，也蕴含了一种诗学上的冲动，那就是要以独特、鲜明的现代意象，去抒写现代人特有的情感与思想。这一点体现于他同一首诗的最后两节写自己的部分（也是在月下）：

我像满载难民的破船，
失了舵在柏油马路上
航行，后面已经没有家，
前面不知有没有沙滩，
望着天，分析狗吠的情感。

今夜一如其他的夜，
我们在地上不免狭窄，
你有女性的文静，欣赏
这一片奇怪的波澜，露着
孙女的羞涩与祖母的慈祥。

杜运燮以“失了舵”的“满载难民的破船”来形容迷惘、困顿的自己，却不带半点伤感与自我怜悯色彩，他写的不是“柴门闻犬吠，风雪夜归人”（刘长卿《逢雪宿芙蓉山主人》），而是“分析狗吠的情感”！他使用“分析”这个带有学术色彩的语词来保持自身态度的中立，避免滑入伤感；而且他分析的不是他自己的情感，而是狗的情感。最后一节又突发奇想，杜运燮不再写人赏月，而是月赏人，通过月亮对人的“反赏”，才发觉人的狭小、卑微，像蚂蚁般站在地上。这样的想象着实是发古人之所未发、不能发。这首诗歌与其说是抒情的，不如说是反抒情的，他以冷静、幽默的态度彻底告别了经典的对月感怀式的抒情，客观而又幽默地展现了现代人的生活状态和实质。在杜运燮的诗歌中，还有不少诗作都有意地以幽默、冷静的态度，克制诗歌中的感伤和自伤自怜的抒情倾向，以实现诗体的轻盈、客观和准确，比如《*Narcissus*》《夜》《乡愁》等，此不详述。

（三）轻体诗的“轻”与“重”

“轻”是一种很可贵的价值，无论是奥登还是卡尔维诺都充分地意识到这一点，但是“轻”的文学在现代社会却很难成为主流，甚至很难生存下去。卡尔维诺的话表明了一个追求“轻”的现代作家所必然遭遇的困境，他说他“努力在激荡的外部世界那时而悲怆时而荒诞的景象与我内心追求冒险的写作愿望之间进行协调。源于生活的各种事情应该成为我的作品的素材；我的文笔应该敏捷而锋利。然而我很快发现，这二者之间总有差距。我感到越来越难于克服它们之间的差距了。也许正是那个时候我发现外部世界非常沉重，发现它具有惰性和不透明性。外部世界的这些特性会立即反映在作家的作品中，如果那个作家找不到克服这个矛盾的办法。”[1]战乱不断的四十年代对于杜运燮而言也是一个沉重的时代，如果我们认真回味他的那些轻体诗，会发现他能够写得比较轻盈、幽默的其实大都

[1] ［意］卡尔维诺：《美国讲稿》，《卡尔维诺文集》，萧天佑译，译林出版社 2001 年版，第 318—319 页。

是一些和社会现实关系不太密切的事情，或者说，非道德的题材。但是，正如辛笛、穆旦等人无法忘怀丑恶、沉重的社会现实一样，杜运燮同样也无法对外部世界转过脸去，哪怕是在写轻体诗时也是如此。当他的笔墨一触及社会现实，外部世界的特性立即涌入其文本之中，比如这首著名的《追物价的人》（1945 年）：

> “物价”已是抗战的红人。
> 从前同我一样，用腿走，
> 现在不但有汽车，还有飞机，
> 还结识了不少要人，阔人，
> 他们都捧他，提拔他，搂他，
> 他的身体便如灰一般轻，
> 飞，但我得赶上他，不能落伍，
> 抗战是伟大的时代，不能落伍，
> 虽然我已经把温暖的家丢掉，
> 把祖传的美好田园丢掉，
> 把好衣服厚衣服，把肉丢掉，
> 还把妻子儿女的嫩肉丢掉，
> 但我还是太重，太重，走不动，
> 让“物价”在报纸上，陈列窗里，
> 统计家的笔下随便嘲笑我，
> 啊，是我不行，我还存有太多的肉，
> 还有菜色的妻子儿女，他们也有肉，
> 还有重重补丁的破衣，它们也太重，

这些都应该丢掉；为了抗战，
为了抗战，我们都应该不落伍，
看看人家物价在飞，赶快迎头赶上，
即使是轻如鸿毛的死，
也不要计较，就是不要落伍。

这首诗后来被收入到《杜运燮六十年诗选》中的《讽刺诗·轻诗篇》，杜运燮显然也是把它当作轻体诗来写，讽刺当时国统区物价飞涨的现实。他把物价形容为一个“红人”，而把饱受物价之苦的人们称之为“追物价的人”，他以各种滑稽的景象来形容物价上涨之快，试图让诗歌轻盈起来。但是，读者却很容易觉察到充溢此诗的是悲愤和谴责，这首诗歌用它其中的一句话来说，就是“还是太重，太重”，它充满了时代本身的特性，即沉重。这首诗就其本身而言并不算劣作，但作为一首轻体诗却显然是失败了，它陷入了“现实”的泥淖里，无法轻快地飞翔。

上文说过，那种不把事情当真的态度是杜运燮的轻体诗成功的关键；但是，综观杜运燮四十年代的诗作，我们发现他能以这种态度处理的基本上是些和现实关系不太紧密的、非道德性的事情，当他正面面对社会和人生时，就很难不当真了。“不当真”的态度看似简单，实则复杂。因为正如辛笛感觉在乱世写诗是“奢侈、矛盾、犯罪”一样，以“不当真”的态度面对丑陋、沉重的社会现实很容易受到外在或诗人自身的道德法则的谴责。所以，如果要对一切事情都不当真的话，则要求作者必须拥有超脱的视野和冷静的心态，在很多情况下，后者往往是更彻底的怀疑态度的变相体现，正如卡尔维诺所言，“幽默把自我、世界以及自我与世界的各种关系，都放在被怀疑的位置上。”[1]但和中国大部分作家一样，杜运燮在面对社会现实时，同样也有一种“感时忧国”情怀在起作用——它实际上是一种隐含了历史观与民族认同的道德情怀——这是他的诗体变得沉重的根源。

在轻体诗的“轻”与“重”这个问题上，杜运燮与拜伦之间有一些有趣的相似点。奥登评论道：“拜伦是第一个现代意义上的轻体诗人，当他不把任何事情认真对待时，他就成功了，而当他想变得深刻和有‘诗意’时，他就失败了。”[2]杜运燮与拜伦当然是两个很不相同的诗人，但他们都有突出的喜剧和幽默才能，这种才能在轻体诗上可以得到最充分的展现。但是，正如奥登所分析的那样，现代诗人与外部世界越发处于隔绝或对立状态，他们与读者之间很难建立前工业时代的那种亲密的语言关系：“现代诗人遇到的一个难题是（这也是现在的其他人所遇到的难题），如何去找到或形成一个真正的共同体（community），从而可以在其中获得受尊重的地位并如鱼得水。”[3]无论是在拜伦所处的十九世纪英国还是杜运燮所处的二十世纪中国，都不存在这样的共同体，他们都意识到自己是特殊的一类人，即“诗人”——“拜伦式英雄”就是这一类人的典型形象——他们都感到自己对沉重的社会现实负有责任。他们对一些琐

---

[1] [意] 卡尔维诺：《美国讲稿》，《卡尔维诺文集》，萧天佑译，译林出版社 2001 年版，第 335 页。

[2] W. H. Auden, *The English Auden: Poems, Essays, and Dramatic Writings, 1927—1939*, ed. Edward Mendelson, London: Faber & Faber, 1977, p.367.

[3] 同上，pp.367—368.

碎或者不太紧要的事情能以轻松的态度对待，和读者保持足够的亲近；但他们的道德意识一旦被唤醒，笔调就明显地沉重起来了，比如杜运燮的《闪电》(1948年)：

有乌云蔽天，你才讲话；
有暴风雨将来临，你就警告；
有海燕在飞翔，你便给予指点。

你的救世情怀太激烈，
郁积的语言太丰满，
而且想在一秒钟内讲完，

所以你便匆促，显得痛苦：
更令我们常常感到惭愧：
不能完全领略你的诗行呵！

你指示给我们以半壁天空，
我们所得的只是一阵惊醒，
虽然我们也常以为懂得很多。

雷霆，暴风雨跟着你来，
但我们常常都来不及准备，
在事后才对你的预言讴歌。

这就使你更愤慨，更激烈，

想在刹那间点破万载的黑暗：
雨季到了，你讲得更多。[1]

这里的“闪电”显然是黑暗社会中的救世情怀的象征，但它同时也是诗人对自身定位的反映。由于诗人的“救世情怀太激烈，郁积的语言太丰满”，结果人们“不能完全领略你的诗行”。所以“我们”对于他的到来“常常都来不及准备”，“在事后才对你的预言讴歌”（这是西方诗歌中常见的诗人作为预言者/先知的题材），而这又使得诗人“更愤慨，更激烈”，结果自然是更难理解的语言和诗行。这个景象难道不正是现代诗人与社会之隔绝、对立的一个象征吗？他虽有救世情怀，却无法获得理解，因而他变得更为激烈和愤慨，语言也更为难解，陷入一个恶性循环，而写出的就只能是“困难诗”。外部的社会现实就像一眼泉水，每当诗人想喝下时它就变成了沉重的石头。何其悖论！诗人只有收起他的救世情怀，背对着社会赏玩一些不太紧要的物事时，才能让诗歌和他自己轻松起来，和读者稍微接近一些。但是，回顾上文讨论的那些较成功的轻体诗，它们轻松、幽默则有之，却大都并不轻易能被发现，其中的很多幽默甚至需要有经验的读者反复咀嚼才能觉察到，这也正是现代诗人无法在语言与感性上和读者保持足够的亲近之征兆。

难道在一个黑暗社会，诗人就必然无法写出严肃、丰富、明确而且轻盈的诗作吗？从杜运燮的诗歌的情况我们很难得出一个积极

[1]《中国新诗》，第 1 集，1948 年 6 月。笔者按：在杜运燮 1949 年以后出版的《海城路上的求索——杜运燮诗文选》《杜运燮六十年诗选》等书中，此诗的内容与初刊稿区别很大，此据初刊稿。

的答案，奥登对此问题的看法也不太乐观。他认识到，在前工业时代存在着诗人与读者亲密地联结在一起的社会共同体（虽然它们往往只限于贵族阶层），而到了现代，“过去前工业时代的共同体和文化已经消亡，一去不返；而且也没有必要再把它们恢复回来。”[1]展望轻体诗的未来，奥登说道：“只有到了一个民主社会，每个公民都充分地自觉而且有能力做出理性选择（这在过去只有少数富裕的人才有可能做到），这样的一个社会才能在未来长远地存活。到了这样一个社会，也只有到了这样的社会，诗人才有可能写出简单、明晰而且快乐的诗歌，同时又不会牺牲其感性的微妙和品行的完整。因为既轻盈又成熟的诗歌只能在一个既和谐又自由的社会中写出来。”[2]

如此具有决定论色彩且悲观的结论实在难以让读者感到释怀。而卡尔维诺在谈文学之“轻”时却暗示了“轻”的文学也可以应对沉重的外部世界，这可以让我们展望，在杜运燮的诗歌已经走过的路程之外还有怎样的可能。卡尔维诺是用神话来说明他的策略的，他把外部世界比喻为蛇发女妖美杜莎的脸，凡目视她的目光的人都将变成沉重的石头，而作家则被卡尔维诺比作后来成功地砍下她的脑袋的帕尔修斯。帕尔修斯并不直视美杜莎的脸，他通过铜盾反射

---

[1] 这也让我们想到中国古诗赖以生存的社会土壤，即文人——官员集团。奚密教授已经注意到，中国古代这种作者与读者的同质性（homogeneity）关系实际上是决定其艺术形态的根本条件之一；而到了现代中国，这种关系也消亡了。见奚密：《现代汉诗：一九一七年以来的理论与实践》，奚密、宋炳辉译，生活·读书·新知三联书店 2008 年版，第 12—13 页。

[2] W. H. Auden, *The English Auden: Poems, Essays, and Dramatic Writings, 1927—1939*, ed. Edward Mendelson, London: Faber & Faber, 1977, pp.367—368.

的形象来观察她，从而避免自己变成石头，他依靠世界上最轻的物质（风和云）来飞翔，最后成功砍下了她的头，并把这颗头（依然有生命）终生携带在身边作为防身之利器，还以无比温柔的方式保护、照料这颗头颅。卡尔维诺暗示，关键就在于："始终拒绝正面观察，而不是拒绝与妖魔［美杜莎］相处。"[1]他告诉我们"轻"的文学完全可以应对沉重的外部世界，关键在于不正面面对它但始终围绕着甚至依靠着它。关于这一点，卡尔维诺举了一个令人惊叹的、生动的文学例证，那就是卡夫卡的小说《小桶骑士》。

我们不打算过于穿凿附会地解释卡尔维诺的策略，但是不妨说，对于轻体诗而言，它用以反射外部世界的"铜盾"就是其语言与想象，而它赖以让自身飞翔起来的"风和云"就是一种彻底的怀疑态度（以幽默的形态出现），后者常常建立在这样的基础上，即诗人对整个世界以及约束他的道德意识（如"感时忧国"）有更深刻的反思。概言之，不把任何事情"当真"却又始终紧紧围绕着它们，而不忽略或抛弃它们。实际上，前述对轻体诗的命运感到悲观的奥登在自身的创作中已经部分地实现了这一点。在未来（哪怕依然是个黑暗社会），我们期待有这样一种严肃、丰富而又轻盈的轻体诗出现。

---

[1] ［意］卡尔维诺：《美国讲稿》，《卡尔维诺文集》，萧天佑译，译林出版社 2001 年版，第 319—320 页。

唐祈：永恒的“现在”与光明的“未来”

唐祈（1920—1990）是“九叶”诗人之一，其代表作《时间与旗》（1948年）是四十年代重要的一首长诗[1]。这首诗明显地受到了1948年唐湜翻译并发表于《诗创造》的《燃烧的诺顿》（《四个四重奏》的第一篇）的影响[2]，唐湜回忆道，“1948年6月，我在上海致远中学唐祈的房里，曾见到他一边把艾略特的诗竖着放在面前，一边在下笔写这首诗（笔者按：即《时间与旗》）。”[3]不过，由于此诗相当明显的模仿痕迹，有人攻击唐祈“抄袭了艾略特”[4]。另一“九叶”诗人袁可嘉也委婉地批评道：“唐祈这首诗所受艾略特的影响（特别是他的《四个四重奏》），十分显明，无论在结构的运思，意象的选用，以及沿中心而四散呈波浪形的节奏方面，都是证明，

---

[1]《中国新诗》，第1集，1948年6月。本书所引此诗均据此刊的版本，不另注。

[2]《诗创造》，第1卷第10辑，1948年4月。同辑中刊出的还有史本德（Stephen Spender，1909—1995）评论艾略特的文章《T. S. 艾略忒的“四个四重奏”》，岑鄂之译。

[3] 唐湜：《唐祈在40年代》，《九叶诗人：“中国新诗”的中兴》，上海教育出版社2003年版，第175页。

[4] 同上，第174页。

大体上这个影响是良好的，只是似太显著一点。”[1]

二十世纪八十年代之后，诗人、学者梁秉钧率先从现代主义诗学和比较文学的角度对《时间与旗》作了详细分析，他认为，在《时间与旗》中有着时间、修辞上的不连续性，这都是史皮尔斯定义下的现代主义的典型特征[2]；他注意到，与艾略特的《四个四重奏》比较而言，《时间与旗》中的“时间”并非指向“宗教的永恒乌托邦”，而是指向“政治乌托邦”，“它许诺社会变革，这种关于时间的焦虑是一种特定的社会语境下的焦虑。”[3]不过，他并没有说明“特定的社会语境”到底是怎样一种社会语境，而这种“焦虑”与中国现代文学传统本身又有什么联系。张松建也认为“《时间与旗》具有《荒原》的批判精神，但没有升华为普遍主义的人类文明的深长忧思，而是更具中国化、本土性的艺术向度”[4]。然而，他在分析《时间与旗》的“时间”这个关键概念时，却没有充分认识到其“中国化、本土性的艺术向度”（详后），颇以为憾。

看来，有必要再重新思考《时间与旗》中的“时间”这个概念与中国现代文学思想之间的关联，也有必要重新审查唐祈究竟是以何种心态来和艾略特进行对话的问题：既然《时间与旗》对艾略特的模仿痕迹如此显明，那么为何它在“时间”这些关键主题上又与后者差别如此之大？在后面的分析中可以看到，两者之间的差别实

---

[1] 袁可嘉：《诗的新方向》，《新路周刊》第1卷第17期，1948年9月，第24页。

[2] Monroe K. Spears, *Dionysus and City*: *Modernism in Twentieth-Century Poetry*, New York: Oxford University Press, 1970, pp.25—29.

[3] Ping-kwan Leung, *Aesthetics of Opposition*: *A Study of the Modernist Generation of Chinese Poets, 1936—1949*, unpublished Ph. D dissertation, University of California at San Diego, 1984, p.118.

[4] 张松建：《现代诗的再出发：中国四十年代现代主义诗潮新探》，北京大学出版社2009年版，第209页。

际上已经越出了“现代主义”诗学的范畴，直指基督教的时间意识和马克思主义的历史决定论。

一、永恒“现在”与光明“将来”的对比

《烧毁了的诺顿》与《时间与旗》表现的中心主题都是“时间”，先来看《时间与旗》第一章：

人们忍受过多的现实，
有时并不能立刻想出意义。
冷风中一个个吹去的
希望，花朵般灿烂地枯萎，纸片般地
扯碎又被吹回来的那常是
时间，回应着那声钟的遗忘，
过去的时间留在这里，这里
不完全是过去，现在也在内膨胀
又常是将来，包容了一切
无论欢乐与分裂，阴谋与求援
可卑的政权，无数个良心却正在受它的宣判，
……

“人们忍受过多的现实”显然受到了《烧毁了的诺顿》第一节“人类难以忍受太多的现实”[1]一语的启发，不过，这里的“过多的

[1] [英] T. S. 艾略特：《四个四重奏》，张子清译，见《世界诗苑英华·艾略特卷》，赵萝蕤等译，山东大学出版社 1997 年版。本文所引《四个四重奏》译文均出自此书，不另注。此处谨改“接受”为“忍受”，以贴合原文“bear”的意思。

现实”最后指向的却是“可卑的政权”所造成的社会状况，而不是普遍化的人类生存状态。上引诗句中关于时间（“过去”“现在”“将来”）的描绘也明显地脱胎于《烧毁了的诺顿》开篇的著名段落：

现在的时间与过去的时间
两者也许存在于未来之中，
而未来的时间却包含在过去里。
如果一切时间永远是现在
一切时间都无法赎回。
可能发生过的事情是抽象的
永远是一种可能性，
只存在于思索的世界里。
可能发生过的和已经发生的
指向一个目的，始终是旨在现在。

在艾略特诗中，有很多成功地将抽象概念形象化的隐喻式写法，比如“过去与将来紧连的锁链/交织在不断变化的软弱身躯里，/免使人类进入天堂和地狱”（《烧毁了的诺顿》第二节）。唐祈对此手法也心领神会，从上面《时间与旗》中的第三至九行也可见一斑。不过，唐祈全诗的时间观念与艾略特诗歌的时间观念却有深刻的区别。就文字意义来看，艾略特的“时间”（包括“过去”和“将来”）指向一个目的即“现在”（present）；而唐祈诗中的“时间”却指向另一个目的，即“将来”（未来）。在《时间与旗》的结尾，唐祈说：“过去的时间留在这里，这里/不完全是过去，现在也在内膨胀/又常是将来：包容了一致的/方向，一个巨大的历史形象完成于这面光辉的/人民底旗……”不管是艾略特的“时间”，还是唐祈的“时间”，都不是简单的对抽象概念的修辞性把玩，而是涉及到时间与历史意识方面的思想根基。

先从艾略特的“时间”说起。艾略特诗中的“一切时间永远是现在”、一切时间“指向”或者“旨在”（动词 end）“现在”的观念，只有放到基督教时间意识的框架下才能得到深入的理解。根据基督教的理解，人的时间是有限的，分为过去、现在和未来；但神的“时间”却是无限的，“惟有你永不改变，你的年数没有穷尽。”（《圣经·诗篇》第一百零二首第二十七节）所以，对于神而言，时间永远都是“现在”，这种“现在”的概念也就与“永恒”同义。奥古斯丁《忏悔录》说：“你［神］的日子，没有每天，只有今天，因为你的今天既不递嬗与明天，也不继承着昨天。你的今天即是永恒。”[1]因此，神的“时间”与人的时间实际上是不可比拟的，“［人的］时间不论如何悠久，也不过是流光的相续，不能同时伸展沿留，永恒却没有过去，整个只有现在，而时间不能整个是现在，他们可以看到一切过去都被将来所驱除，一切将来又随过去而过去，而一切过去和将来却出自永远的现在”[2]。对比《烧毁了的诺顿》和奥古斯丁所解释的基督教时间观，可以发现两者非常接近，甚至可以说前者直接源于后者。基督教经典作家但丁在《神曲》中也描绘过这种进入永恒“现在”的景象：一切都停滞了，所有物事无限地重复[3]。

---

[1]［古罗马］奥古斯丁：《忏悔录》，周士良译，商务印书馆1963年版，第257页。

[2] 同上，第255—256页。

[3] 当代著名诗人和学者帕斯从现代时间观的角度反观但丁的基督教时间观，其中的比较多有启发，参考 Octavio Paz, *Children of the Mire*, Cambridge, MA.: Harvard University Press, 1991, pp.21—25.

艾略特与但丁诗中的时间表现都来自于基督教，但是与后者有所区别的是，他更强调的是人如何从人的有限时间中把握、领悟永恒并超越时间：“醒悟不在时间之中/但只有在时间里，玫瑰园里的时刻，/雨中花亭里的时刻。/雾霭笼罩的大教堂里的时刻，/才能被记起；才能与过去和未来发生联系。/只有通过时间，时间才被征服。”（《烧毁了的诺顿》第二节）征服时间、把握永恒的问题其实就是人如何从自身的有限存在中接近无限的问题，与时间/永恒问题相关的是诗人如何从自身的有限性中寻觅无限的问题，围绕着这个问题，《四个四重奏》对诗人的创作活动有很多精妙的形而上思索，此不敷述[1]。

而唐祈诗歌中时间的目的则是“将来”，它充满希望，是一个“包容了一致的方向”，而且必将到来，而“我们”需要以“斗争”加速它的实现：

为了要通过必须到达的
那里，我们将走向迂曲的路，
所有的终极，都该从一个
起点分叉，离开原来的这里，各自的
坚定中决不逃避，无数条水都深沉流向
海底，所有的路只寻找它们既定的目的
各种人民路线为了觅取，试探于
一个斗争，我们将获致现实最深的惊喜。

---

[1] 唐湜在《穆旦论》一文援引了《四个四重奏》中关于语言探索与思想探索之间的思索，参考《穆旦论》（下），《中国新诗》，第4集，1948年9月。

第六行中“既定的目的”这样的词语很容易让人想到历史决定论（historicism）。历史决定论是一种认为人类社会历史发展具有规律性和目的性，并对这种规律性和目的性进行探究的学说，现代著名的历史决定论者有黑格尔和马克思。张松建认为《时间与旗》中的“时间”类似于黑格尔《历史哲学》所谓的“绝对精神”，它“指向了先验论、目的论和充满希望和可能性的未来，直线进步，不可逆转”[1]。“直线进步、不可逆转”是现代最根本的时间原型（archetype），也是大部分现代历史观的时间基础[2]。但《时间与旗》中的时间是否接近黑格尔的“绝对精神”，它指向的未来是否是“先验论、目的论”则是一个大可商榷的问题。张松建并未说明他所谓“先验论、目的论”的具体定义，也没有解释《时间与旗》与黑格尔《历史哲学》的关联究竟何在（他并没有引述任何黑格尔的具体观点）。黑格尔在《历史哲学》中认为，世界历史是“理性”精神在时间中自身发展的过程，历史的目标就是精神的充分发展和充分的自我意识，充分的自我意识，也就是自由意识[3]。黑格尔说：“‘理性’是世界历史的主宰，世界历史因此是一种合理的过程。”[4]但是，正如黑格尔本人明确指出的那样，“理性”支配世界这个思想和“宗教真理”有连带关系，也就是说，“有一种神意统治着世界。”[5]从这个角度来看，作为一种“实质”“自足的”理性精神支配世界历史的观

---

[1] 张松建：《现代诗的再出发》，第 214 页。

[2] Octavio Paz, *Children of the Mire*, Cambridge, MA.: Harvard University Press, 1991, pp.23—24.

[3] [德] 黑格尔：《历史哲学》，王造时译，商务印书馆 1963 年版，绪论第三节《哲学的历史》，第 46—122 页。

[4] 同上，第 47 页。

[5] 同上，第 51 页。

念与《时间与旗》中的时间和历史意识相去甚远，后者对现存政治、经济秩序不合理性的表现[1]，对以“人民的路线和斗争”实现“既定的目的”的倡导[2]，都在指向另一种历史决定论——马克思主义的历史决定论。

马克思主义的历史决定论并不将自身建立在“理性”或者“精神”的概念之上，而是建立在政治、经济活动的基础上，而且它并不信任“理性”具有仅依靠自身力量就能实现合理社会的能力。马克思和恩格斯在《德意志意识形态》第一卷第一章《费尔巴哈》中明确批判了黑格尔以“精神”为基础的历史观，并提出了自己的历史观：“这种历史观就在于：从直接生活的物质生产出发来考察现实的生产过程，并把与该生产方式相联系的、它所产生的交往形式，即各个不同阶段上的市民社会，理解为整个历史的基础……”[3]马克思在《关于费尔巴哈的提纲》中提出一句著名的格言：“哲学家们只是用不同的方式解释世界，问题在于改变世界。”[4]主张以行动改变历史的观念基础在于相信历史会逐步向理性、合理的发展。哲学家波普尔分析到，只有对社会发展采取乐观看法的历史决定论者才能

[1] 比如在第二章中，作者说：“为了永久不灭的担负，/满足长期战争的/政府，隔离农人被用于一只老弯了的/封建尺度，劳动在田埂的私有上/适应各种形式的地主，他们被驱遣走近有城门的县城外，/在各自的惧怕中苦苦期待……”

[2] 在第六章中，作者对“战争的风”报以极高的热诚：“我们经过它/将欢笑，从未欢笑的张开嘴唇了/那是风，几千年的残酷，暴戾，专制/裂开于一次决定的时间中，/全部土地将改变，流血的闪出最强火焰/辉照着光荣的生和死。”在第七章中作者预言：“斗争将高于一切意义，/未来发展于这个巨大过程里，残酷的/却又是仁慈的时间，完成于一面/人民底旗——”

[3] [德] 马克思、恩格斯：《马克思恩格斯选集》，中共中央马克思恩格斯列宁斯大林著作编译局编译，人民出版社1995年版，第1卷，第92页。

[4] 同上，第57页。

够提供这种看到较好的世界的希望，“因为它们相信社会发展自然将会越来越好和合理，意即它自然而然趋向于越来越好和合理的状况。但是这种观点等于相信社会奇迹和政治奇迹，因为它不承认人类理性具有实现一个较合理的世界的能力。”[1]他观察到，这种历史观念中实际上有着历史决定论与“乌托邦主义的社会工程”所形成的一种“联姻”，这种“联姻”的基础有二：（一）整体主义；（二）相信可以用研究的方式发现历史的“目的”或者“社会的历史趋势”的信念[2]。熟悉中国现代文学史的读者会意识到，这种历史理念深刻地决定了很多中国作家（尤其是左翼作家）的历史、社会想象，比如在何其芳的《快乐的人们》（1940 年）里的这些诗句中，就可以看到波普尔所观察到的多种历史决定论的构成因素：

整个人类像一个巨人，
长长的历史是他的传记，
他在向前走着，
翻过了无数的高山，
跨过了无数的旷野，
走向一个乐园。
我们个人
不过是他的很下的肢体，
他的细胞，

[1] [英] 卡尔·波普尔：《历史决定论的贫困》，杜汝楫、邱仁宗译，上海：上海人民出版社 2009 年版，第 40 页。
[2] 同上，第 59 页。

在他的整个身体上

并不算太重要[1]。

上面的诗句中所显现的一些历史观念，比如直线进步的时间观、对“乐园”的乌托邦式期待、整体主义，等等，在《时间与旗》中也同样存在。不过，《时间与旗》对指涉时政的诉求更为强烈——到了1948年，诗人对“乐园”的到来更满怀信心、急不可待了：“而取火的人在黑暗中已经走来，/他辩证地组织一切光与热的/新世界，无数新的事态/曾经在每个不同的火苗上/试验燃烧，大的火，强烈的火，/就要从闪光的河那边过来。”（《时间与旗》第一章）概言之，《时间与旗》中对关于时间的“焦虑”，就是一种迫切期望以战争和社会变革来结束不合理的政治、经济制度并实现“自由王国”的焦虑，这种焦虑的背景和目标是历史决定论所催生出来的乌托邦理想。

从本质上来说，唐祈与艾略特诗歌中时间主题的区别已然越出了“现代主义”诗学的框架，它们的背后涉及到两种时间/历史意识的对立，即基督教的指向“永恒”（现在）的时间观念和马克思主义的指向“自由王国”（未来）的历史意识之间的对立。两者都不是“现代主义”诗学所能涵盖的范围——哪怕是极大地放大“现代主义”概念的外延也如此——马克思主义自不待言，而艾略特后期的《烧毁了的诺顿》对基督教的永恒“现在”的体认也明显地与现代主义那种强调“现在”与“过去”之间的对立和断裂的时间意识拉开

[1] 何其芳：《夜歌和白天的歌》，北京：人民文学出版社1953年版，第73—74页。

了距离[1]，因此以“现代主义”的范畴来讨论这两者的关联也难免会带来“拉郎配”式的牵强附会，而以“本土/外来”这样的二元框架来比较两者更是似是而非：对于中国而言，马克思主义和基督教一样都是外来文化，而且前者在中国传播的时间比后者更短。因此，把唐祈的时间意识称之为一种本土性的现代主义是没有多少学理依据的，这充其量只是一种追求“摩登”的学术命名游戏。与其对它施加诸如“本土”“现代主义”这样的宏大框架，还不如切实考察其文本的脉络与历史关联。

艾略特《四个四重奏》对时间主题的新颖而深刻的表现让很多二十世纪四十年代后期的中国诗人本能地感受到了一种艺术上的发展潜能。但是和杭约赫一样，唐祈在学习艾略特的艺术手法时并没有充分意识到他本人与艾略特的时间观念的巨大区别理应在修辞上有所体现，因而他在延续艾略特的艺术手法时便经常带有机械挪用的痕迹。这种挪用偶尔如脱缰野马般越出他本人的思想和主题框架，比如第一章中“花朵般灿烂地枯萎，纸片般地/扯碎又被吹回来的那常是/时间”一句，这里对“时间”的美妙描绘更像是艾略特诗歌对“时间”的有限性之表现的延续（这种表现的另一面是对“永恒”的渴求），而不是生发自唐祈本人的时间观。因为“时间”自然也包括了“未来”，而“未来”在唐祈的理解中是“既定的目的”“包容了一致的方向”，是“光辉的人民底旗”的完成，又怎么会“枯萎”或者被“纸片般地扯碎”呢？唐祈的时间表现并没有艾略特那样复杂

[1] 关于现代主义的时间“断裂”（discontinuity）意识的见解，参考 Monroe K. Spears, *Dionysus and City*: *Modernism in Twentieth-Century Poetry*, New York: Oxford University Press, 1970, pp.27—28.

的宗教、玄学系统作为支撑，也只能对这种矛盾听之任之了。对于这种现象，笔者谨将其称为“修辞与主题的断裂”，这种断裂显然是诗艺不成熟之体现。

二、 被殖民心态与历史决定论的“拯救”

在过去对唐祈《时间与旗》的评论和研究中，人们往往过于看重所谓“影响”的重要性，这种观点以两种面貌出现：（一）从积极角度而论，强调其“现代意识”“现代主义诗歌语言技巧”[1]；从消极的角度而言，则指责其“抄袭”云云。在其他现代诗人（如穆旦、北岛等）的评论中，也出现过这种情况。这两种倾向都是在强调文学资源的“输入”——“影响”（influence）本来就词根而言就有“流”（flu-）“入”（in-）之意。在本文中我们并不满足于这种只考察文学资源的“进出口贸易”的研究路径，而更倾向于从文学/文化“对话”的角度来观察这一比较文学事件：唐祈把艾略特的诗歌摆在面前同时创作自己的诗作的过程（如唐湜所云），也是一个潜在的文学、文化对话的过程。换言之，我们看重的并不仅仅是那些被“输入”进来的文学资源，而是参与“对话”的整个文本、文化脉络。

在《烧毁了的诺顿》中的，艾略特创造了“玫瑰园”“玫瑰花园”（rose-garden）这一象征意象；而在《时间与旗》中，唐祈也塑造了一个“花园”意象与之“对话”。艾略特写道：“脚步声在记忆中回响/沿了我们没有走过的那条走廊/朝着我们从未打开过的那扇门/进入玫瑰园……其余的回响/在玫瑰园里。我们将跟踪而去？/

[1] 蓝棣之编选：《九叶派诗选·前言》，《九叶派诗选》，北京：人民文学出版社2009年版，第15页。

快，鸫鸟说，找它们，找它们，/在附近。穿过第一道门，/进入我们的最初世界，我们是否听鸫鸟/的骗？进入我们的最初世界。”（《烧毁了的诺顿》第一节）艾略特笔下的“玫瑰园”带有明显的象征和神秘主义意味，它象征着人类的“最初世界”，其原型自然是《圣经》中的伊甸园。艾略特暗示，人之所以想进入“最初世界”，是因为“人类难以承受太多的现实”（《烧毁了的诺顿》第一节）。无独有偶，米兰·昆德拉在《生命不能承受之轻》中亦云：“对伊甸园的怀念，就是人不想成其为人的渴望。”[1]艾略特对“玫瑰园”和昆德拉对“伊甸园”的描写，都深刻地体现了各自对人的有限性和脆弱性的体悟。

而唐祈在将“人类难以承受太多的现实”改编成“人们忍受过多的现实”时（请注意他将“人类”改写为“人们”），心里所念兹在兹的却是“可卑的政权”（见前文），他不愿、也不能进一步思考人类苦难的永恒性和普遍性的问题（这一问题已经被政治、经济秩序问题取消了）。与艾略特的“玫瑰园”形成对比的是，唐祈的“花园”一开始就打上了民族认同与历史记忆的标记：它坐落于上海租界内，种满“异邦情调的花簇”，象征着殖民者的奢侈与淫欲；与它形成对照的是中国人的苦难生活：“而无数的病者，却昏睡在/火车站近旁，大街上没有被收容的/异乡口音，饱受畸形的苦痛，/迫害，生命不是生命，/灵魂与灵魂静止……”唐祈在面对着艾略特的形而上意味的“玫瑰园”时，心里却装满了中国人近代以来的屈辱史，他在将“玫瑰园”改编为——同时也是“解读”为——殖民地“花

[1] [捷克] 米兰·昆德拉：《不能承受的生命之轻》，许钧译，上海：上海译文出版社 2003 年版，第 357 页。

园”时，明显地带有驳斥艾略特的玄学与宗教信仰的企图，甚至也潜在地将这位广受推崇的英国诗人看作是殖民者的一员。因此，在《时间与旗》中，不仅有着对殖民者的批判，也有着对基督教教会的嘲讽：

连同那座花园近旁；
交通区以外的草坪，
各种音乐的房屋，棱台与窗，
犹太人，英国人，和武装的
美军部队，水兵，巡行着
他们殖民地上的故乡。
International Church［国际教堂］的圣歌
那样荡漾，洗涤他们的罪，
却如一个无光的浴室藏满了污秽。
宝石和花的贵妇人，和变种的
狗，幻象似的在欲念中行走。
时间并没有使他们学习宽恕，
遗忘，通过一切谎语，贪婪的手仍握着
最后的金钥匙，
……

应该注意的是这样一个事实，即二战之后，传统的殖民体系已然崩溃，尤其是在中国，经过太平洋战争冲击之后，西方的殖民力量更是已经彻底衰微。因此这里的“现实”描写不仅看起来颇有“打死狗”的意味，更有攻击其时协助国民党军队攻打中共的美军的政治意味。就历史事实而言，将中国人的苦难简单归之于西方殖民未免褊狭，作者并不愿意去考虑外来刺激（包括殖民）本身推动了中国从传统走向现代这一事实，也不愿承认教会确实是推动中国教育、医疗进步的重要力量。这种缺乏节制的仇恨、屈辱甚至妒忌心态使得唐祈的笔墨经常有意无意滑入一种义和团式的盲目排外：

> 一次将要来的彻底结束——
> 财富不是财富，
> 占有不能长久，
> 武装却不能在殖民地上保护，
> 沉默的人民都饱和了愤怒，
> 少数人的契约是最可耻的历史，
> 我们第一个新的时间就将命令
> 他们与他们间最简单短促的死。

在前面一段引诗中，作者嘲笑教会“时间并没有使他们学习宽恕”，不料他紧接着便“命令”外国人“他们与他们间最简单短促的死”，这里的粗暴态度着实令我们不寒而栗，也隐隐看到了一个即将到来的历史的狰狞面目：若“愤怒”之下便可以判定他人的死刑的话，那么被判刑者恐怕不只所谓的“殖民者”，被写入“最可耻的历史”的本国人恐怕也难以幸免，而历史确实证实了这一点。在这些诗句中我们看到了狂热、仇恨和不容忍的到来。尤其需要注意的是第一句，考虑到此诗的写作时间（1948 年），“一次将要来的彻底结束”的现实指涉不言自明。作者对即将到来的这次“结束”寄予厚望——屈辱的历史将被改写，“我们”将成为发号施令的历史的主人。在历史决定论所许诺的美丽远景的鼓舞下，作者已经顾不上反思和审查自身的伦理态度，甚至取消了伦理态度的问题，因为“既定的目的”可以为一切行为立法——个人对于整个历史而言“并不算太重要”（如何其芳所云）——历史决定论“拯救”了历史。

三、结　语

从上面的分析可以看出，唐祈对艾略特诗歌的意象和语言的改写和“解读”毫无疑问地属于“误读”之列，但如果说“一切阅读都是误读”（昂伯托· 埃科）的话，那么，以何种方式和态度误读则成了一个关键的问题。唐祈在将《烧毁了的诺顿》中的“玫瑰园”解读为殖民地“花园”时，不仅显露出他自身的民族认同、历史记忆，也体现出他对现实与未来认识之根基，即一种与乌托邦理念联姻的历史决定论。这种决定论在艺术中的表现可以分为两个方面：（一）对未来的理想主义式的想象和对“历史规律、目的”的坚定信念；（二）对过去、现在的理想主义式的批判乃至否定，具体而言就是把罪恶归之于不合理的政治、经济秩序。前一方面较为显眼，而后一方面则更为根本。这种历史决定论在“既定的目的”实现之前，虽然有意无意地让作家的笔墨失去节制，流于激愤和肤浅，但至少还能勉强维持一种“批判”的状态；而当历史进入新的阶段，也就是“既定的目的”实现之后，对现实的批判便失去合法性了，因此诗歌的写作也就简化为歌颂。这也是为什么唐祈在 1949 年后的四十年间都未能写出成功的作品的根源之一。

地狱之城与乌托之邦：杭约赫与艾略特诗歌比较

引　　言

杭约赫（1917—1995），本名曹辛之，江苏宜兴人，“九叶”诗人之一。1936 年与人合办文艺刊物《平话》，1938 年入延安陕北公学、鲁迅艺术学院学习，后赴晋察冀边区工作，写过不少政治鼓动诗。1940 年后在重庆从事编辑和书籍装帧设计工作，四十年代后期转至上海，与友人臧克家、林宏、郝天航等创办星群出版社，并以此社为基础，与友人合办《诗创造》《中国新诗》[1]。杭约赫 1945 年前的创作与一般的左翼诗人实际上没有什么区别[2]。到了 1947 年左右，由于辛笛、陈敬容、唐湜等的影响，他开始学习艾略特等英美现代诗人的诗歌，诗风才有了明显的改变。其代表作即《复活的土地》这首近六百行的长诗，与唐祈的《时间与旗》并称为四十年代新诗中最具代表性的两首长诗。

---

[1] 曹辛之：《面对严肃的时辰——忆〈诗创造〉和〈中国新诗〉》，《读书》，1983 年第 11 期，第 67 页。

[2] 这部分诗作在作者出版的《噩梦录》（上海星群出版公司 1947 年版）中被归入“上辑”，第 2—15 页。另外，此书的序言为臧克家所作，这也是他的左翼诗人身份的一个“烙印”。

关于《复活的土地》，另一“九叶”诗人唐湜认为它“是笼盖一代之作，是当时诗作中的冠冕，更是我们九叶中最突出的重大政治主题的史诗，是当时最大的突破”[1]。他注意到其中对上海这座城市的刻画的独特价值，“我以为就以勾描上海的一个个片段来说，也不亚于卡尔·桑德堡的资本主义都市史诗，芝加哥的诗章……”[2]梁秉钧则较早地讨论了《复活的土地》中的《饕餮的海》一章与艾略特的《荒原》之间的关联性，他以比较文学的方法详细地分析了两者之间的关系，并注意到了艾略特诗歌的宗教、玄学指向与杭约赫诗歌的社会、政治指向之间的重要区别[3]。张松建认为“真正与现代主义美学有关的”是《饕餮的海》一章，他也注意到与艾略特相比，杭约赫的兴趣“写实再现与政治讽喻”的一面；他指出，杭约赫“在铭刻殖民历史的创伤记忆中，在对当下礼法不存的混乱世界的批判中，在对人类未来图景的热情想象中，在萦绕着一条不绝如缕的时间意识形态（ideology of linear temporality）”，一种“乌托邦迷思”，此意味着“中国诗人与艾略特的分道扬镳”。[4]

不过，上述批评家都把关注的重点放在了第二章上。诚然，与该诗其余两章相比，此章在意象、措辞、作诗法（如暗指、典故的

---

[1] 唐湜：《九叶诗人：“中国新诗”的中兴》，上海教育出版社2003年版，第77页。

[2] 同上。

[3] Ping-kwan Leung, *Aesthetics of Opposition: A Study of the Modernist Generation of Chinese Poets, 1936—1949*, unpublished Ph. D dissertation, University of California at San Diego, 1984, pp.124—125.

[4] 张松建：《现代诗的再出发》，第203—211页。

广泛使用）都受到了艾略特深刻的影响[1]，也是最富所谓“现代主义”色彩的一章，甚至也是文本质量最高的一章。但是，《复活的土地》的三章以及《序诗》不论其水准如何，至少它们之间是成系统地密切关联的，若只抽取“脱颖而出”的第二章，其实还是不能完全看出杭约赫的主旨和诗学趋向所在，尤其是他对城市世界的批判的指向。其次，杭约赫对所谓“现代主义”诗歌的接受的背景是他的左翼诗歌底色[2]，这重底色有的部分能与“现代主义”诗学“不谋而合”，有的部分则相互冲突，那么这两者在《复活的土地》中如何相互“对话”则是一个颇值得思考的问题，实际上，第一、三章的艺术水准之所以不如第二章，也和这个问题密切相关。梁秉钧和张松建都注意到杭约赫的诗与艾略特的诗歌相比有着更强烈的社会、政治指向，却没有明确、详细地分析这种指向的来源和目的究竟是什么，也和他们过于强调“现代主义”的影响的一面而忽略杭约赫本身的创作路径的倾向有关。下面我们先来分析受艾略特影响最深的《饕餮的海》一章，来看杭约赫究竟从艾略特那里接受了什么，又排斥了什么，他以何种方式和艾略特“对话”。然后再综合全诗，来看他的“世界”观是什么，以及这种观念给他的艺术表现本身带来了何种影响。

---

[1] 需要补充的是，除了艾略特之外，此诗还受到了莎士比亚、奥登等诗人的影响，诗中不仅多次化用了莎士比亚诗剧中的情节，而且还多次引用了奥登诗歌原文，比如《序诗》中的“从此，有山、有水、有房子的地方//也会有人”出自奥登的《在战时》组诗；第二章《饕餮的海》中的“那罴嚷的疯子/于今沉如一个更可怕的安静”则出自奥登1929年的《“是时候毁灭错误了……”》。

[2] 二十世纪四十年代诗人中具有类似路径的还有唐祈、李白凤、袁水拍等人，后二者一般不被当作“现代主义”诗人，但他们受到艾略特、奥登等的影响同样明显。

一、《饕餮的海》与艾略特的修辞策略

《饕餮的海》以二十世纪四十年代后期的上海为对象和题材，抒写“我们”在现代城市中的噩梦般的绝望生活。虽然通篇都是以“我们”作为叙述主体的，但其开篇却是个人化的叙述视角：

> 早上，由于太少的睡眠，
> 带着昨天的困惑，推开
> 窗子。……
> 从他战栗的手里，接过来
> 这个战栗的世界——
> 大标题、小标题
> 统率着黑压压的一队队、一排排
> 千军万马，一块块雄壮的阵营
> 和高朗的吼叫，组合了这片
> 锦绣。这是一种日常的
> 演习——不再新鲜的新闻[1]。

这里写的其实是现代生活的普通景象：看报。不过，在看报中，“我们”却被卷入到“世界”之中：“我们震惊于这个刀光剑影的/舞台：每一次小小的杀伤，/都像自己在身受。……我们不再是这个/世界的看客，每天、每小时，/每一分钟里，那些奉献了生命的，/都是为了你，为了我，为了我们是人类；每一个倒下去的/停止流动

[1] 此章《复活的土地》文本均出自杭约赫：《复活的土地》，上海：森林出版社1949年版。

的血液，都会在我们/心里汇合成狂澜。”这里涉及的显然是有关内战的一些虚假的新闻报道。我们知道，在艾略特的诗歌中，尤其是在《J. 阿尔弗瑞德·普鲁弗洛克的情歌》这首早期代表作中，叙述者“我”往往是缺乏意志力和行动力的主体，他在人们面前犹豫不决，他不断地反问自己：“我有无勇气?”“我有无勇气打扰这个宇宙?”“我又该怎样大胆行动?”“我要不要把头发朝后分开？我有没有勇气吃一个桃子?”[1]艾略特的“我”在世界面前诚惶诚恐，裹足不前；而杭约赫的“我们”在面对着一个假象世界（报纸）时内心已暗流汹涌、杀机潜伏。如果把前者称为感受世界的“受体”的话，后者则是力求改变世界的行动“主体”，此间隐藏的行动意志在此后的一个诗节中立即演变为具体行动：

让我们冲出这间窒息的
关锁着噩梦和虚妄的屋子，
把文字上的骗术留在
门窗里，我们到
街上去，到街上去……

这里的文字通过隐喻修辞把具象和抽象完美地结合起来了，尤其是“关锁着噩梦和虚妄的屋子”中的“关锁”一词尤其地生动[2]，

---

[1] 此处艾略特诗歌文本除了特别说明者之外均引自［英］T. S. 艾略特：《世界诗苑英华·艾略特卷》，赵萝蕤 等译，山东大学出版社 1997 年版，不另注。

[2] 在《九叶派诗选》（蓝棣之编选，人民文学出版社 2009 年版）中，此句被改为“弥漫着噩梦和/虚妄的屋子”（第 164 页），此处的修改不清楚是作者所为还是编者所作。“弥漫”虽然更易懂一些，但显然不如“关锁”有感受上的冲击力。

“噩梦和虚妄”在诗人的笔下成了一个可以“关锁”的对象。在此章中，杭约赫的可贵之处在于，他并没有就此沿着“到街上去”的行动意志脉络信笔写去——这样全诗很快就沦为他早年作品那样的政治鼓动诗了——他认识到了他所生活的城市世界的丑恶的严重性和现实性，又将笔墨拉回到对城市本身的刻画中去：

到街上去，这回旋着热流
却见不着阳光的沟渠，人们
像发酵的污水，从每一扇门里
每一个家宅的港口，冒着蒸汽
淌出，泛滥在宽阔而狭窄的
马路上。
高大的建筑物——化石了的
巨人，从所有的屋脊上升起，
它令你掉落帽子，燃烧起欲望，
也使人发觉自己不过是一只
可怜的蚂蚁。生命的渺小
也如同蚂蚁：每天，车轮滚过去
都有被卷走的生命，潮湿的
廊檐下，都有冻僵的生命；
喧闹的人行道上，都有
昏厥的生命，森严的监房里
都有失踪的生命……但是，这是
上海——都市的花朵，人们
带着各式各样的梦想来到

这里，积聚起智慧和劳力，
一座垃圾堆，现在是一座
天堂。

这不愧是四十年代城市刻画中最杰出的篇章，它惊心动魄地展现了现代化的城市对人的压迫性、摧毁性力量，哪怕放在今日也仍然动人心弦。尤其值得注意的是诗人对城市的矛盾态度，他认识到上海既是“都市的花朵”，也是死亡的地狱，是“垃圾堆”和“天堂”的结合体。此处对城市的死亡景象的描写令人想起了艾略特《荒原》第一章中对伦敦这座大都市的刻画：

并无实体的城
在冬日破晓时的黄雾下，
一群人鱼贯地流过伦敦桥，人数是那么多，
我没想到死亡毁坏了这许多人。
叹息，短促而稀少，吐了出来，
人人的眼睛都盯住了自己的脚前。

表面上看，杭约赫和艾略特都是在写城市里的“死亡”景象，实际上两者却有很大的区别。上面艾略特诗的第四行直接源自但丁《神曲》中（作者自己也曾予以注明）“这样长的/一队人，我没想到/死亡竟毁了这许多人”[1]。这里但丁写的是地狱中的景象，而这句诗突然被移用于形容伦敦桥上拥挤的人群（他们并非是直接意义上

[1]［英］T. S. 艾略特：《世界诗苑英华 · 艾略特卷》，第 89 页。

的死人），就别有一番意味了。布鲁克斯和华伦解释道："当主人公看到伦敦桥上成群的人在冬日早晨的雾里走出去上班时，他想到但丁在地狱的幻景中所看到的那成群的死者。这些人在无目的的活动中是死了，并非活着。"[1]这个解释可谓一语中的。艾略特将但丁的话用来形容活人（这里有指涉对象的变化），显然包含了对现代人生活的盲目和无意义的批评。而杭约赫也受到了艾略特对城市与死亡之间的隐喻性关联的理解的启发，转而描写上海的死亡景象，但是他似乎并没有体会到艾略特移用古典资源的深层含义——以唯物主义为世界观的左翼作家很难接受艾略特这种宗教意味浓厚的现世批判——而简单地把城市与死亡之间的关联变成一种事实联系了。对于艾略特而言，都市中的死亡幻景象征着信仰丧失之后世俗世界的无意义和虚空；而对于杭约赫而言，城市里的死亡和丑恶的"现实"意味着现存统治的极端罪恶，"关锁"在"噩梦与虚妄"的"旧世界"的"我们"迫切地渴求和召唤一个"新世界"——这是此章对丑恶城市的描绘的潜台词，也是此章和前后两章的关联所在。

尽管杭约赫和艾略特对现实世界的理解和批判角度有根本性的不同，但这并不妨碍他从后者的诗学中吸取一些有益的元素。艾略特的《荒原》等诗对《复活的土地》影响最深的就是新奇的隐喻以及暗指（allusion）或用典这两方面。艾略特诗中的隐喻在杭约赫诗中留下最深印记的恐怕是形容城市的主动性、压迫性力量以及形容人的被动性、脆弱性的隐喻这两类。比如，"街道一条接着一条就像

---

[1] Cleanth Brooks &Robert Penn Warren, *Understanding Poetry*, New York: Holt, Rinehart and Winston, 1961. 其中论艾略特《荒原》的部分被穆旦翻译成中文并以《T. S. 艾略特的〈荒原〉》为名收入《英国现代诗选》，见《穆旦译文集》第 4 卷，人民文学出版社 2005 年版，第 398 页。

用意险恶的/一场冗长的辩论/把你引向一个压倒一切的问题……”（《J. 阿尔弗瑞德·普鲁弗洛克的情歌》）；“而我在被公式化时，狼狈地趴伏在一只别针上，/我被别针别住，在墙上挣扎”（《J. 阿尔弗瑞德·普鲁弗洛克的情歌》）；“海下一潮流/在悄声剔净他的骨。在他浮上又沉下时/他经历了他老年和青年的阶段/进入旋涡”（《荒原》），等等。看杭约赫的《复活的土地》第二章中同样也可以看到这两类隐喻，其新颖程度几乎可以和艾略特媲美，“高大的建筑物——化石了的/巨人，从所有的屋脊上升起，/它令你掉落帽子，燃烧起欲望”；“我们是/蚂蚁，也是鱼，我们是沐浴在/音乐的洄流里的鱼”。尤其需要注意的是下面这几行：“干杯，干杯！这是上海，/我们来吮吸这个海，/也被这饕餮的/海——吞噬。”这可以说是《饕餮的海》这一章的中心隐喻，它巧妙地利用“上海”中“海”字，将其转化为一个人与城市的隐喻，将城市对人的“蛊惑”和毁灭以及人的异化生动地表现了出来。

本文强调，修辞绝非是无关紧要的技巧问题，它与作品的思想和内容是血肉相连的。实际上，杭约赫在此章中大胆地运用上面两种隐喻时，已经不知不觉地脱离了左翼诗歌的那种阶级斗争表现视野了，而频繁地偏向了艾略特那种宗教性的现世批判视野：无论如何，沉迷于城市中的声色犬马的“我们”是不能视作一个无产阶级的叙述者的。实际上，在这种隐喻表现下的“我们”丧失了左翼诗歌主人公一般具有的行动力和意志力，也与前面第二章开篇中的“我们”作为“行动主体”的角色冲突，更与第一、三章的“我们”截然对立。不过，杭约赫并没有充分认识到这种冲突，更没有尝试去解决它。他满足于挪用艾略特表现“人”的被动性、负面性的修辞策略来形容“旧世界”中的“我们”的悲惨生活；而他在第一、三章中转向宏观历史和“新世界”的表现时——这时的“我们”又恢复了其行动力和意志力，“世界”也回到原来那种二元对立的格局了——这些修辞策略基本上就被抛弃得一干二净了（这也是第二章的修辞风格与第一、三章有如此大的差异的原因）。我们不得不沉痛地承认，被杭约赫无意中撞开的现代修辞学大门又被关上了——他没有意识到这座宝库的重要性，也缺乏进入这座宝库所需要具备的足够的能力——他一旦脱离艾略特的表现领域，便丧失了修辞学上的支撑。相比之下，穆旦在这方面所做的准备则远远比杭约赫充足：他明确认识到了自己所探索的方向的意义，在修辞上也走得比同时代任何人都要远。

和艾略特的《荒原》等诗中大量运用暗指、用典一样，杭约赫诗中也有大量的对中西传统资源的化用；不过，两者看起来相似，实际上却有重要的区别。艾略特的《荒原》涉及的文本和作者包括《圣经》、佛经、奥维德、但丁、莎士比亚、弥尔顿、波德莱尔、魏尔伦、华格纳、魏士登《从祭仪到神话》、《金枝》，等等。《荒原》挪用的文化资源上至宗教、哲学，下至诗歌、戏剧乃至占卜书，时间从古代延续到现代，语种包括了希腊、拉丁、英、法、德语乃至梵语，令人眼花缭乱，目不暇接。如此多的暗指、典故、引文夹杂于文本之中，对读者的智力和知识素养构成了很大的挑战——这也是此诗经常被读者诟病之处——但《荒原》的特色之一正在于此，熟悉西方文化传统的读者不难感受到其中巧妙地移用前人文本所造成的反讽或者对照的效果：“诗人借助表面的类似而实则构成事实上讽刺的对比又借助表面上的对比而构成事实上的类似。这两方面结合起来所引起的效果，是把混乱的经验组合成一个新的整体，而经验的现实的外表还是忠实地保留着。”[1] 比如《荒原》第二章移用奥维德《变形记》中关于菲罗美被暴君奸污的故事就是如此：

> 菲罗美的变形，是被昏王的粗暴
> 逼成的呵；可是那儿有夜莺的
> 神圣不可侵犯的歌声充满了荒漠，
> 她还在啼叫，世界如今还在追逐，
> “唧格，唧格”叫给脏耳朵听[2]。

值得注意的是，上面第三句的“充满”和第四句的“啼叫”两个动词在原文中是过去时，而第四行的“追逐”则是现在进行时，这里面隐含着对当下世界的一种批评：它暗示着当下世界依然还在干着“昏王”曾经干过的龌龊勾当。菲罗美虽然被奸污，但是却获得了不朽的歌声，并坚持捍卫自己的尊严。而《荒原》第三章中的女打字员虽然对小代理店的办事员并不倾心，却麻木地接受对方的调情，她与其进行一次冷淡的交欢之后只有这样一个麻木、庸俗的念头：“总算完了事，完了就好。”这充分暴露出了现代人在情爱上的空虚和乏味（这也是艾略特一向拿手的表现领域）。可以说，《荒原》中的杰出正在于其中有大量微妙的细节作支撑，尤其是在古今对比和联系方面妙笔迭出。艾略特这样做自然不仅是一种语言策略，而是包含了艺术和道德上的多种考虑，尤其是他关于传统与个人才

---

[1] ［美］布鲁克斯、华伦：《T. S. 艾略特的〈荒原〉》，《穆旦译文集》第 4 卷，第 405 页。

[2]《英国现代诗选》，穆旦译，收入《穆旦译文集》第 4 卷，第 381 页。按：赵萝蕤的译文没有把第四句的时态差异体现出来，因此笔者此处使用了穆旦译文。

能的思考。他移用古典资源有时意味着他渴望加入它们所代表的传统，有时则是因为他想挑战这个传统（以反讽的方式），而更多是时候是两种考虑兼有。他想加入并改变西方文化的传统，就像他在其著名的《传统与个人才能》一文中所言，传统的秩序在新作品出现之前是完整的，由于新作品的加入，“整个的秩序就必须改变一下，即使改变得很小；因此每件艺术作品对于整体的关系、比例和价值就重新调整了；这就是新与旧的适应……诗人若知道这一点，他就会知道重大的艰难和责任了。”[1]

杭约赫也挪用了不少前人的文学资源（以暗指或者用典的方式），包括《圣经》，莎士比亚、勃洛克以及艾略特等西方诗人的作品，甚至也包括郭沫若、艾青等中国作家的作品或观点。但是，他在运用这些资源时，并不是像艾略特那样有意识地去复活传统，并通过创作的方式改变后者；他满足于把传统文学中的典故和情节当作指代政治局势的符号，而很少在古典资源与现实之间建立反讽或者对抗性的张力关系。比如第二章中的“人民如浸在水里的/坦塔拉斯，谁还能忍受这/长久的饥渴！”“坦塔拉斯”为古希腊神话中的人物，被神打入地狱永受饥渴之罚。此处使用这个典故并未取得任何特别的效果，即便没有这个典故，诗句的意思丝毫没变。又如第三章的“黎比亚的巨人，在母亲的土地上/向这猥鄙的雇佣人——现代/戴着不结果的王冠的马克白，/打那美好的仗。因为沉睡的/人民已经醒来”，这里作者借用“马克白”（麦克白）这个莎士比亚戏剧中的人物（麦克白为一篡夺王位的暴君），来影射当时的政治人物，

---

[1] ［英］T. S. 艾略特：《艾略特诗学文集》，王恩衷编译，国际文化出版公司 1989 年版，第 2—3 页。

并预言他的“王冠”将不会有“结果”。综合起来看，在大部分情况中，杭约赫在《复活的土地》中把过去文本的人名、符号、情节用来代指一种政治局势，将其变成了一种政治影射语言的工具。

更耐人寻味的是杭约赫对艾略特《荒原》本身的暗指和化用。比如第二章中的这几行：

……失业与饥寒
正守候在我们的门口，
一个亘古未有的风暴就要到来，
不，这风暴已经到来。
年轻的哈利路亚，年迈的
南无阿弥，都无力
挽救这倾斜的倒悬的塔。

梁秉钧注意到，杭约赫的“倒悬的塔”意象直接挪用自《荒原》第五章中的“倒悬在空中的塔”（“And upside down in air were towers”）一语[1]，不过，这不仅仅是一个文学“影响”的问题，而更主要是一个文学“对话”的问题。我们知道，艾略特在《荒原》中暗示解决现代人生存困境的方案不仅包括基督教信仰，也包括佛教的“给予”“同情”和“节制”等理念（见《荒原》第五章艾略特本人对诗中的三个“DA”的解释）。在上面的引诗中，杭约赫对基督教和佛教（即杭约赫所谓“哈利路亚”和“南无阿弥”）都直接否决，而对所谓“亘古未有的风暴”（即共产革命）抱有极大的信心，

[1] Ping-kwan Leung, *Aesthetics of Opposition*, p.124.

这显然是在回应艾略特。杭约赫挪用艾略特诗歌资源并非是意图把自己放在西方诗歌的传统中并改变它，当他觉得艾略特的宗教理念可以用一套政治构想轻易打发掉时，他便转向了对“新世界”的热情想象（第三章），结果便导致了艺术水准的急剧下降。

二、 二元“世界”观和乌托邦想象

现在我们再综合各个章节来看《复活的土地》全诗的结构和意旨。过去的论者很少注意到此诗与左翼文学传统的关系（这与他们过度强调杭约赫的“现代主义诗人”身份也有很大关系）。实际上，此诗的标题“复活的土地”——同时也是其中心意象——就直接取材于艾青的同名诗作《复活的土地》(1937 年)：

播种者呵
是应该播种的时候了，
为了我们肯辛勤地劳作
大地将孕育
金色的颗粒。

就在此刻，
你——悲哀的诗人呀，
也应该拂去往日的忧郁，
让希望苏醒在你自己的
久久负伤着的心里：

因为，我们的曾经死了的大地，

在明朗的天空下
已复活了！
——苦难也已成为记忆，
在它温热的胸膛里
重新漩流着的
将是战斗者的血液。[1]

艾青在此诗中构造了“播种——翻耕土地——‘复活’土地”这样的隐喻关系，它不仅仅是一个涉及劳动的隐喻，而且也是一个涉及政治斗争（即“革命”）的隐喻，作者在诗歌的最后加入了“战斗者”这一角色，作者暗示“翻耕土地——‘复活’土地”的过程同时也是“战斗”的过程，甚至也是“流血”的过程，因此在一些运用这个隐喻关系的诗歌中，经常出现“血浆”“血地”这样的意象（杭约赫《复活的土地》即是如此）。应当注意，“翻耕土地”“复活土地”这一隐喻意象实际上被四十年代的诗人（尤其是左翼的“人民诗人”）广为使用，甚至在穆旦著名的《被围者》一诗1947年的一个修改版本中，也出现了这一隐喻关系（下画线部分）：“推倒一切的尊敬！/因为我们已是被围的一群/我们翻转，才有新的土地觉醒。”[2]然而，穆旦在1948年的《旗》中又换回了原来的版本，穆旦对土地的“觉醒”“复活”这个惯用隐喻的拒绝，不仅表示他对“人民诗歌”所设想的历史和未来的拒绝（见第四章第二节），也表示他对很多左翼诗人陈腐的修辞策略的一种反抗。

---

[1] 艾青：《北方》，上海：文化生活出版社1939年版，第2—3页。
[2] 穆旦：《穆旦诗集（1939—1945）》，1947年5月自费出版，第125页。

而在杭约赫《复活的土地》一诗中，土地的“复活”这一隐喻意象贯穿了全诗，而且有着更为明显的政治指涉性：

两个体制的冲突，使中国、希腊……/一大块、一大块破碎的土地——/浸在血里，投进火里，/硫黄的气味和喧哗/充塞了这世界。（第一章《舵手》）

从这个辽阔的世界，到每个人的/出生的血地——像一头牡牛，/拖着这片沉重的犁，将/僵硬的土地翻转，/笑开嘴，来迎候绿色。（第二章《饕餮的海》）

现在，他们以执锄头的手，/在捏紧从敌人那里夺取的武器，/来解放这最后一片被束缚的/土地，复活新的伊甸园。（第三章《醒来的时候》）

上面的第一段写“复活”前的土地，而第二、三段写“复活”中的土地，考虑到此诗的写作时间和地点（1948 年 10 月的上海），这些诗句的含义是再明显不过了：杭约赫站在上海这座大都市（“被束缚的土地”），瞭望“他们”（延安的中共军队）冲杀过来，实现“土地的复活”，并变为“新的伊甸园”。这实际上是把艾青诗歌中若隐若现的政治指涉性和鼓动性进一步的明确和落实了。

围绕着“复活的土地”这一中心意象，《复活的土地》三章的结构也呈现出步步递进的趋势。第一章《舵手》以形象化的语言铺叙世界历史的进程，尤其是 1937 年以来的中国历史进程；第二章《饕餮的海》书写“我们”在“旧世界”（主要是上海）的绝望、噩梦般的生活，并表明了对“新世界”的热切渴求；第三章《醒来的时候》则表现人民的觉醒和“新世界”的到来，抒写土地的“复活”和统治者的覆灭。作者在最后一章激情万丈地高呼：“让我们欢呼吧！一个/新世界就要在人民的觉醒里到来。”那么，杭约赫所设想的“新世界”具体面貌如何呢？“我们”如何面对“新世界”？请看：

呵，多少年了，
他拥抱悲哀如拥抱自己的土地，
瞧他们网着皱纹的枯憔的
颜面，如踯躅在龟裂的田地里。
一棵棵瘦弱的秧苗，
赖他们生命的血浆来
濡湿这片干土，我们才有
清新的绿色好欣赏，
完成这没费劳动的收获。
每一条田埂和溪流，
都通向城市，这是
繁华的输血管。
我们——这群城市之子，
历史分配了那一份吃力的行程：
我们得舍弃昨日的骄傲，
向这些光脚的来学习重新做
人。这世界需要我们清醒，
更需要赤裸裸的呈献我们
自己。

作者在这里暗示，乡村才是城市的真正生命源泉，它与劳动亲缘关系意味着它已经是复活了的土地，而生活在城市（被束缚的土地）的“我们”需要向劳动人民学习“重新做人”，而“重新做人”则是“改造”代名词。我们知道，最开始健笔书写城市丑恶的诗人是波德莱尔，在他笔下，城市是一个带有恶魔主义色彩的隐喻，代表了他对罪恶的现实性的认识和对救赎的隐秘渴望，艾略特对城市丑恶的表现也是沿着这条脉络，只是更鲜明地突出了对救赎的渴求。史皮尔斯指出，对于现代诗人而言，城市被看作是正在倾覆或者已然倾覆的，它朝向地狱之城，而不是天堂之城[1]。而杭约赫笔下的城市则是另一重意义上的隐喻，它象征在现有统治的极端罪恶，但这种罪恶并不是宗教意义上的，而是政治、经济意义上的，因此可以通过政治、经济的方式加以解决。

正因为波德莱尔、艾略特和杭约赫都把城市当作一个“罪恶”的对象来表现，因此《复活的土地》第二章对艾略特的修辞手法的移植才有了发生的可能。但是，艾略特在使用这些手法时实际上隐含了一种宗教视野下的对现代城市物化、异化本质的批评，而杭约赫在运用这些手法时并没有意识到它们与他本人一贯持有的阶级斗争视野和“新世界/旧世界”二元政治理念并不完全吻合。比如他对关于城市的压迫性、对人的腐化性的描绘，很多其实是现代化本身的问题，或者说是现代城市（只要它保持着工业化、现代化的话）永远也无法摆脱的问题。读者（尤其是当代读者）可能会问，难道在杭约赫设想的“新世界”中，就不会有城市的存在了吗？如果有

---

[1] Monroe K. Spears, *Dionysus and City*: *Modernism in Twentieth-Century Poetry*, New York: Oxford University Press, 1970, p.71.

的话，那么人们是否还会见到“这回旋着热流/却见不着阳光的沟渠，人们/像发酵的污水”这一类景观？那么，在“新世界”中，是应该消灭城市的存在，还是把城市改造成乡村一般（如上引诗句所暗示的那样）？这些问题并没有为杭约赫所考虑，他和四十年代的大部分作家一样，都在热情地期待一个“新世界”并无情地攻击“旧世界”，认为现存统治和政治、经济秩序被推翻之后，在“新世界”中一切问题便得以解决。就是在这种意义上，这种“世界”观带有明显的乌托邦烙印。

《复活的土地》中的这种二元“世界”观在左翼诗歌中是非常常见、也是非常典型的[1]，其源头可以一直追溯到“人民诗歌”的源头——苏联。饶富兴味的是，杭约赫在诗的最末嘲笑现存统治者为“夹着尾巴的癞狗”时，自己加了一条注释，即勃洛克（十月革命后倒向苏共一方的象征主义诗人）的长诗《十二个》中的几行诗：“这个资本家站着，正像一头饿狗，/他不声不响地站着，正像一个问号。/旧世界就像一头无家可归的狗，/夹着尾巴站在他背后。”[2]杭约赫在此注明自己的意象和勃洛克的关系，与其说是在“用典”，不如说是在表明自己与左翼诗歌族系之间的关系。不过，坦诚言之，

---

[1] 相当多的中国左翼诗人都明显表现出这种“世界”观。这里仅聊举两例。比如1938年后投奔延安的何其芳的《革命——向旧世界进军》（1941年）：“革命——向旧世界进军！/向各个黑暗的角落进军！/向快要崩溃的阶级社会进军！/向绅士和流氓的联合统治进军！”（何其芳：《何其芳》，王培元编，华夏出版社1996年版，第147页）。又比如宣称是“新人”并“挑着一担新诗”的田间的《预言》：“一个新世界，/正在我们肩上。/只要红旗一挥，它很快就诞生。//旧世界我打倒，/新世界我欢迎。/我把我的歌声，唱给新世界听。”（田间：《田间》，人民文学出版社2006年版，第118页）

[2] 杭约赫：《复活的土地》，上海：森林出版社1949年版，第80页。此处勃洛克诗为戈宝权译文。

此处勃洛克的引诗虽然讽刺颇为风趣，但格调稍显恶俗，与同时代的曼德尔施塔姆、帕斯捷尔纳克等人类似题材的诗歌相比，水准相去甚远。而杭约赫第三章第三节书写统治者的倾覆和狼狈的诗句则比勃洛克的诗作更劣，而且不如后者风趣："飞吧，钻吧！带着你/吮吸来的财务和另一次战争的梦/想，去 U. S. A.、瑞士，还是中国香港？/飞吧，钻吧！让我们睁大眼睛/瞧这些无家可归的癞狗，/在人民的脚尖上舞蹈——"在这些诗句里，我们看不到对人性的深厚理解，也看不到语言的创新和实验，而只有谩骂、攻击和不容忍：这不仅是道德的堕落，也是语言的堕落。

可以看到，当一种未经审视的意识形态和乌托邦假想在《复活的土地》第三章占据了主导地位时，诗歌的艺术和道德认识水准就显著地下降了，充斥于诗中的是政治宣传机器所惯用的那一套隐喻/换喻符号：土地、锄头、血液、血浆、血地、暴风雨、剑、武器……这些符号含义明确、用法固定，它们除了像巫术一样遏制作者的表现力和读者的感受力之外，没有给艺术表现带来多少实际效果。诗的写作，如同俄国诗人布罗茨基所指出的那样，"是意识、思维和对世界的感受的巨大加速器。"[1]而在《复活的土地》的"新世界/旧世界"二元框架中，诗的写作反而成了麻痹意识、简化思维、遮蔽现实的"减速器"或者"催眠术"。在艾略特诗学的刺激之下，《复活的土地》曾一度表现出不少新颖的感受和复杂的意识，然而在其思想"减速器"的作用之下，这些表现很快被陈词滥调和成规俗见淹没了。

[1] [美] 布罗茨基：《文明的孩子》，刘文飞译，中央编译出版社 2007 年版，第40 页。

三、结　论

从上文的论述可以看出，中国诗人在学习和接受西方的诗学策略时，并不只是简单“移植”，还会显著地受到自身的文学传统和文化语境的制约；就杭约赫而言，就是受其左翼诗歌底色和其持有的意识形态的制约。我们看到，由于杭约赫对现代主义的诗学策略缺乏自觉的认识，对这些策略的思想背景更是不甚了了，再加上他对自身一贯持有的文学风格和文化背景缺乏批判性的反思，这些都导致了他对艾略特等人的学习只是暂时的、表层的（遑论学习之后的进一步超越）。艾略特对他的影响并未转化为他自己长久的创造力，从 1949 年一直到八十年代，他再也没有写出能与《饕餮的海》这一章相媲美的诗作了。

《复活的土地》中的二元“世界”观（本质上是一种政治意识形态）所带来的艺术上的后果，也给我们认识政治与文学的关系提供了一个生动的案例。关于这一点，布罗茨基还有一言也值得思索，他认为政治对文学的危险“与其说是来自国家方面的可能的（时常是实在的）的迫害，不如说是他可能被硕大畸形的，或似乎渐趋于好转——却总是短暂的——国家面貌所催眠”[1]。布罗茨基的话具有预言一般的穿透力和涵盖性，对于四十年代的很多中国诗人而言，正在形成——但未在全国范围内完全实现的——新的国家面貌带有乌托邦一般的美丽幻象[2]，其“催眠”效果也更为强烈，无怪乎相

[1] [美] 布罗茨基：《文明的孩子》，刘文飞译，中央编译出版社 2007 年版，第 31 页。

[2] 试看何其芳这首梦呓一般的《新中国的梦想》（1946 年）：“然后田野里长满了五谷，/工厂里机器不住地旋转，/文化像翅膀一样长在每个人身上/又轻又暖，又能飞得远，/然后我们再走啊，走向更美满的黄金世界……”（何其芳：《何其芳》，王培元编，华夏出版社 1996 年版，第 212 页）

当数量的诗人热情地投入到对“新世界”的想象之中。这种想象结出的一个果实是产出的大量千篇一律、简单麻痹的诗作，另一个果实则是被这些作品进一步“再催眠”的读者，两个果实一同构成意识形态机器大生产链条中的一环。在这个问题上，杭约赫所模仿——而后又唾弃——的诗人艾略特的策略与其构成了鲜明的反差，布鲁克斯与华伦指出：“对诗人［艾略特］来说，基督教的术语已是一陈词滥调，而他的办法是一个使它们重新获得生命的过程……信仰是通过紊乱和冷嘲宣布出来的，并不是撇开它们而宣布的。”[1]对于宗教诗人艾略特而言，复活信仰同时也是一个复活、更新语言的过程，正所谓“词中有道”[2]，接近“道”（上帝）的方式便是复活语言，而不是让其僵化为一种宗教意识形态符号，麻痹民众（包括信众）的意识。在这一点上，杭约赫等中国诗人走了一条与艾略特相反的道路，在艺术上付出了沉重的代价。不过，这也是时代趋势使然，正如米沃什曾经目睹过的那样：“热情的声音胜于理性的声音，/没有热情的不能改变历史。”[3]

---

[1]［美］布鲁克斯、华伦：《T. S. 艾略特的〈荒原〉》，《穆旦译文集》第4卷，第408页。

[2]［英］T. S. 艾略特：《小老头》，《世界诗苑英华：艾略特卷》，第48页。

[3]［波兰］米洛舒（米沃什）：《欧洲之子》，参考伊利提斯、米洛舒、卡内提：《伊利提斯诗选；米洛舒诗选；被拯救的舌头：诺贝尔文学奖全集50》，郑树森、杜国清、宋碧云译，台北：远景出版公司1982年版，第87页。

如何“现代”？怎样“主义”？
——评梁秉钧、张松建对四十年代现代主义诗歌的研究

二十世纪八十年代以来，以“九叶”诗人为代表的四十年代现代主义诗歌研究已经成为一个经久不衰的热门领域，相关著述非常丰富。但是，综合起来看，在论述的系统性和严谨性、观点的新颖、史料的全面与扎实等方面，有两本体系性的专著非常值得注意，即香港著名诗人、学者梁秉钧 1984 年在美国加州大学的博士毕业论文《反抗的美学：1936—1949 年中国现代主义诗人研究》[1] 和张松建 2009 年出版的《现代诗的再出发：中国四十年代现代主义诗潮新探》[2]。前者由于没有中文译本，长期以来没有受到国内研究者应有的重视；而后者刚出版不久，目前对其予以响应的论著尚不多见。这两本专著不仅思路和观点相似，而且方法论上的相通之处也很多，这主要

[1] Ping-kwan Leung, *Aesthetics of Opposition: A Study of the Modernist Generation of Chinese Poets, 1936—1949*, unpublished Ph. D dissertation, University of California at San Diego, 1984.

[2] 张松建：《现代诗的再出发：中国四十年代现代主义诗潮新探》，北京大学出版社 2009 年版。笔者按：当然，“九叶”诗人本身（如唐湜、袁可嘉、郑敏）和同时代人（如王佐良、巫宁坤等）的论述，当代学者的专著（如蒋登科、游友基、马永波等）也有很高的价值，但是它们在论述的严密性和体系性、理论运用的自觉性等方面则略逊于梁、张二著。

是因为后者直接受到了前者的影响[1]。笔者下面拟对这两本著作简要的评述，另外还将就该领域的研究方法的问题与两者商榷，以探寻新的研究途径和角度，对于具体的问题不作详细的展开。我思考的问题包括：

1. 梁、张论著中所建立的中国四十年代现代主义诗歌论述体系明显地受到了 1960—1980 年代西方现代主义理论的影响，这种影响带来了什么收获和局限呢？从比较文学的角度看，他们对待这些理论本身的“态势”有怎样的内在矛盾？

2. 梁、张论著和很多西方现代主义理论著作一样，也有明显的整一性、本质化的论述体系。如果要瓦解这些体系的话，但又为了不让研究变成单个作家的零散研究的话，那应该如何建立论述体系和脉络？

一、 比较视野下的现代主义诗歌研究

梁秉钧的《穆旦与现代的“我”》和《从辛笛诗看新诗的形式与语言》在国内学界都曾引起重要反响，它们也是穆旦和辛笛研究的两篇经典范文，由于国内读者对它们比较熟悉，此不敷述。不过，它们实际上都是其博士论文《反抗的美学》的章节[2]。由于此论文

[1] 例如张著第五章关于城市诗歌，第五章第二节关于唐祈诗歌的时间观，第六章关于穆旦的自我认同等章节。另外张松建还撰有长文对梁著予以评述，参考张松建：《梁秉钧〈反抗的美学〉评介》，原刊台湾《当代》2003 年 5 月号，重刊香港《香江文坛》2003 年 8 月号。

[2] 梁秉钧先生在 2007 年 12 月给笔者的信中提及《反抗的美学》“当时也有部分章节在《八方》等杂志发表；辛笛部分也曾在上海流传，后来收入九叶论集中；国内郑敏诸位也曾看过英文论文”。笔者按：在《八方》杂志发表的部分即著名的《穆旦与现代的“我”》，收入《一个民族已经起来》，江苏人民出版社 1987 年版；辛笛部分即《从辛笛诗看新诗的形式与语言》，已收入《“九叶”诗人评论资料选》，王圣思选编，华东师范大学出版社 1996 年版。

的全文并未有中文翻译，因此国内的学者注意到的并不多。但是，从现在来看，它依然代表了迄今为止的四十年代现代诗歌（或者“九叶”诗派）研究领域的最高水准。此文提出了很多在现在依然值得思考和再出发的问题，比如，西方现代主义理论和中国现代诗歌文本和语境的关系应如何检视，四十年代的“城市诗”的特色和性质，穆旦的自我抒写与自我认同，辛笛诗歌的形式演变与新诗的发展，唐祈的时间观，唐湜、唐祈、杭约赫的政治乌托邦想象，等等。这一系列发现的取得与西方现代主义理论的烛照显然是不可分离的，例如史皮尔斯对“城市诗”的系统论述[1]，加利尼斯库、卢卡奇对文学现代主义的时间问题的思考[2]，史本德对现代诗人的自我形象的观察[3]，等等。

更重要的是，由于其比较文学的学科训练，梁秉钧在其论述中自觉地运用比较文学的理论与方法，在多个问题的讨论中创见迭出。例如在讨论唐祈著名的长诗《时间与旗》时，他并没有仅仅停留于艾略特对唐祈的“影响”上，而是通过细致的文本分析，以“平行研究”的方法深入地探讨了唐祈与艾略特时间观念的差异与思想背景的分歧。他指出，艾略特诗中的时间旨在批判人精神上的虚妄，他对时间的否定实际上是在否定人对当下的、无意义的现实的执迷，这种时间观念显然来源于基督教。而唐祈的时间批判则有特定的时

[1] Monroe K. Spears, *Dionysus and City*: *Modernism in Twentieth-Century Poetry*, New York: Oxford University Press, 1970.

[2] Matei Calineascu, *Faces of Modernity*, Bloomington and London: Indiana University Press, 1977; Georg Lukacs, *The Meaning of Contemporary Realism*, trans. John and Necke Mander London: Merlin Press, 1963.

[3] Stephen Spender, *The Struggle of the Modern*, Berkeley and Los Angeles: University of California Press, 1963.

代、社会背景。在《时间与旗》中，“时间朝向的目标不是宗教的永恒乌托邦，而是政治乌托邦，它承诺社会变革，这里对于时间的焦虑是特定的社会语境下的焦虑。”[1]张松建在梁秉钧的基础上进一步指出：“《时间与旗》具有《荒原》的批判精神，但没有升华为普遍主义的人类文明的深长忧思，而是更具中国化、本土性的艺术向度……把视觉图像、历史记忆与政治乌托邦交融渗透，遂奠定都市现代性的错位奇观，既凸显国族想象的时代印记，也预示中国新诗与西方典范的分道扬镳。”[2]两者的分析不仅出色地解释了唐祈诗歌的特色，对于理解整个中国现代主义诗歌的本质也是颇有启发的。

而且，梁著对待西方理论有着较高的自觉性和选择性，这与部分国内学者随意挪用西方理论以阐释中国文本的“贴牌加工”路数有本质的区别。例如，梁秉钧在考虑加利尼斯库提出的现代主义的“五副面孔”理论时，就认识到其中的三种类型——“先锋、颓废和媚俗”——并不适用于中国现代主义诗歌。因为“先锋是美学上的极端主义和‘探索’精神，因此被视为美学现代性的领头羊，它反对秩序、清晰性甚至成功的观念，与之相联系的是游戏、滑稽、神秘化以及下流的实用玩笑”，由于中国有更加僵化的传统，这使得诗人很难接受“先锋”体现的新奇与激进主义[3]。这种比较视野有助于发现西方和中国现代主义诗歌的差别，并界定后者的独特之处。

张松建《现代诗的再出发》一书秉承梁秉钧的研究路线。在其

---

[1] Ping-kwan Leung, *Aesthetics of Opposition*, p.118.

[2] 张松建：《现代诗的再出发：中国四十年代现代主义诗潮新探》，北京大学出版社 2009 年版，第 209—210 页。

[3] Ping-kwan Leung, *Aesthetics of Opposition*, p.26.

基础上，张著无论是在研究对象、材料方面，还是在视野、方法方面，都有了较大的扩展，可以说反映了四十年代现代诗歌研究领域的最新进展。首先，张著突破了梁著主要以“九叶”为主的研究范围，将其扩大到西南联大的王佐良、杨周翰、俞铭传、罗寄一，中法大学的叶汝琏和王道乾，沦陷区文坛的吴兴华、路易斯、沈宝基等，以引起人们对这些“文学史上的失踪者”加以关注，全面认识四十年代现代诗歌版图。通过这种扩展，张著丰富了中国“现代主义”诗歌的定义，把那些过去不被认为是“现代主义”的诗人也纳入了“现代主义”的体系中去（如吴兴华）。张著更引人注目的地方是史料的丰富和全面，他广泛涉猎了三四十年代出版的两百余种文学期刊和二十余种报纸副刊，他对原始材料的掌握之丰富不仅在四十年代诗歌研究领域，就是在整个现代汉诗研究界也是不多见的。

在研究方法上，张著不仅和梁著一样考虑到运用西方理论的选择性的问题，还进一步考虑到中国现代诗歌的主体性问题：“现有西方学者的现代性论述能否完全适用于对中国现代主义诗作的分析？与作为典范的西方现代诗相比，中国现代诗歌的主体性何在？”他提出：“本书注意文本、观念与历史间的互动，必要时融入社会史的内容，建采‘文学性’与‘文化性’的双重焦点，争取把文本、历史与理论融为一体。”[1]他注意到了当时的国内形势，文学大众化和民族形式问题的论证等历史、思想背景，并试图与文本的分析、论述有机地结合起来，从而使其论述更具本土性的向度。

[1] 张松建：《现代诗的再出发：中国四十年代现代主义诗潮新探》，北京大学出版社2009年版，第4页。

二、“西方——中国”天平的两端

但是，在“西方理论——中国文本、语境”这样一个天平中，梁、张二著明显地偏向了前者（虽然他们都对这种做法的危险有所认识），西方的现代主义理论还是被他们有意无意地当作了一种规范性的测量标准和目的论式的价值，而且其论述体系有着较为明显的整一性和同质化趋向。这集中地体现在梁著的核心论题“反抗的美学”上。《反抗的美学》导论中认为：

> 为了从前文的理论讨论中抽取出某些观念，以定义中国的现代主义者的特定性质，我想把“反抗”一词作为关键概念，来解释中国这一代的现代主义者在面临着各种社会、文化和语言束缚时所做出的反应。反抗的美学包括多种关键态度：它反对它自身的文化（特里林），批判传统（豪），以“现在”面对“过去”（史本德）。从语言方面来说，它反抗传统语言或者商业语言（罗兰·巴特）；就它与读者的关系而言，它偏离了作者和读者的熟悉关系，偏离了熟悉的语符（洛特曼、福克玛）……总的来看，它就像卡列尼斯库所观察的那样：反抗传统，反抗资本主义文明，甚至反抗它自身。[1]

梁清晰地标示出他用来定义中国四十年代现代主义诗人的理论观点和来源，这些理论也很大程度上影响了张松建专著的论述。值得注意的是，上述理论几乎全出自西方1960—1980年间，而这正好是西方左翼批判理论最为流行的时期。此时的现代主义理论大都通

[1] Ibid，p.46.

过“反抗”“否定”“偏离”这一类批判姿态来定义自身，而梁对四十年代现代主义诗歌的定性也是“反抗”美学。这种视野在处理这些诗人看待城市、商业文明的方式，对待传统文化和主流文坛的态度，处理日常语言的方式等问题上都有说服力和解释力。

但是，单纯的反对、否定美学依然无法充分说明现代主义诗人在面临历史、文化语境时的复杂态度，也无法充分体现其艺术创造的丰富含义，无论是对于西方诗人还是中国诗人而言都是如此。虽然一般认为西方的现代主义时期大约是1890—1950年，但是对现代主义作品的系统性论述却在六七十年代才大量出现。应当注意到的是，六七十年代的西方文学理论家大多有明显的左翼批判倾向，这种批判视界未必能和西方诗人本身的视界融合在一起。虽然有部分诗人（如庞德、早期奥登）的创作中确实有明显的反资本主义倾向，但是显然也有大量的诗人并非如此（如瓦莱里、里尔克等）。在反传统的问题上也同样如此（详后）。

而对于中国而言，仅从“反对”（社会、文化、语言等束缚）角度来定义四十年代现代主义诗歌可能远远谈不上全面，甚至也谈不上准确。就他们与传统的关系而言，确实有部分诗人有反传统倾向（如穆旦）；但是有的诗人也在寻求与传统协商、对话，积极地从传统文化中汲取资源（如辛笛、吴兴华），他们与传统和主流文坛的关系不仅限于“反对”和“偏离”，而是更为复杂和立体。这一点张松建在其专著第九章中也有详尽的讨论[1]。

而就四十年代现代主义诗人与社会现实的关系而言，他们反对

[1] 张松建：《现代诗的再出发：中国四十年代现代主义诗潮新探》，北京大学出版社2009年版，第289—333页。

和批判的对象远不止城市文明和资产阶级文化，甚至主要不是这两者（对于某些诗人而言），而且这两者在四十年代的中国都不是很发达。例如，穆旦虽然在三十年代末期写过少数批判中产阶级庸俗生活的作品（如《蛇的诱惑》），但是这些作品只是艾略特那些著名范本的模仿而已，并未和穆旦个人的体验深刻地结合起来（其实穆旦早年也未有过“中产阶级”的生活），因此到了四十年代，这类取自西方现代主义大师的题材反而在他的创作中消失了。唐祈、杭约赫四十年代对城市文明（尤其是上海）有不少批判性的描写，也有反资本主义的内容，他们与左翼诗人的关系也极其密切。但是他们反对的并非是如加利尼斯库所说的资产阶级文明的“理性、功利、进步理想”，而是非理性、非人性的前现代现实，他们在反对资产阶级文明的同时恰好又在期待一个理性、进步的政治乌托邦，这种左翼视角与六十年代以降的西方左翼知识分子批判视野并不一样。

而且，这些诗人对社会、政治现实远非“反对”那么简单，其中也有认可、协商等方面，各个诗人的具体表现也很不一样。例如唐湜、唐祈、杭约赫对当时主流左翼文坛和意识形态有相当大的认同成分（他们有的本身就是中共党员），他们还和左翼诗人臧克家、林宏等一起创办了《诗创造》和星群出版社，其作品中的左翼色彩也很明显。而袁可嘉、杜运燮、穆旦等则与左翼保持了较远的距离（甚至直接对抗），但是袁可嘉也有过与这种意识形态对话的尝试，而穆旦一直对其保持根本性的对立和分歧[1]。“九叶”诗人在对待社

[1] 李章斌：《一九四十年代后期的穆旦：内战、政治与诗歌》，台湾《中国文化大学中文学报》2010 年第 2 期。

会、政治现实方面也有着各自有别的态度，构成丰富的“五线光谱”，仅化约出“反对”姿态则显得过于简单。

把立足点放在天平的一端（西方理论）不仅容易将中国诗人的创作简单化，而且容易忽略他们的创作语境和内在动力。例如张松建在《现代诗的再出发》中承续梁秉钧关于穆旦的自我认同的讨论，认为穆旦“嘲笑进化观念，扬弃直线性时间的意识形态，否定五四启蒙遗泽，与加利尼斯库的美学现代性不谋而合”。他认为穆旦的创作在思想主题上完成了加利尼斯库的三个“反抗”(反抗传统，反抗资本主义文明，甚至反抗它自身)，“不期然完成了‘美学现代性’的确认”，“建构了一种严格意义上的文学现代主义的质素。”[1]然而，从穆旦的个人经历和创作实践出发，我们有理由怀疑穆旦是否在四十年代就“不期然”完成了七十年代加利尼斯库提出的“美学现代性”，是否是在“否定五四启蒙”。穆旦作品中从未明确反对“五四”时期“民主、科学”理念，而且笔者在另一篇文章中考察到，穆旦对新闻、言论自由理念有着强烈的兴趣，对国民党政府和左翼文人的专制作风有自觉的警惕，对反人道的国共战争也持强烈的批判态度，并对所谓的某些左翼作家构想“光明远景”表示怀疑。虽然西方现代主义的非直线时间观念有着自身的反理性、反启蒙主义脉络，但是穆旦诗歌中的非直线时间理念却并非直接承续这一脉络，而有着明显的社会政治针对性：它首先是对非理性、非人道的社会现实的批判，也是对那种光明、进步的“政治乌托邦”远景的怀疑，与其说他是在“否定五四启蒙遗泽”，不如说是承续和发展了“五四”启蒙运动的

[1] 张松建：《现代诗的再出发：中国四十年代现代主义诗潮新探》，北京大学出版社2009年版，第232—233页。

民主和人道主义理念（当然，他的创作还有超越于此的追求）[1]。

三、 西方“现代主义”论述的本质化矛盾和“化约”的困难

过度地倚重西方现代主义的理论论述并以其为摹本建立整体论述的另一矛盾在于，西方的“现代主义”论述本身就有着本质化的矛盾和难以“化约”出某种总体特征的困难。“现代主义”并不是单纯的流派概念，也不是简单的时期概念，它的含义极其复杂，这个概念的外延也不是很确定，而被囊括在它的名义下的各种现象和特征还经常出现相互冲突和对立的情况，这使得对“现代主义”进行本质化、整一性的论述即使不是不可能的话，也是极为困难的。

史皮尔斯在其《狄奥尼索斯与城市：二十世纪诗歌中的现代主义》一书开篇直言：“现代主义显然是个不可能的论述的论题。”[2]欧文· 豪在其所编的著名的文学现代主义的研究文集《文学艺术中的现代观念》一书导言中也坦言：“现代主义这个术语是非常变化多端，难以捉摸，其定义也是令人绝望地复杂。我必须先说明的是，我给现代主义描述的内容经常相互冲突。而且，很难判断某个作家，或者某个作品中的某种倾向是否应该打上现代主义的标记。”他强调：“我不会给现代主义作一个界限清晰的综合归纳，因为我心里没

---

[1] 李章斌：《一九四十年代后期的穆旦：内战、政治与诗歌》，台湾《中国文化大学中文学报》2010 年第 2 期。

[2] Monroe K. Spears, *Dionysus and City*: *Modernism in Twentieth-Century Poetry*, New York: Oxford University Press, 1970, p.3.

有这种想法，即便有我也不相信它会是有用的。”[1]

“现代主义”不仅含义和性质不好确定，而且其概念的外延也不明确。从欧美流行的各种现代主义作品集和文论集来看，从1890年到二战时期的很多文学、艺术流派都可以包罗在“现代主义”名义下，比如象征主义、未来主义、立体主义、表现主义、达达主义、超现实主义、后期象征主义等。这些流派有的有直接承袭或者影响关系，有的相互之间并无直接关联，那么它们被归结在一个概念下就颇值得怀疑了。布拉德伯里和麦克法兰指出，在大多数国家，现代主义是未来主义和虚无主义、革命和保守、自然主义和象征主义、浪漫主义和古典主义的古怪的混合体[2]。

尽管如此，有不少欧美学者还是力图对“现代主义”做出系统性、整体性乃至于本质性的表述。例如加利尼斯库在其著名的《现代性的五副面孔》中就把其“美学现代性”定义为一个“危机概念”，它包含着三重辨证的反抗：反抗传统，反抗资本主义文明（及其理性、功利、进步理想），反抗它自身，因为它把自身理解为一种新的传统或者权威[3]。特里林也指出，现代派文学的突出特色便是对传统文明的一种深恶痛绝的态度[4]。这样的整体论述且不论是否适用于中国文学，它是否能全面地描述英美文学都是一个问题。以反传统这个主张而言，它对于部分英语诗人就很难有概括力和解释

---

[1] Irving Howe, *The Idea of the Modern in Literature and the Arts*, New York: Horizon Press, 1967, p.12.

[2] Malcolm Bradbury, James McFarlane eds., *Modernism: A Guide to European Literature 1890—1930*, Harmondsworth: Penguin Books, 1991, p.46.

[3] Matei Calineascu, *Faces of Modernity*, p.10.

[4] Lionel Trilling, “On the Modern Element in Modern Literature”, *Partisan Review* 28 (2), 1961, p.10.

力。比如艾略特早在二十世纪二十年代就写了著名的《传统与个人才能》一文，号召诗人追求“非个性化”并融入传统，他还着力从过去的文学传统中挖掘可以重新利用的写作路线和资源（例如他对英国十六世纪的玄言诗派的发掘），以用于现代主义诗歌的写作之中；而到了晚年，他无论在思想还是创作上都更趋于保守和传统[1]。另一个重要的英语诗人奥登的诗作几乎全使用传统形式（如十四行一类的格律诗、民谣体等），他不断地致力于回顾和发掘传统（例如他对英国“轻体诗”传统的挖掘和创新）。当然，我并不否认他们也有反对传统的一面，但是仅强调这一面则往往意味着把这些重要作家丰富的多种面相排除在所谓的“现代主义”“现代性”的整体论述之外。把这样的一种理论不加审思地运用于中国现代主义诗歌的研究中往往会带来问题。

但是，是不是要彻底瓦解各种关于现代主义的系统论述，甚至取消“现代主义”这个名词本身呢？著名的现代主义研究者欧文·豪曾讨论过这个问题，他引述了拉夫佐伊（A. O. Lovejoy）一篇著名的文章《区别各种浪漫主义》中的观点，后者认为：“现在的‘浪漫主义’一词已包含了如此多的意义，以至于就其本身而言，它没有任何意义。它已经失去了作为一个语言符号的功能了。”拉夫佐伊建议人们不要去泛泛地谈浪漫主义，而要去分解出一些系列各自很不相同的浪漫主义，以解决这个词不准确的毛病[2]。豪认识到，同样的问题也发生在“现代主义”一词身上，而且可能更为严重，但

[1] 另外，艾略特提倡诗人应融入传统的思想显然也对中国二十世纪三十年代的现代主义诗人（如卞之琳）产生了影响，并刺激了他们去中国传统文学中重新寻找资源。

[2] Irving Howe, *The Idea of the Modern in Literature and the Arts*, p.11.

他反问道："为什么在历史上这个词积累了如此丰富的含义和联想？难道这仅仅是人们不准确地使用语言的结果吗？而且是不是也存在这种可能，那就是有一种潜在的整体态度，使得这一系列的浪漫主义相互联系在一起呢？"[1]豪指出，分解出一系列的浪漫主义（或者重新命名）可能会给理论分析带来更多的麻烦，而且还有一个潜在的危险，那就是："很容易落入一种极端的唯名论（nominalism），会把任何历史性和主题性的概括分类都统统瓦解，文学史也就变成了由单个作家组合在一起的一盘散沙。"[2]确实，我们在警惕那些关于现代主义的整体性论述的同时，也要避免那种唯名论式的吹毛求疵。

但是，欧文·豪并没有明确回答的问题是，为什么在历史上"现代主义"这个词积累了如此丰富的含义和联想？回答这个问题可以有两种途径。

第一种是设法去化约现代主义作家思想和创作的共同特征，从共同点上直接回答它的含义（豪在其文中实际上也是这么做的）。我把这种做法权且称为"本质主义"的方法，和下面的"历史主义"的方法相对。这种做法非常通行，但也有着很大的潜在危险：因为现代主义包含着很多差异很大，甚至是对抗性的东西，无法把它化约为同质化的范畴。研究者在对如此广泛的对象进行"化约"或者"求同"的过程中很容易简化，乃至抹杀各对象之间的差异性，把截然相反或者毫不相关的现象扭结在一起，甚至把某些重要对象的核心特质也牺牲掉（前文讨论的梁秉钧的"反抗的美学"论述系统也

[1] Ibid，p.12.
[2] 同上。

有这种缺陷)。

第二种途径我称之为历史主义(或者相对主义)的途径,这是我认为需要补充的一种途径。其目标就是要把“现代主义”的论述焦点从内部的本质联系(在这种联系确实很少的情况下)转向外部的历史、文化语境的压力和推动力方面。不妨换种方式来提问:“现代主义”潮流与当时的文坛主流的关系是什么?这些被称为“现代主义”的诗人在当时为什么会走到一起?或者,如果他们在当时并未走到一起的话,为什么会被后来的文学史家归结到一起?塑造这一整体的“他者”镜像是什么?这一镜像本身有变化的过程吗?比如在中国四十年代,为何“现代主义”会成为“现实主义”的对立命题?这一对立的历史语境和文化政治含义是什么?

这样一种对待“现代主义”的态度意味着不要过多地纠缠于它到底指什么——这严格来说可能是一个无法回答的问题,而是要去追寻这个概念具备某种意义的原因和语境是什么,以及它在历史上含义变迁的推动力又是什么(“现代主义”一语的含义不管在英美还是在中国都经历了若干重要的变化)。但是,这样一种对待“现代主义”历史主义的处理方式并不能完全否决对作家、文本的正面考察,因为“语境”是特定的写作面对的语境,这种面对的方式无不受到主体和创作者本身的特征的影响。换言之,“现代主义”写作的定义可以从主体和镜像、创作行为和创作语境的相互作用中找到更准确、深入的定义。

四、结语:从“求同”到“求通”

这里需要说明的是,笔者并不排斥西方现代主义理论,而仅仅是在警惕运用这些理论可能会造成的后果,比如掩盖研究对象的语境和内在特质。而且，笔者也反对任何系统性的研究论述，而仅仅是在探索避免对现代主义诗歌（西方和中国的）进行本质化和整一化论断的方法。考虑到任何系统研究都必须有某些主线和脉络贯穿全文，而我们前面已经讨论过“求同”和“化约”的危险，那么我们是否可以退而求其次，找一种变通的方法呢?

与“求同”的方式有别，我这里提出的设想是“求通”。钱钟书云：“东海西海，心理攸同；南学北学，道术未裂。”东西方诗人和论者虽然有着不同的写作语境和动力，但是他们在遇到某些类似的问题的反应时未尝没有相通之处，而考虑到中国现代主义诗歌受到了西方诗人的明显影响这个事实时，则尤其是如此。所谓“求通”并不是（或者尽量不去）化约出相同的趋向和特点，而是去考虑不同的诗人（中西诗人以及不同的中国诗人）面临着那些相似的语境和议题，去看他们怎样做出类似的或相反的回应，而在这些不同回应中寻找出相同的脉络。

例如，时间问题无论是在西方现代主义诗人还是在中国四十年代现代主义诗人那里，都是一个焦点问题，这并非偶然。“现代”这个词本身就是一个时间概念，不同的现代主义作品虽然在质地上有很大区别，但是，“现代主义作品的背后潜藏着一种极端的历史绝境感，潜藏着一种假设，即我们时代的经验是独一无二的，也潜伏着一种前所未有的危机感。”[1]就欧美的“高峰现代主义阶段”（一战与二战之间）而言，一战打破了人们对历史脉络的期待，使人们感觉人性已经形成概念（虽然这只是假设），于是“现代”“现在”的独一无二性被凸显了出来。加利尼斯库也认为现代性的主要特征之一

[1] Ibid，p.15.

就是某种“聚焦于现在的时间自觉意识”[1]。无独有偶，中国四十年代的现代主义诗人也经历了抗日战争等历史危机，这也使得诗人们也同样感受到了一种历史绝境：“历史已经把他们用完：/它的夸张和说谎和政治的伟业/终于沉入使自己也惊惶的风景”（穆旦《荒村》）；“什么天空能把我拯救出现在?”（穆旦《沉没》）。但是，中国诗人毕竟是在不同的历史、思想脉络中创作，他们那种看似与西方现代主义诗人类似的时间观实际上却有着不同的出发点和目标，并不能简单地与西方学者观察到的反理性、反启蒙主义理路拼合在一起。

“求通”也意味着不要把西方现代主义理论当作标尺和目标，而只是将其作为一个比较的对象。在把中国现代诗人和其西方同仁进行对比论述时，能“通”则“通”，不能“通”则不必强“通”之。例如，与大部分西方现代诗人有别，大部分四十年代现代主义诗人都有着强烈的民族危机感和政治关怀，用夏志清的话来说就是“感时忧国”精神。这种精神要么催生出一种关于自我定位的道德焦虑感（如辛笛的作品），要么萌发一种期待理想社会秩序的政治乌托邦想象（如杭约赫、唐祈），而西方现代主义诗人很少有这类家国关怀。如果把西方现代主义诗歌作为“坐标轴”来衡量这些诗歌的话，可能会有一种不够“现代”的不足之感。可是，在1960—1980年间欧美“现代主义”已成为过去时的时候，表现道德关怀和政治反思的东欧和苏联地下、流亡诗歌反而在西方世界倍受推崇（如米沃什、赫鲁伯、布罗茨基等），而这些恰好是欧美现代主义作品和理论很少触碰的题材。一旦注意到这些事实，就不难明白，题材本身并没有

[1] Matei Calineascu, *Faces of Modernity*, p.65.

“现代”和“落后”之分，而关键要看作家对它的处理和表现是否深刻，是否有创造性。因此，应当避免把“现代”和现代主义理论当作价值标准，在考察这些作品的时候不仅要关注它们如何“现代”，也要评价它们作为艺术作品的自足性、完整性、开创性和想象力等诸多方面，换言之，要评价它们是否是有价值的“文学”。

“求通”不仅意味着不随意求同和化约，也意味着保持论题的弹性和开放性，以免某一理论和价值标准固定化、模式化。这本身就是现代主义文学研究的应有之义。欧文·豪说：“过去人们急于索要答案，而现代时期的人们则把自身和问题联系在一起。现代主义在到达了某个节点以后，其本质体现在这样的主张之中：真正的问题，值得问的问题，是没有（也不需要）答案的；它只需要反复地问，永远用不同的方式来问。”[1]

[1] Irving Howe, *The Idea of the Modern in Literature and the Arts*, p.18.

第二辑　论新诗的“音乐性”

瘸腿的诗学

——关于新诗批评的音乐维度的思考

一

小说家、批评家库切（诺贝尔文学奖获得者）在一篇文章中对当代美国诗歌批评的现状做出如下批评：

> 从古到今我们都拥有一个从音乐那里借来的充分发展的诗歌音律的记录。我们也有一批关于诗歌语义学的理论，它们把诗歌看作是一种具有特殊的意义规则的语言。我们缺少的是一个广为接受的能结合这两者的理论。美国最后一批相信这样的理论的批评家是新批评学派；他们颇为沉闷的阅读诗歌的风格在六十年代的沙土中枯竭了。从那时起，诗歌，尤其是抒情诗变成了批评职业的一个尴尬，或至少对学术批评而言是如此。没有任何一个统治学界的学派愿意处理诗歌本身，在实践上诗歌被读作每行右边参差不齐的散文。[1]

[1] ［美］哈罗德·布鲁姆等：《读诗的艺术》，王敖译，南京大学出版社 2010 年版，第 140—141 页。

库切所谓“没有任何一个统治学界的学派愿意处理诗歌本身”，并不是说没有谁愿意研究诗歌，而是指没有哪个主流学派将诗歌真正当作诗歌来研究，而往往是将其当作一种特殊的散文：诗歌有“音乐”和“语义”两个维度[1]；而二十世纪六十年代以后的英美文学批评各主要的学派，虽然它们的方法与旨趣千差万别，但是在诗歌批评上都有一个令人“尴尬”的共同点——它们都把诗歌的音乐维度忽略或者省略掉了。无论是解构主义、后结构主义批评，还是马克思主义、女性主义、后殖民批评，抑或新历史主义批评，它们在诗歌的音乐层面以及音乐与语义的互动方面的研究鲜有重大的突破，于是诗歌与散文在其研究中变得没有多少区别，这也是当代诗歌批评处于尴尬境地的一个重要的原因吧。

而我国的新诗批评在这方面的状况则更令人不安（古诗音律的研究则不在本文的讨论范围之列）。我们知道，在二十世纪二十年代有闻一多、梁实秋、饶孟侃等诗人和批评家热烈地讨论和试验新诗的格律（虽然未必是非常成功的）；而在三十年代则有朱光潜、罗念生、梁宗岱等就诗歌的节奏问题展开激烈的争论；甚至到了五十年代，何其芳、卞之琳、罗念生、王力等众多诗人和学者也曾就新诗的格律问题展开过多次大规模的讨论。然而，自此以后，新诗的音乐问题的讨论沉寂了（原因下文详述）。在当代，虽然极少数学者零星的论述仍时有所见，但再也没有哪个重要的学者对新诗的音乐问题进行深入和系统的研究，遑论在全国范围内形成有影响的讨论。可以说，八十年代以来的新诗批评是一种不折不扣的“瘸腿”诗学

[1] ［美］哈罗德·布鲁姆等：《读诗的艺术》，王敖译，南京大学出版社 2010 年版，第 140 页。

(或曰“聋哑”诗学)——它基本上丧失了音乐这一重要维度的支撑，仅靠语义这一维度步履蹒跚地勉力前进——甚至语义这一条“腿”也严重地发育不良[1]。

虽说当代英美的诗歌批评多少也有点“瘸腿”(在库切看来，它缺少对诗歌音乐的足够的关注，尤其缺少能结合音乐和语义两方面的有效的理论)。但是，并非所有西方国家的诗歌批评都如此“发育不良”。就笔者所见，二十世纪俄罗斯（苏联）的诗学研究和诗歌批评中，音乐（尤其是诗律）一直就是关注的核心，能有效地结合音乐与语义两个层面的著作也不鲜见，甚至这两者之间的关系本身就是当代俄罗斯文学批评的热点之一。著名诗人、小说家帕斯捷尔纳克曾旗帜鲜明地指出：“语言的音乐性绝不是声学现象，也不表现在零散的元音和辅音的和谐，而是表现在言语意义和发音的相互关系中。”[2]而二十世纪俄罗斯最重要的诗学理论家之一洛特曼则在其1972 年出版的《诗篇分析，诗的结构》一书中集中分析了诗的语音、韵律等层次的“对等”结构，并讨论了它们对诗的语义层产生的影响。他从诗歌的结构特征（即“平行对照”）的角度来探索韵律、语义、主题诸层次的联系，虽然未必是放之四海皆准的定论，不过至少为我们进行诗歌结构（包括音乐结构）分析提供了

[1] 在笔者看来，在从语义或者狭义的修辞学角度研究诗歌方面，新诗研究至今还未建立较为坚实的基础和可靠的范式，大部分批评（哪怕是学术批评）依然只能依赖印象式批评这种最简单的分析方式，其文本与理论建构之间的联系仍然是较为脆弱的。

[2] [俄] 帕斯捷尔纳克：《空中之路》，转引自 [俄] 瓦·叶·哈利泽夫：《文学学导论》，周启超等译，北京大学出版社 2006 年版，第 291 页。

参考的范例[1]。

而当代俄罗斯诗学权威加斯帕罗夫也将毕生精力投入到音律与语义之间的关系之研究当中，他使用统计学的方法对俄罗斯各种诗体的发展情况进行分析和梳理，并提出著名的“语义晕”（或译“语义光环”）理论。他认为，每种诗格（音步形式）都有特定的“语义晕”，“越是鲜见的诗格就越发促使人们想起它曾经被使用过的情形，俄语六音步扬抑抑格或壮士歌仿作的语义内涵是巨大的……四音步抑扬格（在我国诗中最为常用的诗步——原书作者注）的语义内涵是微乎其微的。所有的诗格及其变体其实都处于这两端之间的宽阔领域中。”而不同的诗格之所以会有不同的“语义晕”，其重要的原因是某一诗格会“促使读者回想起与早先读过的同类作品相关的那些形象和感受，并以此加深所获得的印象——这通常就成为使用某种题材或某种体裁的传统音步的基础条件”[2]。如果说洛特曼是从诗歌结构的角度来分析诗律、语义诸层次的关系的话，那么加斯帕罗夫则是从诗歌史的角度（尤其是诗人、读者与文学记忆的关系角度）来探讨这个问题：前者是结构主义诗学，而后者则可称为“历史诗学”，它们恰好是俄罗斯诗学重要的两极。当然，当代俄罗斯诗学在这方面的研究细致且精深，涉及面甚广，不是本文所能一一尽述。对于矢志于探索新诗音乐的诗人和学者而言，二十世纪俄罗斯诗学的成果是值得借鉴的。

---

[1] 洛特曼的著作目前没有完整的中译本，关于其理论的基本情况，参考黄玫：《韵律与意义：20世纪俄罗斯诗学理论研究》，人民文学出版社2005年版，第74—81页。

[2] [俄] 瓦·叶·哈利泽夫：《文学学导论》，周启超等译，北京大学出版社2006年版，第294—295页。

实际上，当代英美的诗人批评（有别于学院批评）也没有抛弃“诗歌本身”：不少对诗歌音乐有着自觉追求的诗人在其诗歌批评中也对诗歌音乐问题念兹在兹，当代杰出的英语诗人、批评家希默斯·希尼（长期任教于美国高校的爱尔兰诗人，诺贝尔奖获得者）就是一个突出的例子，他在其诗歌批评中对音乐与语义的关联性有着细致入微且精义迭出的分析，例如对于菲利蒲·拉金的《晨歌》（*Aubade*）的一段诗：

Unresting death, a whole day nearer now,
Making all thought impossible but how
And where and when I shall myself die.
Arid interrogation: yet the dread
Of dying, and being dead,
Flashes afresh to hold and horrify.[1]

希尼评价道：“当‘恐惧’（dread）与‘死亡’（dead）谐韵，它与其全部语义的对峙几乎达到了顶点。而动词‘死去’（die）也在动词‘恐吓’（horrify）中引爆出自身的激情。”[2] 饶富兴味的是，洛特曼对于韵脚与语义的关联也有与希尼颇为相似的见解（两者之间有无交流或影响尚不确定）。在对马雅可夫斯基《真是优雅的生

[1] 笔者试译：“不安的死亡，现在又逼近了一整天，/使人无法思索任何东西，除了关于/何时，何地，我自己将如何死去。/枯燥的质询：死亡/与垂死的恐惧/再次闪现，抓住并恐吓我。”

[2] [爱尔兰] 谢默斯·希尼：《希尼诗文集》，吴德安等译，作家出版社2001年版，第334页。该文译文（姜涛译）谬误较多，笔者略做改动（引文改“战栗”为“恐吓”，并在“身”前面添加“自”字）。

活》一诗的分析中，洛特曼发现韵脚往往加深了押韵词语之间的对立，起着“将不同者拉近和于相同中揭示差异的作用”[1]。对于诗人而言，一旦他动笔写诗，他处理的就已经是“诗歌本身”了：因此诗人批评家对于“诗歌本身”，对于诗歌的本体论式的批评有着职业性的偏好，而这往往是很多当代学院批评家所欠缺的。

二

在对新诗缺乏严整的形式（尤其是缺乏明显的音乐性）的指责此起彼伏之际，对于目前的新诗批评而言，迫切的问题是：如何开拓诗歌音乐研究这个维度，如何为诗歌音乐的分析建立基本的起点和范式？尤其是，如何在以“自由诗”为主体的新诗中发现音乐与语义的关联性？当然，在这些问题之前还有一个必须回答的、更为迫切的问题：如何发现和确定新诗本身的音乐性？在以“自由诗”为主体的新诗中，音乐（尤其是节奏）是否存在本身就成了很多论者质疑的焦点。

自由诗是否有节奏？它们的节奏具体如何产生？对于古希腊的格律诗而言，其节奏的形成在于诗行中长短音的规则排列所形成的音步的序列；而对于英、德、俄语的格律诗而言，其节奏产生的基石是诗行中轻重音的规则排列所形成的“音步”的序列；而对于我国古诗而言，其节奏的基础是诗行中周期性地出现的停顿或延长（一般被称为“顿”），以及非常规则的韵式[2]。概括起来，格律诗的节奏的形成在于诗行里的某些语音特征周期性的重复（这往往也

[1] 黄玫：《韵律与意义：20世纪俄罗斯诗学理论研究》，人民文学出版社2005年版，第75—76页。

[2] 朱光潜：《诗论》，北京出版社2005年版，第210—217、231页。

意味着模式化的结构)。雅各布森归纳道:“诗歌组织的实质在于周期性的复现。”[1]然而,在大部分自由诗中,并没有格律诗那种周期性的、模式化的语音结构,那么,它们能否具有节奏呢?其节奏又从何而来呢?

实际上,节奏的形成并不是只有格律这一种方式,格律诗中那种长短音、轻重音或者顿的整齐排列只是构成节奏的诸多方式中的一类,它们本质上其实都是重复或者复现(repetition),而节奏真正的基础就是重复。实际上,“韵律”(rhythm,又可译为“节奏”)在古希腊语(Ὸυθμὸs - rhythmos)的基本含义是“有规律的重现的运动”“各部分的比例或对称感”[2]。闻一多在1922年写成的《律诗底研究》一文中也称引过斯宾塞(英国诗人)的见解:“复现Repetition底原理是节奏底基础。”[3]玛佐(Krystyna Mazur)则分析道:“重复为我们所读到的东西建立结构。图景、词语、概念、形象的重复可以造成时间和空间上的节奏,这种节奏构成了巩固我们的认知的那些瞬间的基础:我们通过一次次重复之跳动(并且把它们当作感觉的搏动)来认识文本的意义。”[4]罗念生也指出:“节奏可以

---

[1] [俄] 瓦·叶·哈利泽夫:《文学学导论》,周启超等译,北京大学出版社2006年版,第326页。

[2] Ὸυθμὸs, in Henry George Liddell, Robert Scott ed., *A Greek-English Lexicon*, on Perseus project (http://www.perseus.tufts.edu/hopper/text?doc=Perseus%3Atext%3A1999.04.0057%3Aentry%3Dr%28uqmo%2Fs)

[3] 闻一多:《律诗底研究》(生前未发表),《闻一多研究四十年》,清华大学出版社1988年版,第49页。

[4] Krystyna Mazur, *Poetry and Repetition: Walt Whitman, Wallace Stevens, John Ashbery*, New York and London: Routledge, 2005, p.xi.

用任何重复的动作造成，一切的艺术便基于这一种重复。”[1]令人遗憾的是，自二十年代以来的新诗节奏的探求者，如闻一多、孙大雨、何其芳等，基本上把目标锁定在格律上，力图参照我国古诗或者西方格律诗建立新的格律。然而，在新诗中，我们既无法实现古诗里的那种固定的、周期性的“顿”的重复，也无法实现西方格律诗歌里那种轻重音的整齐排列（因为现代汉语中并没有英语中那种明显的轻重音之别），于是他们采取了一种“折中方案”，即以句法和语义结构来划分新诗诗行中的节奏单位（或曰“音步”或曰“顿”）。实质上，这些所谓的节奏单位其实只是句子的意群而已，而这样的“音步”组成的节奏其实和散文并没有多大区别，实际上也起不到多大的节奏的效应。实际上，1950年代以后的至今的新诗批评在音乐性问题上鲜有明显的突破，甚至关注的人也寥寥无几，这也和新诗格律探索在节奏问题上遭遇的瓶颈有很大关系。

然而，新诗节奏的理论探索者却很少把目光转向白话诗的主体部分（即自由体诗歌）中，而后者的节奏，正是新诗节奏探索的一个大有前景的领域。虽然，自由诗（又称“开放形式”）没有固定的格律、韵式、诗节形式，但是它们可以从词语、短语或者语法结构的重复等方式获得节奏，也可以从词语在纸面上的排列以及别的方式获得节奏，[2]这样一种不同于格律的韵律，一般被称为“非格律韵律”（non-metrical prosody）。实际上，在自由诗大师惠特曼那里，那些不同于格律诗的节奏方式就被大量地使用，如句式重复

[1] 罗念生：《罗念生全集》，第八卷，上海人民出版社2004年版，第316页。

[2] Michael Meyer, *The Compact Bedford Introduction to Literature*, 5th edition, Boston and New York: Bedford/St. Martin's, 2000, pp.1597—1598.

（或曰排比）、头语重复（Anaphora）、结语反复（Epistrophe）、对偶（Antithesis）等，这些都是其诗歌节奏重要的构成部分[1]。在现代汉语诗歌中，类似于惠特曼诗歌里的那些语音的重复方式（不独排比）其实也有实现的可能。戴望舒著名的诗歌《雨巷》，其实就是一首典型的“非格律韵律”作品，而在辛笛、痖弦、多多等现当代诗人手中，也不乏在韵律上相当成功的自由体诗作。

三

目前摆在学界面前的任务，是去深入地认识和分析新诗的音乐性，以便更多的诗人和学者能够扩展其可能性，而不是无休止地重复那些关于新诗是否有音乐性，是否有节奏之类的口舌之争。诗歌音乐所包含的问题当然不仅是节奏，但节奏是首先需要面对的问题。除（狭义的）节奏之外，停顿、分行、语调、押韵等也是诗歌音乐较为明显的表现形式（它们都是广义的节奏的组成部分）。在现代汉诗的音乐还未得到起码的讨论之前，先从这些表层现象入手是不错的选择。我们知道，我国古诗中的停顿和分行都是模式化的、固定的，虽然这样可以带来明显的节奏感，但是，由于它们没有多大的变化余地，因而也无法在其自身中体现多少诗歌特定的意义[2]。在

[1] *A Companion to Walt Whitman*, edited by Donald D. Kummings, Blackwell Pub. Ltd., 2006, pp.383—384.

[2] 当然，旧诗的音调（平仄）还是具有较大的自由度（即便在律诗中也是如此），因此平仄的一些特殊安排在一些杰出诗人那里（如杜甫）往往也会和诗歌意义产生有机的联系。

洛特曼看来，重复部分差异的形式往往具有较多信息含量[1]。而新诗的停顿和分行则要自由得多，因而其自身也有更大的表义（传达信息）的潜力。新诗可以在诗行的任何位置停顿，也可以在诗句中任意部位将其分为两行，这也是造成新诗形式上的混乱和无序的原因之一；但是，在使用得当的情况下，新诗的停顿、分行可以与诗歌的语义、情感相互配合，甚至交相辉映。先来看停顿，如穆旦《出发》一诗中的最后这三行：

……让我们相信你句句的紊乱
是一个真理。而我们是皈依的，
你给我们丰富，和丰富的痛苦[2]。

不妨把最后一句改写成："你给我们丰富和丰富的痛苦。"这样修改之后，诗歌的意思没有丝毫改变，但是语气上则大有不同：与原诗相比之下，它显得太"顺"；而原诗在句中停顿了一下之后，它的前后两部分的冲突和转折体现得更明显了：前半部分强调"你"（上帝）给了"我们"丰富，而后半部分话锋一转（句中的停顿恰好体现了这一"转"），又说"你"给了我们"丰富的痛苦"。由于句中的这个停顿（突转），"丰富"和"痛苦"的含义都变得更为复杂和立体了，或者，更为"丰富"了。

停顿的作用当然不仅限于突转。试看多多《为了》一诗最后

[1] 黄玫：《韵律与意义：20世纪俄罗斯诗学理论研究》，人民文学出版社2005年版，第74—75页。
[2] 李方编：《穆旦诗文集》，第一册，人民文学出版社2006年版，第86页。

几行：

为了没有死亡的地点，也不会再有季节
为了有哭声，而这哭声并没有价格
为了所有的，而不是仅有的
为了那永不磨灭的
已被歪曲，为了那个歪曲
已扩张为一张完整的地图
从，从血污中取出每日的图画吧——

在这些诗句里，一种九曲回环之“气”力透纸背（无怪乎唐晓渡称多多为“气力绝大”之诗人[1]）。细读这些诗句可发现，这些诗句相互之间充满了矛盾与冲突，尤其是第四、五行和第五、六行之间的跨行（两行前后都分别是一个单句），其“跨度”不可谓不大：“永不磨灭的”居然“已被歪曲”；而“那个歪曲”却“已扩张为一张完整的地图”；而且既然“已被歪曲”，可诗人依然要“为了”——何其悲壮又曲折的“为了”！最后，诗人发出了弦断终曲之音，“从，从血污中取出每日的图画吧——”“从，从”这样的哽咽之语可以说把全诗的力量都汇集到了最后一行了，它为整首诗的“爆发”蓄足了力量——无法想象，如果把这个停顿去除的话，全诗的气魄和神韵会和现在相差有多么远。

这里要特别注意一下分行，因为在目前以自由诗为主体的情况

[1] 唐晓渡：《多多：是诗行，就得再次炸开水坝》，《当代作家评论》2004年第6期，第109页。

下，分行可谓是新诗必须守住，以免完全沦落为散文的“最后的堡垒”之一了。分行实际上也有停顿的效应，因为读者读到行末再把目光移到下一行时，无论如何都有一个停顿的过程。哈特曼（Charles Hartman）在其研究自由诗的专著中指出，在诗歌中，诗行在何处结束本身就带有意味，断行具有停顿的效应，并与句法结构构成对位或者复调关系（Counterpoint）[1]。尤其是当诗歌是在句子结构的中部（而不是末尾）分行时（这种情况一般被称为“跨行”），分行与句法结构之间的抗衡或者对位关系就更为明显了，这时候分行在时间上也构成了对日常语言线性前进的时间序列的反抗。因此，与一般的停顿相比，跨行在语义的突转与多层性方面的效果更为明显。例如前述《为了》一诗中的第 4、5 行和第 5、6 行之间的跨行就是如此。再看叶维廉所译的翁加雷蒂的《河流》中的这几句（用新诗的体式和语言翻译的国外诗歌不妨也当作是新诗的一部分）：

我看着
云的不急不迫的流
过月亮[2]

叶氏的译文对分行的处理体现出相当高的技巧。他在“流”后面断行（而不是断为“云的不急不迫的/流过月亮”），于是“流”

---

[1] Charles Hartman：*Free Verse：An Essay on Prosody*，Evanston：Northwestern University press，1996，p.15，pp.61—81.

[2] 庞德等：《众树歌唱：欧美现代诗 100 首》，叶维廉译，人民文学出版社 2009 年版，第 215 页。

这个动作被强调和延长了，我们仿佛真的看到云缓缓地，不急不迫地“流”，“流”了许久才“流过月亮”，真是神乎其技！即使没有第3行，前两行也是一个完整的句子，实际上读者读到第2行时往往有句子已然结束之感，但读到下一行时，才发现原来还有下文，这可以说是一种不折不扣的惊喜，优秀的诗人和读者无疑不会忽略这种惊喜。

音调（调性）是音乐的一个重要的组成部分，对于诗歌音乐而言同样是如此。新诗的音调（语调）问题目前基本上处于无人问津的状况[1]，不少西方诗人对此倒屡有论及。布罗茨基曾经这样分析茨维塔耶娃诗歌与散文的语调：“‘玛丽娜（笔者按：即茨维塔耶娃）的诗常常是从高音C写起的。’安娜·阿赫马托娃这样说过。对于散文中茨维塔耶娃的语调，似乎也可以说同样的话，这就是她的声音特征，她的话语几乎总是开始于八度音阶的‘彼’端，开始于最高音区，开始于音阶的顶点，在此之后，就只有下降了，至多也只能是保持。然而，她的音色如此悲凉，悲凉得足以保持上升的感觉，无论声音持续多久。”[2]布罗茨基对茨维塔耶娃这种“悲剧感”的调性的分析可谓体察入微。当然，汉语与西方语言的长短、高低、轻重显然不同，因而西人对于语调之论述也未必可以直接挪用于中国新诗当中；不过，语调的高低之分汉语显然也有，而现代汉语诗人在处理语调时有时也不乏异“语”同工之处。例如，昌耀——一个

[1] 卞之琳在1954年曾著文探讨“顿”与“调子”的关系的问题，不过这个问题在卞之琳那里并没有得到深入的讨论，也没有得到论者的响应。参考卞之琳：《哼唱型节奏（吟调）和说话型节奏（诵调）》，《作家通讯》，1954年第9期。

[2] ［美］约瑟夫·布罗茨基：《文明的孩子》，刘文飞译，中央编译出版社2007年版，第123页。

同样具有很强烈的“悲剧感”的中国诗人——在其代表作《慈航》中就以四行高昂的诗句领起全诗：

> 是的，在善恶的角力中
> 爱的繁衍与生殖
> 比死亡的戕残更古老，
> 更勇武百倍。[1]

在此之后，诗歌的语调开始走向平缓。不过，在《慈航》全诗中，这四行反复出现，使得全诗的调性一直维持在较高的状态，这与全诗的慷慨悲凉之情相映衬：这种结构与贝多芬的《命运交响曲》非常相似，后者也是以极高音阶的旋律开始，尔后相对平缓，然后开始部分的旋律又出现，如是反复回旋，一种对命运的抗拒和抗拒之枉然所带来的悲剧感萦绕其中。看来，秉性相似的诗人（和音乐家）对于调性的选择也往往有不谋而合，异曲同工之处。

四

当然，新诗的停顿、分行、语调的特征和效用并不仅限于前面所论及的这几点，而且新诗的音乐所包含的层面和因素也绝不仅限于节奏、停顿、分行、语调这几个方面，后者仅仅是新诗的音乐中最表层的组成部分，至于那些更为微妙和深入的部分，则需要进一步地进行深入的分析。不过，由这些问题的讨论，我们可以确信新诗的音乐不仅是可能的，也是重要的，而且也具有被分析和探讨的

[1] 昌耀：《昌耀的诗》，人民文学出版社 1998 年版，第 22 页。

可能性。

从形式严整的古诗到形式相当宽松的自由诗，新诗所付出的代价是它再也没有固定的模式可供其写作者依循，这种形式的“无政府”状态的直接后果就是新诗的形式传统极其脆弱：一个新诗传统中的后来者很难从前人的形式中学到什么，以便用于建立或规范自身的形式——每个现代汉语诗人都必须从零开始建立自己的形式（包括音乐性）。然而，真正有才力的诗人毕竟不多（任何时代都如此），因此在现代汉语诗人中，真正能建立独立自主的形式体系的诗人少之又少，能具有明显的音乐性的诗人更是凤毛麟角。这其中重要的原因就是现代汉诗的形式远较古诗混乱，其形式传统继承和发展的轨迹也要模糊得多。然而，这种缺陷恰好也是新诗（同时也是新诗批评）的发展机遇。前文说过，由于新诗的形式约束（如停顿、分行等）远较古诗自由，其表义的可能性也要丰富。因此，新诗的批评研究，由于受到对象的牵制，必然在某些方面较旧诗的研究要薄弱，但是在另一些旧诗所不注重的方面则有可能大有作为，新诗研究与旧诗研究便有可能形成“错位竞争”。

更重要的是，一个现代汉语诗人若想在现代汉诗传统中占据一席之地，则必须独力创造自身的形式（至少在目前是如此），他无法像古人那样按照某一诗律或者词牌“依葫芦画瓢”，而必须“自造新瓢”。而在这样的自足的形式中，由于模式化的形式框架不复存在，诗歌的音乐和语义有着更为多样和有机的联系：因为诗人必须为其自创之形式建立“合法性”依据——就像历朝的开国君主所做的那样——音乐与语义之间的联系的“合法性”显然是新诗的“开国君主”的必争之地。而去发现优秀的诗歌中那些多样的形式和音乐各自的独特性与必然性，是新世纪新诗研究者的一个重要的责任和机遇。

论新诗节奏的速度、停顿以及起伏

一、问题的前史

谈论节奏，首先需要追问的是：谈论的是哪个意义上的“节奏”？以什么方式谈论？在有关诗歌的节奏研究中，朱光潜的《诗论》是一本具有典范性的论著，对迄今为止的新诗节奏研究也有深远的影响。然而，就在这本集大成之作中，关于“节奏”本身的定义却出现了令人生疑的模棱两可与左右为难。《诗论》一书中至少出现了两种“节奏”定义和性质认定，这两种定义之间的关系却是耐人寻味的。一种是“语言的节奏”，另一种是“音乐的节奏”。关于两者的区别，朱光潜说：“语言的节奏是自然的，没有规律的，直率的，常倾向变化；音乐的节奏是形式化的，有规律的，回旋的，常倾向整齐。”[1]按朱光潜所论，诗源自歌，所以必有音乐的节奏，而又以语言为载具，所以也有语言的节奏。那么，诗的节奏就是“束缚之中有自由，整齐之中有变化”[2]。然而，再往下读，读者不难发现朱光潜在有关中国古诗的分析中更重“整齐”（“音乐的节奏”）

[1] 朱光潜：《诗论》，北京出版社2005年版，第160页。
[2] 同上，第160—161页。

之一端，而对所谓“变化”（“语言的节奏”）基本上是存而不论的。他分析旧诗节奏，最看重的是旧诗的“顿”，言中国诗的节奏“大半靠着‘顿’”[1]，另一小半则是“韵”[2]。朱光潜之所以倚重此二者，主要是因为它们都是相对规整的节奏因素（至少在旧诗中基本如此），韵（尾）自不必说，它们都固定地出现在句尾。“顿”在旧诗中也是模式化的。在朱光潜看来，“中文诗每顿通常含两字音，奇数字句则句末的字音延长为一顿，所以‘顿’颇与英文诗‘音步’相当。”[3]可以看出来，朱光潜的“顿”之规律的把握有着清晰的英诗格律的烙印，勉强造成一种均齐节奏的假象[4]。基于这种理解，朱光潜推论说：“旧诗的顿完全是形式的，音乐的，与意义常相乖讹。凡是五言句都是一个读法，凡是七言句都另是一个读法，几乎千篇一律，不管它内容情调与意义如何。”[5]如果他的推论成立的话，那么旧诗节奏岂不是主要是一种整齐的“音乐的节奏”，而基本没有“语言的节奏”的地位了——也即没有太多的灵活变化可言？

朱光潜对旧诗分顿的判断到底能否完全成立此处我们不详论，这里再补充一下朱光潜在其对诗歌“节奏”认定中有所偏向的例证，

---

[1] 朱光潜：《诗论》，北京出版社 2005 年版，第 210 页。

[2] 同上，第 231 页。

[3] 同上，第 212 页。

[4] 就一般理解而言，五言、七言诗句的末三字是一个顿，然而朱光潜却将其分为两个“顿”，即 2＋1，而且把后一个顿的时长假定为具有两个音节的时间长度，这都是英诗格律观念的清晰印记（格律体英诗中每个“音步”的音节数量一般假定为是均等的，比如五音步抑扬格即五个音步，每音步有轻重两个音节，均齐重复——当然这只是假定，实际情形却是相当多变的）。如果五言诗的顿是两顿（2＋3），七言是三顿（2＋2＋3），那就不完全符合“整齐”的规律了。

[5] 朱光潜：《诗论》，北京出版社 2005 年版，第 221 页。

即偏向整齐的“音乐的节奏”的一面。第一，朱光潜意识到旧诗分顿其实经常是灵活的，比如他谈到的“中天月色好谁看”，如果分顿成“中天/月色好/谁看”，朱光潜认为也“未尝不可用”[1]，虽然这并不符合他所概括的规律（2＋2＋2＋1）。而像“似梅花/落地，/如柳絮/因风”，则更与他假定的规律（2＋2＋1）相差甚远，他径直认为这“在音节上究竟有毛病，因为语言节奏与音乐节奏的冲突太显然”[2]。令人忍俊不禁的是，这种不太符合他认定的“音乐的节奏”规律的例子，他径直认为是“有毛病”的，打发到不可取的特例中去，因而也影响不到他关于旧诗节奏模式化的整体判断。第二，朱光潜把那些不太符合齐整规律的节奏因素剔除出去，不放入他所指认的“节奏”定义之内。比如平仄四声，其规律相当复杂而且多变，他认为“四声对于中国诗的节奏影响甚微”[3]。这就更令人疑惑了，平仄涉及到声音的音调乃至长短，怎么就不影响“节奏”了？朱光潜自己定义的节奏是：“单就声音的节奏来说，它是长短、高低、轻重、疾徐相继承的关系。这些关系时时变化……”[4]按照这个定义，四声对于“节奏”的影响恐怕远不止“甚微”。朱光潜所谓影响“甚微”，其实指的是对节奏的均齐进程影响甚微，而非对广义上的“节奏”没有影响。由此可见，要疏通这些朱光潜理论体系中的模棱两可、自相矛盾之处，必须认识到《诗论》中称为“节奏”的词语往往在不同语境中有不同的含义，一种是变化的、无定的节奏概念，另一种是均齐的、模式化的节奏概念。而朱光潜在《诗论》中想要

---

[1] 朱光潜：《诗论》，北京出版社 2005 年版，第 213 页。

[2] 同上，第 215 页。

[3] 同上，第 201 页。

[4] 同上，第 151 页。

着重指认、定性的“节奏”，主要是后一种节奏概念。正是从这种“节奏”的指认中，可以清晰地看到那些不太整齐、不具有硬性的均齐分布规律的因素被舍弃掉了，由此造成了旧诗节奏如同时钟里秒针匀速转动一样的假象。

进一步说，这种对于齐整、均质、匀速的节奏模式（或者模式化节奏）的渴求是新诗节奏研究中一个挥之不去的阴影，朱光潜显然不是孤例。对于新诗缺乏固定形式的焦虑，普遍地存在于有关新诗节奏的讨论中。前有二十年代闻一多、饶孟侃等新月派诗人、理论家的格律论述，后有五十年代的新诗格律大讨论。闻一多认为：“字数整齐的关系可大了，因为从这一点表面上的形式，可以证明诗的内在精神——节奏的存在与否。”[1]而五十年代孙大雨、何其芳各自对“顿”（或“音节”）提出了相似的定义，孙大雨称之为“音节”，“音节”相加而成“音组”：“至于音节，那就是我们所习以为常不大自觉的、基本上被意义和文法关系所形成的、时长相同或相似的语音组合单位。”[2]而何其芳称为“顿”：“我说的顿是指古代的一句诗和现代的一行诗中的那种音节上的基本单位。每顿所占的时间相等。”[3]他对格律诗的规定则是：“我们说的现代格律诗在格律上就只有这么一点要求：按照现代的口语写的每行的顿数有规律，每

[1] 闻一多：《诗的格律》，原载《晨报》副刊 1926 年 5 月 13 日，收入《闻一多全集》，第三卷，生活·读书·新知三联书店 1982 年版，第 415、417 页。

[2] 孙大雨：《诗歌底格律》（续），《复旦学报》（人文科学）1957 年第一期，第 10 页。按：此处孙大雨所说的“音节”与语言学一般说的“音节”（Syllable）不同，也不是“五四”时期常用的意指节奏的“音节”，而是更接近朱光潜所说的“顿”，一般包括两个以上的“音节”（Syllable）。

[3] 何其芳：《关于写诗和读诗》，作家出版社 1956 年版，第 58 页。

顿所占的时间大致相等，而且有规律地押韵。”[1]两者都主张每行顿数（或“音节”数）一定，那么不妨来做一个算术题，如果每顿时长相近或相同，每行顿数一定，那不也等于说是每行的总时长基本相同而且内部的节奏进程相同？这里就可以清晰地看到英诗格律曾经在朱光潜理论中打下的那个烙印了。

孙大雨、何其芳的观点都可以视作是对新诗节奏所进行的一种整齐的规整，他们假定新诗可以有，而且应该有一种大体上匀速的、均质的节奏。但是，相对而言朱光潜在理论上更为谨慎一些。他虽然认定旧诗节奏主要是整齐的“音乐的节奏”，但对“语言的节奏”存而不论，至少在理论上留下一个“缺口”。而关于新诗的节奏，他坦言“很不容易抽绎一些原则出来”，“就大体来说，新诗的节奏是偏于语言的。”[2]至于他在旧诗中“抽绎”出来的整齐的“音乐的节奏”在新诗中有无存在的必要，《诗论》亦存而不论。朱光潜对于他的“顿”说以及背后的“模型—预期”理论能否在新诗中实现并不抱太大希望。对于新月派诗人的格律体新诗实验，朱光潜在 1936 年发表的《论中国诗的韵》一文中指出：“旧诗分顿所生的抑扬节奏全在读的声音上见出，文字本身并不像英文轻重分明。现在新诗偏重语言的节奏，不宜于拉调子读出抑扬的节奏来，所以虽分有规律的音步，但它对于音节的影响仍是狠（很）微细。”[3]显然，哪怕写得整齐的“格律体”新诗也很难摆脱“语言的节奏”的主导地位，那么它的必要性就显得不太充分了。

---

[1] 何其芳：《关于写诗和读诗》，作家出版社 1956 年版，第 70 页。

[2] 朱光潜：《诗论》，北京出版社 2005 年版，第 165 页。

[3] 朱光潜：《论中国诗的韵》，《新诗》第 1 卷第 2 期，1936 年版，第 207 页。

把时间线放回到二十世纪八十年代以后，对于种种格律体式和节奏模型的探索显然在当代已经走入了低潮，很难再掀起三十年代中期和五十年代那样的讨论热潮，即便偶尔有诗人、批评家提起，也很难激起太大的波澜。俱往矣。对于过去的格律探索，诗人西川甚至如是评价：

> 他们大多是一些创造力匮乏、趣味良好、富有责任感的好心人。他们多以十九世纪以前的西方诗歌为参考系，弄出些音步或音尺，这没什么太大意思。将“为什么我的眼中常含泪水”划分成“为什么/我的/眼中/常含/泪水”五个音步或者“为什么我的眼中/常含泪水”两个音步，这没什么太大的意思。难道五个音步就比两个音步更经典吗？……现代汉语诗歌当然有它内在的根由，有它的音乐性、它的轻重缓急、它的绵密和疏松、它的亮堂和幽暗、它的简约和故意的饶舌、它的余音、它的戛然而止、它的文从字顺、它的疙疙瘩瘩、它的常态、它的反常，所有这一切，是使用语言的人绕不开去的。[1]

西川的评价虽然显得激烈，却也颇中要害。“好心人”虽然有对新诗这一文体的“责任心”，却把“好心”用错了地方：他们固执地把希望托付在一个新诗很难实现的前景上，即一种整齐、均质、匀速的节奏模式；却很少反思这个模式究竟和现代汉语之间能否“适配”。这套“音步”（或顿）的均齐规律其实是主观地加上去的，并

---

[1] 西川：《大河拐大弯——一种探求可能性的诗歌思想》，北京大学出版社 2012 年版，第 228 页。

没有太多的现实依据，在新诗中它的划分带有明显的随意性。还有一个问题也没有得到深入的反思，即过去从旧诗和西方格律诗歌那里“抽绎”出来的“原则”是否真的是一种“现实状况”？是否是以省略传统诗歌中多重而且丰富变化的节奏因素为代价的？[1]至于在以自由体为主的新诗中，这套一厢情愿的对均齐节奏的假定，在诗歌的写作与欣赏中却几乎是无用的，它无法进入新诗写作的“内核”中去。那么，被朱光潜称之为“语言的节奏”或者被西川形容为“轻重缓急”“绵密和疏松”等诸种特征的“节奏”到底应该如何看待和分析呢？

过去，虽然新诗的写作并不以格律体为主导，但格律理论却在节奏研究中占据了强势的主导地位，这主要是因为只有格律理论提出了明确的节奏构成因素分析，而其他的理论（如“自然音节”论、“内在韵律”说）虽然更贴近新诗创作，却大都在节奏具体如何构成、如何实现和传达这样的技术问题上顾左右而言他。由于格律理论的强势主导地位，节奏速度、强度的变化问题很大程度上被掩盖了，仅有少数学者和诗人从技术层面稍微涉及到。[2]另一个原因是，现代汉语的轻重高低抑扬并没有绝对的硬性标准，因此论者也很难提出放之四海而皆准的规律，很多问题便只能付之阙如。在当代诗人中，很多诗人都意识到无法在整齐的格律模式下写作，也模糊地

---

[1] 关于这个问题，我们在别处有详细讨论，参考李章斌：《汉语诗歌节奏的多层性与“集群”问题——新诗节奏三层次理论论述之一》，《中国当代文学研究》2022 年第 2 期。

[2] 叶公超曾经在 1937 年《论新诗》一文中指出，闻一多的《一个观念》一诗由于顿逗与行句过于整齐，韵脚也得到特别加重，造成一种“整齐急促的节奏”，与诗本身的内容和情调并不相宜。（叶公超：《论新诗》，《文学杂志》第 1 卷第 1 期，1937 年版，第 21—22 页。）

提出一些有关节奏和诗人创作心理以及时空感的关联的“感受”，但是在具体的节奏细节的分析上却基本陷入沉默。比如骆一禾认为：“这（诗歌的音乐性）是一个语言的算度与内心世界的时空感，怎样在共振中形成语言节奏的问题，这个构造纷纭迭出的意象带来秩序，使每个意象得以发挥最大的势能又在音乐节奏中互相嬗递，给全诗带来完美。这个艺术问题我认为是一个超于格律和节拍器范围的问题，可以说自由体诗是一种非格律但有节奏的诗，从形式惯例（词牌格律）到‘心耳’，它诉诸变化但未被淘汰，而是艺术成品的核心标志之一。”[1]我们同意他的判断，即“自由体诗是一种非格律但有节奏的诗”，主要“诉诸变化”。不过，“语言的算度”与“内心世界的时空感”具体有何联系呢？它们具体如何创造特定的“语言的节奏”呢？这些问题只能由读者“自行体会”了。批评家、诗人陈超则指出：“一般地说，现代诗弃置了传统诗歌的形式和格律。这并非艺术上的‘无政府主义’所致。在现代诗人看来，诗歌重要的不是视觉上的整饬和听觉上的旋律感、节奏感。决定诗之为诗的重要依据是诗歌肌质上的浓度与力度，诗歌对生命深层另一世界提示和呈现的能量之强弱。”[2]这个观点提出的方式与骆一禾相似，但问题同样也存在：“诗歌肌质上的浓度与力度”和对“另一世界提示和呈现的能量之强弱”又从何说起？它们与节奏又有何关系？严格来说，这两者与诗歌的节奏并非在一个概念层面上，因此也不能简单地被用来替代或者否定后者。这就像“我每天都要吃饭”和“我每天都

[1] 骆一禾：《骆一禾诗全编》，生活·读书·新知三联书店 1997 年版，第 842 页。
[2] 陈超：《认识现代诗》，《打开诗的漂流瓶：陈超现代诗论集》，河北教育出版社 2014 年版，第 165 页。

要散步”并不是两个相互矛盾的命题一样，两者完全可以共存。

上述问题其实在当代诗人有关诗歌节奏的言说中普遍存在，即基本回避具体的论证和技术分析，而仅仅强调诗歌形式与诗人心灵的“有机”联系。本质上，它们可以视作一种“作者诗学”。不过，“作者诗学”的持论者却不限于诗人，有的批评家的论说亦可包括在内。有学者认为：“‘无形之形’、‘内在之形’赋予了现代汉语诗歌一种神秘性和开放性，‘自由’和‘内在’让新诗的音乐性进入了不可言说的状态，这是新诗发展的必然，相对于古典诗歌，具有更多的不可操控性，而这样一种神秘性更符合现代人的经验特点。”[1] 如按此言所论，那么去探讨新诗的“声音”或者节奏就没有太大意义了，在不可言说的事物面前最好保持沉默。新诗节奏自然有不可言说的因素——旧诗节奏又何尝不是如此？——但批评家的任务是言说那些尚可言说的部分。“作者诗学”显然无法解决新诗节奏理论上所遭遇的困境。它的优点是较为贴近创作实践，不去悬设一个形式标准让诗人去遵守，对现代汉诗写作的自主性和自由有足够的尊重。但是它们的问题是不具有清晰的可分析性，更多的是诗人的“夫子自道”，很难在“作者——文本——读者”之间建立桥梁。尤其是关于诗歌的节奏与声音，往往在这些言说中成了“只可意会不可言传”的奥秘。这个问题早在郭沫若提出的“内在韵律”说那里就已初现端倪，后者不妨视作现代的“作者诗学”的开端之一。因此，对于新诗的节奏研究（以及广义上的形式研究）还亟须一种“读者诗学”，或者在作者、文本、读者之间起到交流作用的“交流诗学”。

---

[1] 李蓉：《从“声音”到“呼吸”——论新诗音乐性的现代转换》，《文艺研究》2017 年第 3 期，第 54 页。

“交流诗学”或者“读者诗学”并不意味着排斥“作者诗学”所做出的种种关于新诗节奏的体会，只是更多地从文本细节出发，立足于“看得见摸得着”的语言现象本身，以之为起点去考量作者的情思与“内心世界”问题。桐城派大家刘大櫆有言：“学者求神气而得之于音节，求音节而得之于字句，则思过半矣。”[1]这也可以用来概括我们的节奏研究的理论进路：即由字句而度音节（节奏），由音节而度神气。节奏之变化（无论旧诗新诗）虽然多端，基本的面相无非快慢、高低、强弱、抑扬以及行止（停顿）。虽然，此中必然涉及到诗人之“神气”等因素，但有不可言说或很难言说的方面。下面所勉力言说的，仅仅是若干粗浅易见的语言细节，以此为起点思考影响新诗节奏速度、强度的技术手段，以期能稍稍补足过去“作者诗学”付之阙如的一些空缺，起到“沟通”之效。此文所论，更侧重新诗节奏变化的方面；当然，新诗节奏也有规律性面向（即非格律韵律），由于过去笔者多有论说，这里就不再赘言了。

二、新诗节奏的速度

实际上，节奏的速度变化并非是在新诗的节奏研究中才遭遇的新问题，它在旧诗节奏中同样也存在，只是经常被掩盖在种种格律模式的讨论之中，习而不察。旧诗声律牵扯的因素非常广，非本文所能详论，而且也超出了笔者的专业范围之外。下面所提到的旧诗例证，仅仅是一部分与新诗节奏现象有所关联的例证，作为问题的背景而存在，远非旧诗节奏变化的全部。这里首先想提出的一点是，语言节奏的速度与种种语言因素重复的密度和模式有关，重复的密

[1] 刘大櫆：《论文偶记》，王水照编：《历代文话》，第四册，复旦大学出版社2007年版，第4117页。

度越高，模式越是简单同一，往往会加快节奏的速度。当然，这并非是绝对的铁律，只是相对而言的。最简单的例证是绕口令和顺口溜。比如，“四和十，十和四，十四和四十，四十和十四。”“吃葡萄不吐葡萄皮，不吃葡萄倒吐葡萄皮。”这一类语言现象往往字音乃至词语的重复率特别高，句子模式简单重复，读起来自然也会有意无意地加快速度。自然，在新诗当中也有巧用绕口令的例子，比如多多：

死人死前死去已久的寂静（《他们》）[1]

而四月四匹死马舌头上寄生的四朵毒蘑菇不死
五日五时五分五支蜡烛熄灭
而黎明时分大叫的风景不死（《五年》）[2]

这里的第二个例子中，头一句反复出现“si”这个音，读起来刺耳，又有不祥的谐音（“死”），在节奏的加速中也隐隐浮现一种死亡的焦虑。这种叠用字音、词语加快速度的方法在旧诗中也很常见，比如白居易的《琵琶行》就是一个著名的例子，其中描述弹奏的句子也是评论家经常津津乐道的：

大弦嘈嘈如急雨，小弦切切如私语。
嘈嘈切切错杂弹，大珠小珠落玉盘。
间关莺语花底滑，幽咽泉流冰下难。

[1] 多多：《多多诗选》，花城出版社2005年版，第171页。
[2] 同上，第213页。

冰泉冷涩弦凝绝，凝绝不通声暂歇。

由于此诗本身书写对象就是音乐，因此它对音乐节奏的“模仿”也是题中之义，过去学者对此多有讨论。这里的前四句不仅叠音叠词特多，句式多简单重复（颇似顺口溜），而且句句押韵（不独偶数诗句），读起来自然有一种急切紧迫之感，节奏紧快。而从第五句“间关莺语花底滑”开始，字音重复变少了，押韵也减少了（第五句不押韵），句中多用“咽”“涩”“绝”“歇”等不太响亮的字音，模拟琴声放缓，滞涩低抑之势，诗句节奏也较为滞缓[1]。

---

[1] 此外，这里的前四句也可以印证一下朱光潜关于旧诗分顿的说法究竟能在多大程度上实现，按朱光潜的主张，应为“大弦/嘈嘈/如急/雨，小弦/切切/如私/语。嘈嘈/切切/错杂/弹，大珠/小珠/落玉/盘”。但是这里每句的后三字显然应该分为一顿而非生硬地分为两顿。其次，每行前两顿的划分其实也只是语义上的一种“可能性”，而并不是读到“大弦”的“弦”字、“嘈嘈”的后一个“嘈”字就得按照朱光潜所主张的那样，需要把字音延长、加重来读。实际上，把“大弦嘈嘈”“小弦切切”还有“嘈嘈切切”“大珠小珠”这四组词各自当作一个“顿”读反而更为自然，不必刻意分为两顿，而且也更符合此处较为急快的节奏。那么，读者会问，一般所谓“2+2+3”的七言诗节奏分顿到底是什么呢？它难道就不存在了？对此，我们仅在此处简单回答，这个“原则”其实是一种诗体在节奏点上的“心理基准线”，它是一种抽象出来的“最大公约数”，与英诗格律的情况相似，它作为抽象原则有可能在具体诗句中实现也有可能不实现，但是大部分诗句都在此“基准线”上浮动，仅有少部分诗句与此相差巨大，比如“公如/大国楚，吞/五湖三江”。（黄庭坚《子瞻诗句妙一世乃云效庭坚体盖退之戏效孟郊》），后一句与五言之“2+3”的顿法就相差很大，也根本不适合读成“吞五/湖三江”，但这并不多见。因此，所谓“整齐之中有变化”应该这样理解：“整齐”是在基准线上大体“整齐”，“变化”是在具体作品中围绕“基准线”来“变化”，八九不离十。这就好比80%的男性身高都在一米七五左右，但我们并不是非得把每人都认定为一米七五；但是，身高两米和一米四的男性毕竟也是少数。可见，区别旧诗节奏的“理论状态”和“现实状态”是非常必要的。

像《琵琶行》这样的例子正好印证了古人对“节奏”一词的理解[1]。唐孔颖达在《礼记·乐记》中这样给“节奏”作“疏”：“节奏，谓或作或止，作则奏之，止则节之。言声音之内，或曲或直，或繁或瘠，或廉或肉，或节或奏，随分而作，以会其宜。”[2]从这个表述来看，节奏不仅仅是指“作”和“止”（声音演奏的行进与休止），还包括在作止之间、声音之内的丰富的变化面相，如“曲直”“繁瘠”“廉肉”等。这种描述方法与前面西川对节奏的描述（“它的轻重缓急、它的绵密和疏松、它的亮堂和幽暗……”）竟也颇有异曲同工之处。孔颖达强调节奏的控制也是需要“随分而作，以会其宜”，也就是作者根据机缘，灵活应变。再如苏轼答黄庭坚诗：“独喜诵君诗，咸韶音节缓。”[3]可见，不独音乐，古代诗人意识到诗歌也有音节（节奏）的舒缓与急快的问题。而以闻一多、朱光潜、孙大雨等为代表的格律论者，出于新诗缺乏固定形式的文体焦虑，往往有意无意地把“节奏”往模式化、均齐、匀速的方向定性和命名，因而对古人已然认识到的“节奏”之丰富面相置若罔闻或存而不论。在三十年代曾经和朱光潜等一起参与过诗歌节奏大讨论的诗人、学者中，除了前面注释提过的叶公超之外，还有一位学者在后来的论述中也注意到节奏的速度快慢问题，那就是赴美后主要从事古典文学研究的陈世骧。他用“时间”与“律度”一组关系来探讨旧诗节

[1] 王泽龙、王雪松曾对“节奏”一词含义的演变做了分析，参考《中国现代诗歌节奏内涵论析》，《文学评论》2011年第2期。

[2] 郑玄注、孔颖达正义、吕友仁整理：《礼记正义》，中册，上海古籍出版社2008年版，第1559页。

[3] 苏轼：《往在东武，与人往反作粲字韵诗四首，今黄鲁直亦次韵见寄，复和答之》，《苏轼全集》第4卷，[清] 王文诰注，时代文艺出版社2001年版，第1002页。

奏的变化问题，时间感短则律度急促明快，时间感悠长则律度舒缓。比如他对比了孟浩然的《春晓》和刘长卿的《茱萸湾北答崔戴华问》这两首五律，两者虽然平仄几乎完全一样，节奏感却有区别，因为后者押韵较少，而且第一行尾字（“绝”）与第二行押韵的字（“远”）声音上相差甚远，因而节奏上较为悠缓，而《春晓》则四句中有三句押韵，节奏相对要快一些。“中国韵文可说以一韵脚为单位，韵脚多，单位就短，自然节奏也就快起来。”[1]这也印证了前面说的节奏速度与语言诸要素重复密度之关系的观察。

进一步说，在整散结合的文字中，当文字由散入整（比如句式趋于一致，重复对称等同一性的元素增加），也往往起到加快节奏的作用。“整”与“散”是传统诗学对于语言之同一性和差异性关系的一种直觉认知。就一般情况而言，同一性程度高的语言，不仅便于记忆，也便于我们的认知，因此节奏的加快也是常有的情况。不过这不是绝对的、硬性的物理规律，还要考虑诗歌的内容、语境等方面。在种种同一性强的语言形式中，排比是最简单易见的一种，效果也最为直接。在新诗中，远的有郭沫若的《天狗》，全诗径直以“我”领起全部诗句，一气排比而下：“我是一条天狗呀！/我把月来吞了，/我把日来吞了，/我把一切的星球来吞了，/我把全宇宙来吞了。/我便是我了！”[2]全诗节奏飞快，不留回旋、徘徊的余地，气势逼人，颇有“五四”前后那股狂飙突进的时代精神。近的则有张枣的《大地之歌》（第四章）：

---

[1] 陈世骧：《中国诗之分析与鉴赏示例》，《中国文学的抒情传统》，生活·读书·新知三联书店2015年版，第269页。

[2] 郭沫若：《女神》，人民文学出版社2000年版，第50页。

此刻早已是未来。
但有些人总是迟了七个小时，
他们对大提琴与晾满弄堂衣裳的呼应
竟一无所知。

那些生活在凌乱皮肤里的人；
摩天楼里
那些猫着腰修一台传真机，以为只是哪个小部件
出了毛病的人，（他们看不见那故障之鹤，正
屏息敛气，口衔一页图解，蹑立在周围）；
那些偷税漏税还向他们的小女儿炫耀的人；
那些因搞不到假公章而扇自己耳光的人；
那些从不看足球赛又蔑视接吻的人；
那些把诗写得跟报纸一模一样的人，并咬定
那才是真实，咬定讽刺就是讽刺别人
而不是抓自己开心，因而抱紧一种倾斜，
几张嘴凑到一起就说同行坏话的人；
那些决不相信三只茶壶没装水也盛着空之饱满的人，
也看不出室内的空间不管如何摆设也
去不掉一个隐藏着的蠕动的疑问号；
那些从不赞美的人，从不宽宏的人，从不发难的人；
那些对云朵模特儿的扭伤漠不关心的人；
那些一辈子没说过也没喊过“特赦”这个词的人；
那些否认对话是为孩子和环境种植绿树的人；

他们同样都不相信：这支笛子，这只给全城血库
供电的笛子，它就是未来的关键。
一切都得仰仗它。[1]

从这里的第二节诗首句开始，整节诗均以“那些……的人”句式构成，形成了一首身处异域的诗人关于“现实”的狂想曲，盈满了种种“中国特色”的社会细节。从上下文关系来看，第二节整个是一个整句，而且没有完结，它的隐含主语甚至放到了第三节，即首行“他们同样都不相信”的“他们”。“他们”是张枣宣扬的“幻觉对位法”的反面，不相信“笛子”的作用，而只顾眼皮底下的那一小块“现实”。通读下来，第二节有一种上气不接下气的感觉，节奏急快，种种画面有如“蒙太奇”镜头一般快速闪过。到第三节，通过句式的转换以及画面的切换，节奏上进行了“急刹车”。如果把《大地之歌》比喻为一首交响曲的话——这并非是随意联想，其中的第三章就写到了“马勒”“五声音阶”“弱音器”——那么不妨说这里的首节相当于“序曲”；第二节是主体，节奏紧快，声响庞杂；第三节是尾声，节奏放缓，收束全章。

这章诗还有一个有趣的细节值得一提。即第一节的前两行：

此刻早已是未来。
但有些人总是迟了七个小时，

读者会好奇，为什么第二行偏偏空了那么多格才出现文字？这

[1] 张枣：《张枣的诗》，人民文学出版社 2017 年版，第 265—266 页。

是一行带有典型的张枣式“机巧”的诗句，而且显得像是有意为之：数一下前面的空格，刚好七格，节奏上延宕了七步，正与“迟了七个小时”对应。再想想张枣身处的德国，与中国北京时间的时差也是七小时！张枣似乎有一种率先进入“未来”的时间幻觉，进而把“有些人”（“他们”）的出现延宕了七步，暗讽其头脑愚钝，不知“大提琴与晾满弄堂衣裳的呼应”为何物。

这种用视觉手段来表达节奏变化的现象虽然在旧诗中很少出现，但在新诗中则屡见不鲜。除了空格外，起到节奏效用的还有分行（包括跨行）、分段、标点，等等。台湾学者许俊雅认为：“而所谓的内在旋律与节奏，其实是与分行、标点符号（或空格）、句式长短的排列组合、重复叠句等有关的。”[1]陈启佑则注意到：“单就制造缓慢节奏一项而言，传统诗人所未曾考虑过的特殊技巧，例如将句子分割后给予分行处理、表面文字排列、标点符号的应用、外语的渗入、冗长句的刻意经营等，这些具有深厚理论基础的修辞方法，可以提供节奏感乃是毋庸置疑的，它们业已成为约定俗成而又极富弹性的规则，为新诗作者所乐于遣用不弃。”[2]确如陈启佑所言，这些因素都可以提供“节奏感”，确切地说是影响语言的节奏进程。而且由于他所言的诸种因素的存在，新诗节奏确实相较于散文而言更为缓慢。不过，我们的兴趣点倒不在于判断新诗在整体上是快还是慢，而在于思考具体的某种形式对于一首诗的影响究竟是怎么样的。比如就分行而言，虽然新诗基本都分行，但分行方式也有很大不同，不同

[1] 许俊雅：《新诗教学——谈新诗的标点符号与分行》，《我心中的歌：现代文学星空》，文史哲出版社 2006 年版，第 375 页。

[2] 陈启佑：《新诗缓慢节奏的形成因素》，台北《中外文学》1978 年第 1 期，第 182 页。

的方式所造成的节奏感互有区别，而且也与诗人的个性、气质有隐秘的联系。可以对比以下两首诗的分行和节奏：

姐姐，今夜我在德令哈，夜色笼罩
姐姐，我今夜只有戈壁

草原尽头我两手空空
悲痛时握不住一颗泪滴
姐姐，今夜我在德令哈
这是雨水中一座荒凉的城

除了那些路过的和居住的
德令哈……今夜
这是唯一的，最后的，抒情。
这是唯一的，最后的，草原。

——海子《日记》[1]

梅雨为幔的窗，好过一把伞
撑开时畲粉四散，光滑的柄
栽种进天空，往事全都失重……
这里，慢是一种胶粘剂，也是病；
你苦涩的舌苔，早已养成
一种为拖延症而道歉的习惯。

---

[1] 海子：《海子诗全集》，作家出版社2009年版，第487页。

自我的羊角每扎进一小截篱笆，
后退一步就需要花费数年。
手指变得和父辈一样焦黄，
内心的火山兑换成一截截烟灰：
“语言，假如是一根柳枝，必须
栽在路边生长，否则就只剩鞭子的功能。”

——朱朱《给来世的散文》（二）[1]

就节奏感和语言的控制方式而言，海子与朱朱恰好构成两个极端，这两首诗的分行方式也正好与两者的语言感觉和精神气质形成对应。《日记》很少使用跨行（即句子未完结之处分行），偶尔跨行也是在一行诗的意思相对完整之处跨行。而朱朱的《给来世的散文》则经常在话说到“半截”之处跨行，比如“好过一把伞”“光滑的柄”“早已养成”“必须”，读者可能会好奇：为什么把话说得如此不“顺”呢？比较而言，海子诗歌是典型的抒情语调，就像他诗中所言，这就是“最后的，抒情”，一气而下，没有反思和犹豫的余地，因此读起来也非常“顺”。就像臧棣所言，海子诗歌里有一种“加速度”，写作是一次性的行动，“这行动不是重复的行动，他强调具有穿透性，尖锐性，一次抵达内部。”[2]相比之下，朱朱的诗则往往是一种沉思的语调，斟字酌句，仿佛每说出下一个词都要犹豫一下，

[1] 朱朱：《我身上的海：朱朱诗选》，北京联合出版公司2021年版，第101—102页。
[2] 臧棣：《海子，诗的加速，诗的慢》，https://www.sohu.com/a/226390012_694312

因此他也不希望语言的节奏进程过快地往下冲。他的分行服务于这种语感和精神气质，它们形成了一种语言的“慢”和黏滞状态。也只有如此，才便于诗人（以及读者）去进行静观。这首诗是对“外省”的“慢生活”的写照，它的语言本身也慢，慢到“后退一步就要花费数年”。语言本身的生成仿佛发生了一次“兑换”，把“内心的火山兑换成一截截烟灰”，它所力求达到的，乃是“寂静的深度”。当然，需要说明的是，在海量的新诗作品中，并非每首诗都如上述两首诗那样，节奏形式与作者的思想、气质形成较为紧密的联系；大量作品的分行显得相当随意，暴露出作者对诗行和节奏安排的无意识状态，也影响了新诗在读者中的认识和接受，这是需要坦然面对的事实。

三、 停顿、暂歇与换气

关于节奏的速度，有一类特殊的问题可以单独予以讨论，即停顿或者暂歇。停顿或者暂歇就是速度为零；但是停顿、歇止时间的长短又影响到整首诗的速度。旧诗的停顿分布比较固化，即句子结尾之处。至于很多格律论者所说的诗句内部的“顿”，严格来说并不是停顿，多数情况只是把顿的尾字加重、延长而已，这一点不少学者都讨论过了[1]。相比之下，新诗在行内、句内停顿已经是常态。停顿与暂歇的存在与否，不仅关涉到诗句整体的节奏感，也内含一种呼吸“换气”的方式，还隐隐地与诗歌的情感和诗人的个性相关。

新诗中的停顿与暂歇主要是通过分行、句法与标点来实现的，

---

[1] 朱光潜：《诗论》，北京出版社 2005 年版，第 216 页。金克木、徐迟等在五十年代也指出“顿”并非是停顿，参考《诗歌格律问题的讨论》，载《文学评论》1959 年第 5 期。

偶尔也通过空格等排版形式来实现。与标点的节奏控制效用相比，分行更多是对一首诗整体上的节奏感进行规划与设定，它相当于诗歌节奏的“框架结构”（用建筑来比喻）。而标点则往往是在这一“框架”下对某些节奏细节进行修饰和细化，句法的作用更为内在一些，相当于这一“建筑”内部的钢筋骨架。分行与标点、句法各司其职，共同决定了一首诗的停顿点与换气方式。分行的作用前面已经说过，这里来看标点。

脱净样样日光的安排，
我们一切的追求终于来到黑暗里，
世界正闪烁，急躁，在一个谎上，
而我们忠实沉没，与原始合一，

当春天的花和春天的鸟
还在传递我们的情话绵绵，
但你我已解体，化为群星飞扬，
向着一个不可及的谜底，逐渐沉淀。

——穆旦《诗》(1948 年)[1]

这两节诗的后两行都在句中进行了停顿，这些停顿的存在，首先降低了节奏的速度，甚至也压低了语气，给人一种沉静之感。如果考虑到这首诗的前后文和写作语境的话，那么不妨说这是一种绝望之后的沉静，是意识到“世界”建立在“一个谎言”之上的冷静，

[1] 穆旦：《穆旦诗文集》，第 1 册，人民文学出版社 2014 年版，第 278 页。

这不乏厌世论的气息。如果做一个实验，把一些停顿去掉，会更明了它们的意义：

世界正闪烁急躁在一个谎上
而我们忠实沉没并与原始合一

向着一个不可及的谜底逐渐沉淀

改成这三个句子后发生了什么呢？首先自然是节奏变得更为紧快了。其次，更为微妙的是，语言中的跳跃和突转被抹平了，似乎从“立体”回到了“平面”。“世界正闪烁，急躁，在一个谎上”这一句的理解其实有一个渐进的过程，我们首先是看到了“世界”的状态（“闪烁，急躁”），然后诗人才提醒这是建立在“一个谎上”，语调不乏反讽。可见，这个停顿的存在暗示着语气的跳跃与转折，而且与下一行的停顿呼应。相比之下，“世界正闪烁急躁在一个谎上”显得像是一句概括性语言，“在一个谎上”变成了一个修饰谓语动词的状语，严密的语法关系掩盖了语气的转折和反讽，诗句因而少了情感的“褶皱”。由此，我们也得以一窥现代汉诗节奏控制的另一个玄机：它往往可以削弱——至少是制衡——语法结构对于语言的统摄力，以此获得更多的“意涵”产生的可能。“向着一个不可及的谜底，逐渐沉淀”这里的停顿不仅放缓了诗句的节奏，获得一次“换气”的机会；而且它同样也在一定程度上打断了句子线性前进的过程，让句子的片段与片段之间变成一种“藕断丝连”的关系——节奏“断”而语义“连”——形成了有别于散文的节奏感和语感。

过去已经有学者注意到分行造成了语句的断裂和歧义效果，并认识到它对于语言的跳跃性和多义性所起的作用[1]。这里想强调的是，句中的停顿与分行的效果其实也颇为相似，它们不仅打断了句子的连续性，也造成了语句的“多次理解”和“多重理解”（多义性）。来看一个简单的例子：

> 猫会死，可现实一望无垠，
> 猫之来世，在眼前，展开，
> 恰如这世界。
>
> ——张枣《猫的终结》[2]

由于语言本身的规定性，读者读诗都是一句一句从前往后读的，读到下一句会自觉地把它和上一句关联在一起，形成一种“理解”，然后读到下下句，又形成一种“理解”。比如“猫之来世，在眼前”，读到“在眼前”时，不看下文的“展开”，其实也能通，即猫的“来世”映于眼前。但是读到“展开”后，新的理解又出现了，原来是“来世”“展开”在眼前。这里的停顿暗示着一个缓缓展开的过程，仿佛是作者在你眼前展示这个“展开”的动作，“展开”这个词被活化了。这个效果是“猫之来世在眼前展开”这样的句子无法实现的，因为语言在这里过于迅速地“展开”了，它的纹理与褶皱无法清晰地展示。再下一行的“恰如这世界”的出现又给这个语段添加了新理解，它暗示“这世界”也在眼前“展开”，换言之，“来世”与

---

[1] 孙立尧：《“行”的艺术：现代诗形式新探》，《学术月刊》2011 年第 1 期；一行：《论分行：以中国当代新诗为例》，哑石编：《诗蜀志》（2016 卷），时代出版社 2016 年版。

[2] 张枣：《张枣的诗》，人民文学出版社 2017 年版，第 208 页。

“此世”同时缓缓展开在眼前——何等新奇的想象！由于停顿的存在，一句诗的理解和认知的过程变成一个“多次成型”的过程，仿佛意义的生成是“层垒地造成”的一样。可见，节奏对语言的时间性的操控，与语言自身蕴含的思维、认知过程是相互勾连的。不把节奏与语言的认知结合在一起，就很难对诗歌语言这种堪称人类语言最复杂的形态有鞭辟入里的了解。

停顿往往意味节奏的暂缓和降速，那么反过来说，不停顿则意味着加速，有时甚至是加大强度，尤其那种在散文中本应停顿在诗句中却不停顿的情况。如：

> 江湖。
> 远人的夏季皎洁如木屋涂刷之白漆。
> 此间春熟却在雨雪雷电交作的凌晨。
> 是最后的一场春雪抑或是残冬的别绪？
> 时光之马说快也快说迟也迟说去已去。
>
> ——昌耀《江湖远人》[1]

充盈于诗中的，是一种对于时间飞逝的焦虑，诗句的节奏也明显较一般诗句为快。这样的长句读下来颇有一种让人上气不接下气的压迫感。读者或许好奇，为什么不多停顿一下，便于“换气”也便于理解呢？比如变成：“是最后的一场春雪，抑或是残冬的别绪？/时光之马说快也快，说迟也迟，说去已去。”这固然是便于诵读，但是在气势上却逊色了许多（就这首诗的语感而言），节奏切分

---

[1] 昌耀：《江湖远人》，《昌耀诗文总集》，作家出版社 2010 年版，第 457 页。

得过于细碎，读来有“英雄气短”之感。而原诗在一气贯注中有恢宏的气魄，用昌耀诗中的话来说，是一种“气度恢弘的人生感叹”[1]，它的节奏与气势本身就是对抗时间与运命的方式。

泪花在眼角打转已不便溢出。
人生迂曲如在一条首尾不见尽头的长廊竞走，
脚下前后都是斑驳血迹，而你是人生第几批？

——昌耀《江湖远人》[2]

如果说人生犹如在一条无尽的长廊“竞走”，那么对于昌耀而言诗歌写作也是如此，它仿佛是在雪域高原上攀爬高峰，尽管已“呼吸困难而突然想到输氧”，却还要咬牙向着新的高度“趔趄半步”[3]（《僧人》）。这种让人上气不接下气的节奏构型其实也意味着一种精神强度，以此来与“斑驳血迹”的死亡阴影对抗。看来，停顿、暂歇与换气的使用与否更多取决于表达的内容、情境以及诗人的语感和个性，并不是非如何不可的铁律，而是需要“随分而作”。

在诸种标点符号中，省略号停顿的时间最长，句号次之，而逗号、顿号又较句号为短。省略号与破折号除了表示停顿外，在意义上还有别的暗示作用，也经常被诗人遣用。破折号在语法上一般表示说明关系，不过，在新诗中却经常被另作他用。在不少诗作中，结尾经常出现破折号。如多多的《解放被春天流放的消息》（1982年）：

---

[1] 昌耀：《江湖远人》，《昌耀诗文总集》，作家出版社2010年版，第457页。
[2] 同上。
[3] 昌耀：《僧人》，《昌耀诗文总集》，作家出版社2010年版，第455—456页。

当记忆的日子里不再有纪念的日子
渴望赞美的心同意了残忍的心
喜好吸食酸牛奶的玫瑰变成了好战的玫瑰
并且是永远永远地
用来广播狠毒
已被改写成春天的第一声消息——[1]

这首诗颇让人联想起多多早年的诗友根子的名作《三月与末日》，两者都是借自然书写——而且是丑恶的自然书写——来讽喻人世的写法。这首诗显然包含了与历史语境的对抗性的对话，它以寓言的方式道出。结尾的这个破折号，不妨称为一个“招引的手势”。因为行末本来就意味着停顿与结束，而诗人特意再加上破折号，除了延长停顿以外，显然也是希望读者去思考为什么“喜好吸食酸牛奶的玫瑰变成了好战的玫瑰”，而且用来“广播狠毒”？这样广播出来的“第一声消息”还值得信赖、欣喜吗？末行的破折号所暗示的停顿，实际上是让读者自行去接续诗末的弦外之音。同样的例子在多多诗歌中还有不少，如：

被俘的野蛮的心永远向着太阳
向着最野蛮的脸——
——《被俘的野蛮的心永远向着太阳》（1982 年）[2]

[1] 多多：《多多诗选》，花城出版社 2005 年版，第 62 页。
[2] 同上，第 58 页。

这两行作为这首诗的结尾可以说出色地完成了任务。最后一句不仅通过空格与停顿拉高了语调（这与“阶梯诗”的递进效果类似），而且戛然而止，结尾的破折号招引我们去思索人性之奴役的反讽意味。

关于破折号的节奏（停顿）作用，陈启佑认为它给予人的节奏感要比任何“点号”（如句号、逗号等）都要“缓慢”[1]。在我们看来，这个判断只能在一部分情况下成立。比如当放于行首或者行尾时，它所暗示的停顿确实较长，如陈启佑提到的例子：

> 结尾如此之凄美
> ——落日西沉。
>
> ——洛夫《烟之外》[2]

这里的破折号暗示着太阳西沉过程中一段时间的流逝过程，意味着较长的停顿与缓慢的节奏。不过，在现代诗歌中，破折号也经常被放置在句子中间，这时的停顿就未必有句号、逗号长了，有时甚至称不上是“停顿”，更多只是语气上的延长或者暂缓。延长的例子较为常见，比如“告诉你吧，世界/ 我——不——相——信！”[3]（北岛《回答》）这显然是加强、延长字音，并不需要停顿。而破折号表暂缓的情况则更微妙，它最早源于某些国外诗人的运用，比如俄罗斯诗人茨维塔耶娃的《这种怀乡的伤痛》（1934 年）：

---

[1] 陈启佑：《新诗缓慢节奏的形成因素》，台北《中外文学》1978 年第 1 期，第 194 页。

[2] 洛夫：《洛夫诗选》，九州出版社 2012 年版，第 12 页。

[3] 北岛：《北岛诗集》，鹭江出版社 2008 年版，第 20 页。

每一个庙宇空荡，每一个家
对我都陌生——我什么都不关心。
但如果在我漫步的路上出现了一棵树，
尤其是，那是一棵——花楸树……[1]

最后一行在“花楸树”前面用破折号隔开，不仅意味着说话时语气上的暂缓，也暗示着诗人在说到这个词时心里的波澜起伏，展现出她那种矛盾、痛苦的怀乡情绪。应该注意到，破折号、省略号在茨维塔耶娃诗歌中出现的频率远较一般诗人高，这不仅意味着一种带着咏叹调的抒情，也是由于其诗中经常出现句意的突然断裂和跳跃。在中国新诗中，用破折号在句子中间实现换气与暂缓的诗句也有不少，经常起到跳跃、递进或者突转的作用。比如：

百年来日暮每日凝聚的一刻
夕阳古老的意志沿着红墙移下
改造黄金——和锈穿红铜的努力啊

——多多《技》[2]

此处的破折号既有在呼吸上换气的效果，也起到提高后半部分语调的作用，破折号前后在情绪上是递进的关系。如果没有它，“改造黄金和锈穿红铜的努力啊”这样由“和”连接的并列词组容易把

---

[1] [俄] 玛丽娜·茨维塔耶娃：《新年问候：茨维塔耶娃诗选》，王家新译，花城出版社 2014 年版，第 83 页。
[2] 多多：《多多诗选》，花城出版社 2005 年版，第 102 页。

后半部分“掩盖”住，语调上的加强和情绪上的递进体现不出来。多多之所以体现出与茨维塔耶娃相似的标点符号使用习惯，除了有受后者影响的因素以外，也是因为两者都是抒情性比较强的诗人，也经常在句子之内进行迅速的跳跃、突转以及暗示性的“招引”，这时破折号、省略号就派上用场了。

说到省略号，它诗歌中的作用与破折号有点相似。新诗中出现省略号的诗句，倒未必是省略了哪句具体的话，而更多是起到“余音绕梁”的效果，以引领读者去展开想象。比如张枣的《大地之歌》第二章：

> 人是戏剧，人不是单个。
> 有什么总在穿插，联结，总想戳破空虚，并且
> 仿佛在人之外，渺不可见，像
> 鹤……[1]

这里的“鹤”是一个有关艺术的象征，它的出现仿佛天外飞仙一般突如其来。此处的排版也颇有视觉上的暗示性：读到“像”时，诗分行（停顿）了，但不待读者把视线转到书页或屏幕左边，直接在“像”的右边约五毫米处就出现了“鹤”。“鹤”的出现仿佛灵感一样，来无踪去无影。它现身之后，这一章诗就结束了，只留下省略号让读者自行去想象其神态，可谓“神‘鹤’见首不见尾”。这里的“鹤”是一尊艺术的神鸟，总是在“穿插，联结”，“总想戳破空虚”，虽然我们不知它到底是什么，但已感觉到“冥冥之中自有

[1] 张枣：《张枣的诗》，人民文学出版社 2017 年版，第 264 页。

‘鹤’意”——这正是作者想传达的效果。

从这些例子也可以看出，新诗节奏（以至整个现代诗歌的节奏）已经出现了明显的“视觉转向”，即它的节奏效果的传达和实现很多是需要借助视觉因素的（比如分行、标点、空格、排版等），而这种转向的极端则是“具象诗”。在“具象诗”中，诗歌外形排列与节奏的关系就不太明显了，它更多是为视觉效果（而非听觉）服务的。因此，“视觉转向”对于诗歌而言既是一个机遇，也是一个危险（它有可能伤害诗歌的语言本质）。格罗斯等人认识到：“一旦诗歌变成一种图画写作，它就不再需要作为声响层的节奏了。进一步的情况是，诗歌将脱离语言，脱离整个听觉方面的符号特征（节奏是其一部分）。”[1]不过，反过来说，我们在新诗节奏研究之所以需要特别留意停顿与暂歇，是因为它们是显而易见、无可争辩的节奏特征，不像新诗的“顿”的划分那样有很强的主观性和随意性，是可以“约定俗成”的，有较为明确、固定的“标记”。这对于节奏研究而言非常重要，否则就容易落入以玄道玄、以空对空的随意性中。以停顿、暂歇为切口，可以发现不少有关诗人进行节奏控制、呼吸换气、语言的突转与跳跃、情绪的转换与递进等方面的“玄机”。

四、 节奏起伏与强度问题

说完速度与停顿，再来看高低起伏以及强度问题。这同样是新诗节奏研究中一个“老大难”的问题。因为就现代汉语而言，除了虚词一般较实词读音为轻之外，字音的轻重并没有特别明确而稳固

[1] Harvey Gross & Robert McDowell, *Sound and Form in Modern Poetry*, Ann Arbor: University of Michigan Press, 1996, p.126.

的规律——至少没有明确到可以变成一个韵律学原则的地步——而不是像英语那样，词的重音比较确定，而且词性也与重音相联系。至于汉语的声调，虽然在律诗中平仄的粘对安排曾处于核心地位，但是到了新诗中却几乎无用武之地。这首先是因为新诗中的词是一组一组而遣用的，而不是像旧诗那样由相对独立的字较为自由地根据诗意与粘对规则来安排，因此在新诗中普遍地实现平仄对仗几乎是不可能的——何况现代汉语的语音本身也和过去有很大不同。当然，偶尔在个别诗句中出现平仄相对的句子是有可能的。比如海子的名句“面朝大海，春暖花开”，八字的平仄分别是“仄平仄仄，平仄平平”，虽然与律诗中的平仄不尽相同，但前四字与后四字的平仄也刚好相对。另外“大海”与“花开”四字也分别形成叠韵，因此整个句子在声音上获得了一种平衡感，语气上显得比较平和宁静——虽然这是他自杀前不久写的——成为广为传诵的名句之一。

但是这样的句子毕竟是少数，在一首诗中悉数追求平仄的粘对是不太可能的，更别说在大量诗作中普遍运用了。因此，平仄粘对已经无法成为现代汉诗的格律了，因为格律首先要求广为接受和普遍运用。不过，在某些诗句中，通过对声调的某些特殊安排，在诗歌声情的表达上达到特定的效果依然是可能的。比如：

> 我写青春沦落的诗
> （写不贞的诗）
> 写在窄长的房间中
> 被诗人奸污
> 被咖啡馆辞退街头的诗
> 我那冷漠的

再无怨恨的诗

（本身就是一个故事）

……[1]

——多多《手艺——和玛丽娜·茨维塔耶娃》

读到第 6—7 行，可以发现这里的仄声字明显增多，十一个字中有八个是仄声字。在现代汉语中，上声、去声的声音起伏是较平声明显的。这两行诗语调上趋于激烈，几乎有点刺耳。声音的变化“本身就是一个故事”。诗人表面上声言“再无怨恨”了，但是从语气上来看，一点也不像“再无怨恨”的样子，反而是让人怀疑：有多少怨恨在其中？若非如此，诗人怎么会在下一行又接一句补充说明“（本身就是一个故事）”？显然，他想让读者去体味其中的“故事”——包括声音上的“故事”。这里语调的激越，既是愤慨于诗歌的社会地位之卑下，也是对诗歌这种“手艺”的骄傲的自觉，是卑微与骄傲混合的产物。可见，此处的诗歌声音一定程度上“背叛”了语义。不过，这也并非是诗歌里才有的现象。比如情侣吵架，女生气呼呼抛出一句：“我再也不理你了！”这种情况下，“再也”一般不是“永不”的意思，“再也”两字在声音上和多多的“再无”相似，背后的“情绪意涵”也相似：一个下定决心“永不理你”的人，说话是不会如此激烈的。概言之，声音暗示的“言外之意”有时往往违拗文字表达的“言内之意”。

新诗节奏的高低起伏，不仅与字词的声调相关，也与构词的方式、句子的长度乃至停顿的分布有关。需要注意的是，此处所说的

[1] 多多：《多多诗选》，人民文学出版社 2017 年版，第 25 页。

“高低起伏”，并不是语音学意义上的高低起伏，不是单个字词绝对意义上的轻重高低对比，而是指在诗句当中，受制于诗歌的语境、意象乃至情绪而产生的高低起伏，因此它是相对的，带有一定的主观性。诗人、小说家帕斯捷尔纳克指出：“语言的音乐性绝不是声学现象，也不只表现在零散的元音和辅音的和谐，而是表现在言语意义和发音的相互关系中。”[1]他提醒人们要从“言语意义和发音的相互关系”来看待语言的“音乐性”问题，这对于研究新诗中的高低起伏也是一个有益的提示。来看昌耀的《斯人》：

静极——谁的叹嘘？

密西西比河此刻风雨，在那边攀援而走。
地球这壁，一人无语独坐。[2]

这首诗第一行在声音上富于暗示，读起来有一种强烈的孤寂感。细细揣摩，这里对词语的选用颇有“弦外之音”：“静极”两字是双声，韵母不同，从后鼻音“ing”到舌面前高不圆唇元音“i”，两者虽同属齐齿呼，发音方式颇为相似，但开口有一个从大到小的变化，而且声音也由重入轻，而“极静”则反了过来。同样，“叹嘘”二字，“叹”是开口呼，“嘘”是撮口呼，声音也有从响亮到微弱的变化。若写成“嘘叹”，看上去意思还是一样，但声响上的暗示性就毁

[1] ［俄］帕斯捷尔纳克：《空中之路》，转引自［俄］瓦·叶·哈利泽夫：《文学学导论》，周启超等译，北京大学出版社2006年版，第291页。
[2] 昌耀：《昌耀诗文总集》，作家出版社2010年版，第283页。

了："嘘叹"把重心放到了"叹"这个声音上，却无法暗示那种声音渐趋寂灭的孤寂感。大概一个人处于寂静之中，对声音就会尤其敏感。比如说完"静极"之后，诗人又长长地停顿了一下（以破折号标记），仿佛在停下来听此时的声音。由于选词造句的种种安排，这一句读下来仿佛英语中的扬抑格——即先重后轻的音步——节奏也较为缓慢，低沉。

到了下一行，节奏起了变化。首先出现的是一个五音节词语"密西西比河"。哪怕在现代汉语中，五音节词语也是不同寻常的，读这个词需要舌头持续发力，节奏不仅需要提速，声音上也加大了强度。后面，"攀援而走"也是一幅有力量感的画面。"密西西比河"令我们想到了昌耀所敬仰的诗人惠特曼，他作为一个强有力的诗人形象"在那边"存在。对比之下，"这壁"就显得孤寂、消沉多了，最后一行句子重又变短，节奏与语调回归低沉。这首诗虽然极短，节奏与情绪却有明显的起伏，两者形成巧妙的共振。当然，需要再次强调的是，这里的轻重、强度的变化也只能在个别诗句中因地制宜的突出，却没办法成为一种普适性、规定性的"格律"，这是因为它们的规则很不明确，而且更多受制于语境。这也是为什么过去有学者（如陆志韦）曾想在汉语中推广轻重格律却很难真正地实行与推广的原因之一。[1]

节奏感的营造也与语法有关系。在上一节讨论的例子中，我们看到节奏的控制往往起到制衡乃至削弱语法的统治的作用，由此获得了语义上的断裂与新的表意空间。但这只是故事的一半。语法与

---

[1] 关于陆志韦的轻重格律实验，参考陆志韦：《杂样的五拍诗》，《文学杂志》2卷4期，1947年9月。

节奏的关系并非总是对立的，有时它们也相互成全。诗人、学者福格特（Ellen Bryant Voigt）则讨论了“思想的节奏”（语法）与“音乐的节奏”之间的关系，并分析了诸如语法的平行、“右向分支”句法在诗歌中的节奏效用。以她提到的这段弗罗斯特的诗为例：

Back out of all this now too much for us,
Back in a time made simple by the loss
Of detail, burned, dissolved, and broken of
Like graveyard marble sculpture in the weather,
There is a house that is no more a house
Upon a farm that is no more a farm
And in a town that is no more a town.

——Robert Frost “Directive”[1]

语法的平行关系指在语法架构中处于相同地位的语言要素，比如第一行的“Back out”和第二行的“Back in”各自引导的两个状语是平行的句法关系；第三行的“burned”“dissolved”“broken of”三个词（词组），都是前面“detail”的修饰语，也是平行关系。最后三行的三个“no more”是词汇上的平行关系。平行的单位反复出现可以让我们在头脑里认知信息时形成“组块”（chunks），这一点与音乐颇为相似，因为后者也是由一些反复出现的单位来形成一个

[1] Ellen Bryant Voigt, *The Art of Syntax: Rhythm of Thought, Rhythm of Song*, Minneapolis: Graywolf Press, 2009, p.9.

乐段的[1]。这一段诗的前四行其实都是前置状语，它们修饰的主干句是第五行“There is a house”，因此，它们是“左向分枝”的。从第五行开始，节奏开始变奏，变成所谓的“右向分枝”句法，即主词（被修饰语）在前，修饰语在后的句法，比如这段诗的第5—7行，“that is no more a house/Upon a farm that is no more a farm/And in a town that is no more a town”，均修饰前面的“a house”。这样的句法让诗歌变得简省而充满悬念，即由于修饰语的缺失，我们会不停追问前面所缺失的信息。因此，这样的节奏可以说是较有“流动感”的，这与诗中描述的时间的无情流逝、事物的消亡相呼应。

说到这，就得再次思考现代汉诗的语法与节奏的关系。由于欧洲语言的深刻影响，现代汉语在语法上比过去要严密和复杂得多，这已是老生常谈。但是在新诗中如何以句法来营造节奏感却依然是一个较少问津的课题。回过头来读前文讨论的张枣《大地之歌》（第四章）。它的第二节全数以“那些……的人”这样的“左向分枝”的语法构成，即主词在后修饰语在前，而且每个句子都是名词性的，是描述性的罗列。所以整个诗节其实在句法上都没有结束，它就是一个巨大的主语，而谓语被延后了到第三节，即“他们都不相信”。这与英语中常见的“主干优先”原则（即主谓宾一般在前）刚好相反。到了第三节，才变成了“右向分枝”句法，变成了总结与断论的语气。就在这个意义上，它颇像交响乐里音乐的变奏。再来看穆旦的《赞美》（第一节），相对而言，它对节奏进程的控制显得“法度严明”：

---

[1] Ellen Bryant Voigt, *The Art of Syntax*: *Rhythm of Thought*, *Rhythm of Song*, Minneapolis: Graywolf Press, 2009, pp.9—12.

走不尽的山峦的起伏，河流和草原，
数不尽的密密的村庄，鸡鸣和狗吠，
接连在原是荒凉的亚洲的土地上，
在野草的茫茫中呼啸着干燥的风，
在低压的暗云下唱着单调的东流的水，
在忧郁的森林里有无数埋藏的年代
它们静静的和我拥抱：
说不尽的故事是说不尽的灾难，沉默的
是爱情，是在天空飞翔的鹰群，
是忧伤的眼睛期待着泉涌的热泪，
当不移的灰色的行列在遥远的天际爬行；
我有太多的话语，太悠久的感情，
我要以荒凉的沙漠，坎坷的小路，骡子车，
我要以槽子船，漫山的野花，阴雨的天气，
我要以一切拥抱你，你，
我到处看见的人民呵，
在耻辱里生活的人民，佝偻的人民，
我要以带血的手和你们一一拥抱，
因为一个民族已经起来。[1]

与前面所引的弗罗斯特那段诗相似，这节诗也是以无主句开始的，而且也有很多句法上的平行单位，它们几乎渗透于每一行。比如第一行“走不尽……”与第二行“数不尽……”是平行的，“山峦

[1] 穆旦：《穆旦诗文集》，第1册，人民文学出版社2014年版，第68页。

的起伏”与“河流”“草原”也是平行的，都是被“走不尽的”修饰。后面第三至六行则是一连串由“在”字领起的四个平行的状语从句，往下从第八行的“沉默的”开始，又是三个由“是”领起的平行倒装句。后面的平行句和词组我们就不一一点出了[1]。读者可以把这整节诗诵读一遍，不难发现它有一种气势磅礴的节奏感，而且节奏进程显得张弛有度。这节诗歌有助于我们理解前引骆一禾的判断，即诗的“音乐性”的关键在于“语言的算度与内心世界的时空感，怎样在共振中形成语言节奏的问题”[2]。这里，语法、词汇上的安排呼应着诗人内心世界的时空感，最后以一种整合的节奏感出现。一开始，作者仿佛是以“空中视野”去俯瞰中国大陆，他开始并不急于说出他想说的话，而是让读者去俯瞰一幅一幅的画面，去看这破碎的山河，这仿佛是节奏上进行漫长的铺叙和蓄力。前六行“左向分枝”的平行句更适合描述，而从第七行“它们静静的和我拥抱”开始，诗行转换成“右向分枝”的语法，节奏开始“变奏”，又以一连串平行句进行铺叙，构成第二个“组块”。第三个组块以第十三行抒情主体“我”的现身为标志，节奏开始推向高潮，到诗节的末尾爆发：“我要以带血的手和你们一一拥抱，/因为一个民族已经起来。”可以说，语法在这里充当了节奏的“内部组织”的作用，没有语法的支撑，这种宏大的架构是不可能实现的。当然，语法与节奏的关系恐怕远远不只“平行结构”“左向分枝”“右向分枝”那么简单，还有更多的问题有待研究者去思考。限于篇幅与学力，这里就点到为止了。

---

[1] 排比是最简单的平行结构，但后者所包括的范围要更大一些。

[2] 骆一禾：《骆一禾诗全编》，生活·读书·新知三联书店 1997 年版，第 842 页。

五、结 语

由于整齐、程式化的“音乐节奏”在新诗中遭遇到很难克服的困难，新诗所倚重的更多是变化的“语言的节奏”。当然，同一性的韵律在新诗中仍然会存在，只是更多地服从于语言本身的变化趋势，以一种“流动的同一性”而存在[1]。上面我们对新诗当中的“语言的节奏”诸面相进行了初步的分析，如快慢、高低起伏、行止等方面。可以看到，具体字音的使用、词序的安排、句子的长短、停顿的分布、分行等书面形式的使用、语言中同一性元素的多寡、语法结构的安排都会对新诗节奏的特性以及变化趋势带来显著的影响。因此，设若由字句而进一步追溯节奏、由节奏再追溯诗之“神气”，可以得到一条较为稳妥的诗歌理解进路。在我们看来，对于节奏的控制与一首诗的意涵乃至新诗整体上的文体特征都有切不断的联系。因此，新诗的声情表征是其意蕴构成中不可或缺的一部分。如果缺失声音的维度，对新诗的理解很可能是不完整的——这个规律对于普遍意义上的诗歌而言也能成立。谢默斯·希尼曾指出，诗人T. S. 艾略特最重要的观点，不是“传统与个人才能”等著名论断，而是有关诗歌的“听觉想象力”的认识，即“对音节和韵律的感觉，渗透思想和感觉的意识水平之下的深处，使每一个词语都充满生气；沉入那最原始和被遗忘的，返回源头……”[2]对诗歌节奏的讨论，本质上是要培养一种敏锐的“听觉想象力”。因为诗歌所告诉我们的，

[1] 另参考李章斌：《“韵”之离散：关于当代中国诗歌韵律的一种观察》，《中国当代文学研究》2020年第3期。

[2] [爱尔兰] 谢默斯·希尼：《向艾略特学习》，《希尼三十年文选》，黄灿然译，浙江文艺出版社2021年版，第43页。

很多时候必须通过声音来传达。换言之，诗的声情维度经常会越出字面意思的范围之外，就像苏珊·朗格所言：“由于诗歌所使用的材料是言语，其意蕴（import）并不在于文字的字面意思，而在于表达这些意思的方式，后者涉及到诗歌的声音、节奏、词语的结合所产生的气韵（aura）……”[1]归根结底，又有谁读诗歌仅仅是为了读个“意思”或者“思想”呢？诗歌的声情感染力才是诗歌真正发生效用并成其为“诗”之处。

[1] Susanne K. Langer, *Philosophy in a New Key*, Cambridge: Harvard University Press, 1942, pp.260—261.

多多诗歌的音乐结构

一

在现在这个诗歌的网络化时代，尤其是在现代汉语诗歌越来越趋于口语化乃至口水化的当下，重提诗歌的音乐性的论题不仅不多余，而且显得十分迫切。因为目前日趋泛滥的口语化诗歌已经威胁到了现代汉诗作为一种文体的合法性：如果说几句分行的口语就是“诗歌”的话，那么把我们平常说的大白话分行抄下又何以不能说是“诗歌”？类似这样的质疑要求我们寻找诗歌真正区别于日常话语的特质，并再次回到其真正的内核中去，而音乐性无疑是这个内核的重要组成部分。然而自现代汉诗诞生以来，音乐性的问题就一直给它蒙上了巨大的阴影。在传统汉语诗歌的光辉之下，现代汉诗一直以其音乐方面的缺陷而饱受诟病，这种诟病到现在仍未止歇。目前要给新诗的音乐性问题提供一个通盘解决方案或者划定一个总体方向显然是不现实的，但是在具体的个案研究中探寻一些新诗音乐性的可能方向并非完全不可能。

在当代诗人当中，多多是公认的少数几个具有较强的音乐性的诗人之一——如果说不是唯一的一个的话。黄灿然较早地注意到了多多诗歌中音乐的地位和作用，在黄灿然评论多多的一篇著名文章中，他观察到多多“把每个句子甚至每一行作为独立的部分来经营，并且是投入了经营一首诗的精力和带着经营一首诗的苛刻”，“但是，以行为单位，如何成篇，也即，这样一来，他的诗岂不是缺乏结构感？换上另一个诗人，很可能是如此。但多多轻易解决了这个问题，而且是用一种匠心独运的方法解决的——它刚好是诗歌的核心之二：音乐。他用音乐来结构他的诗。”[1] 黄灿然对多多诗歌中音乐与结构的关系的观察颇具眼力，在多多诗歌中，音乐确实是主要的组织和结构方式，这种做法在当代诗人中是很少见的。不过，虽然黄在文中对多多诗歌的音乐颇有独到的分析，但是他的论述和枚举例证都不是很充分，而且他对多多具体如何用音乐来建构诗歌却没有作充分的讨论。而这正是本文关注的焦点。

多多是个艺术手法较为多样化的诗人，正如其名字所暗示的那样。任何一个熟读多多诗歌的读者，都会惊讶于他面前所上演语义与音乐的双重奇观。而多多诗歌的音乐有很多层面，我们这里着重论述的仅仅是多多最经常用来构造诗歌的那些音乐手段[2]。音乐（尤其是节奏）的基本原则是重复（复现），在多多诗歌中，有大量的各种形式的重复。唐晓渡观察到，“多多出国后的作品中，运用复

[1] 黄灿然：《最初的契约》，《多多诗选》，花城出版社 2005 年版，第 258 页。

[2] 黄灿然在《最初的契约》一文中曾把音乐性分为普遍的音乐性和独特的音乐性，而前者又分为两类：说话式的和依靠修辞手段的。笔者虽然对这种分类体系持保留态度，不过笔者亦承认本文所论述的音乐只是诗歌音乐的一部分——主要是黄所谓的“依靠修辞手段”的那一类，也是他没有予以充分讨论的一部分。

沓手法的频率和密度大大增加了。”[1] 其实，即使在多多八十年代的作品里，也同样存在着大量的复沓或重复。在多多诗歌的重复中，经常使用的主要有两类：一类是相同或者相近的词组和句式；二类是押韵以及其他类型的同音复现。前者是句法结构方面的重复，后者是语音方面的重复。当然，它们并不仅仅是“手段”；更重要的是，它们只是为了分析方便而做出的简单分类，且不说它们在概念上有相互交叉之处，它们在多多诗歌中是作为一个整体而出现的。因此，这两个类别只是我们在论述时依循的两条线索，而不是论述的全部对象和主题。本文真正的论述对象是：多多诗歌中作为有机的整体而出现的音乐。

二

多多诗歌中句式与词组的重复与转换方式其实与我国律诗中的平仄安排或者英语诗歌中的音步设计在原则上是类似的，只不过其构建单位不是平仄音组或者抑扬音步，而是词组和句式。正如律诗在平仄音的重复和转换中形成节奏，多多的诗歌也在词组和句式的重复、转换中获得明显的节奏。这种节奏显然受到了狄兰·托马斯的“词组节奏”[2] 的影响。先来分析《北方的夜》（1985 年）这首诗，这是其第二节：

夜所盛放的过多，随水流去的又太少

---

[1] 唐晓渡：《多多：是诗行，就得再次炸开水坝》，《当代作家评论》2004 年第 6 期，第 109 页。

[2] 多多自己也曾透露过“词组节奏”对他的影响，见《我的大学在田野——多多访谈录》，《多多诗选》，第 272 页。

永不安宁的在撞击。在撞击中
有一些夜晚开始而没有结束
一些河流闪耀而不能看清它们的颜色
有一些时间在强烈地反对黑夜
有一些时间，在黑夜才到来
女人遇到很乖的小动物的夜晚
语言开始，而生命离去[1]

虽然在读过这些诗行几年后，笔者至今对它们的“意义”仍然存有疑惑，但想必有不少读者会同意笔者初次读到它们的感受：这些回旋的韵律确实是现代汉诗中不多见的大手笔。这些诗句的动人的力量既来自于诗句中那些令人印象深刻的意象、隐喻，也来自于诗中大量的“空白”和暗示，更来自于诗歌的节奏与行进方式，而后者正是多多有别于大多数当代诗人的原因之一。稍有语言敏感的读者马上就会发现这些诗句中有很多重复使用的词组和句式，比如，“夜所盛放的”“随水流去的”“永不安宁的”“有一些夜晚”“一些河流”“有一些时间”。还有一些对称的句式——一种特殊的重复方式：“开始而没有结束”“语言开始，而生命离去”。然而从整体来看，与新诗中的那些习见的排比诗句相比（典型的如艾青、臧克家等人的作品），多多的这些词组与句式的重复并不显得单调，更不会让人觉得刺眼——多多不会刻意地显露这些重复。更重要的是，多多对结构的重复往往同时包含着转换和不同的句式之间的衔接。例如，第二行在重复了第三个“的”结构的句式之后，又把前面的“在撞击”

[1] 本书所引多多诗歌，均依据《多多诗选》，花城出版社 2005 年版，下同。

重复了一次，并且和下面的几个“有一些”句式衔接。又如第三至六行，第三、四行都是以“而”连接构成对称，然而多多并没有把这种句式使用到令人发腻的地步，第五行又转换了句式，但紧接着第六行的“强烈地反对黑夜”又与第五行的“在黑夜才到来”构成对比，因此可以说五、六行在更大的意义上重复了第三、四行的对称。可以看到——当然更可以“听”到——多多的这些诗句环环相扣，往复回旋，与那些单调生硬的排比句式判然有别。

即便是结构的重复，多多所进行的也绝不是简单的重复和排列，而是在重复中有变化，更有冲突——这也是笔者不把这些重复称为“排比”的原因之一。请看《北方的夜》第三节：

> 雪，占据了从窗口望去的整个下午
> 一个不再结束的下午
> 一群肥大的女人坐在天空休息
> 她们记住的一切都在休息
> 风景，被巨大的叶子遮住
> 白昼，在窗外尽情地展览白痴
> 类似船留在鱼腹中的情景
> 心，有着冰飞入蜂箱内的静寂

第二行的“下午”看起来是在重复前句的“下午”，而实际上是在翻新乃至颠覆我们前面得到的“下午”的印象；第三、四行更是如此：在写下“一群肥大的女人坐在天空休息”之后，换了别的作家可能会加上一句描写别的正在“休息”的人或者动物——只有动物才能“休息”。而多多立刻又在下句给我们一个惊喜——“她们记住的一切都在休息"！动物可以"休息"，记忆如何休息？是休眠，遗忘，还是埋葬？不论如何，后一个休息直接颠覆了"休息"的意义，乃至使得前一个"休息"也变得很可疑。是的。多多决不会等到一个意象、句式或者词语重复得让读者发腻的地步，他往往先读者一步变换他的魔术并再次给他们一个惊喜：读者在上一行中可能会得到的"固定反应"很难在下句实现[1]。多多则服膺于约翰·阿什贝利关于每一句都必须有两个"兴奋点"的苛刻追求，决计不会"让你觉得他在唠叨"[2]。类似的诗句在多多诗歌中举不胜举，如：

> 看海一定耗尽了你们的年华/眼中存留的星群一定变成了煤渣/大海的阴影一定从海底漏向另一个世界/在反正得有人死去的夜里有一个人一定得死（《看海》）
>
> 她们做过情人、妻子、母亲，到现在还是/只是没有人愿意记得她们/连她们跟谁一块儿睡过的枕头/也不再记得。（《常常》）

在我看来，这些突转与冲突对于多多诗歌这种存在大量重复的音乐结构来说是非常必要的，如果没有这些重复中的突转与冲突，没有这些不断出现的"惊喜"的话，这样的结构对于读者来说可能会变成一场灾难，而不是狂欢。

然而如果仅仅把多多诗歌中的这些句式与结构的安排看作一些

[1] "固定反应"是［美］克林斯·布鲁克斯和潘·沃伦提出的概念，参考 Cleanth Brooks & Robert Penn Warren, *Understanding Poetry*, 3rd edition, New York: Holt, Rinehart and Winston, 1960, p.289.

[2]《我的大学在田野——多多访谈录》，《多多诗选》，第 280 页。

"手段"，或者是一种把意象、词语"悦耳"地组织起来的方式的话，那么我们仍然低估了音乐，尤其是节奏，在多多诗歌中的作用和意义。回到前引《北方的夜》第二、三节诗，应该注意到多多在这里不断地提到"时间"以及一些时间概念（如"夜晚""黑夜""下午"等），值得回味的是，时间在这里并不是直线前进的牛顿力学式的"时间"，而处于难以言状的美妙的律动之中，"有一些夜晚开始而没有结束""有一些时间，在黑夜才到来"。回味这些句子让我们不得不认真对待多多在此诗第四节的一行看似是游戏的断言："时间正在回家而生命是个放学的儿童。"时间是这些诗句真正的主角，它以"生命"的面目出现，而节奏则是时间之律动的体现，是这个"放学的儿童"或急或缓的步伐。这让我们想到布罗茨基在评论曼德里施塔姆诗歌时的一个著名的判断："歌，说到底，是重构的时间。"[1]并非偶然的是，在曼德里施塔姆诗歌中，词、字母，乃至于停顿都成了时间的形式或者载体，节奏作为时间的体现者，它对诗歌不仅仅是工具，更是目的，是诗歌的存在本身。

而在多多的《北方的夜》中（以及相当多的其他诗作中），节奏的控制也极为自觉，与时间之律动同一。不妨再来作一次技术分析。"有一些时间在强烈地反对黑夜/有一些时间，在黑夜才到来"。这两句虽然有重复和对比，但是也有微妙的变化。请注意第二句中间的逗号，这在节奏上是停顿，在时间上则是延缓，这恰好模拟了诗中的"时间"本身的律动：前面一句的"时间"在不断地"反对黑夜"，而后一句的另外一些"时间"则到了黑夜才姗姗来迟，诗中的

[1]［美］约瑟夫·布罗茨基：《文明的孩子》，刘文飞译，中央编译出版社2007年版，第92页。

停顿模拟了这种状态，这样的节奏安排简直到了一字不易的地步！

再看多多另一首著名的诗歌《居民》的最后三节：

他们喝过的啤酒，早已流回大海
那些在海面上行走的孩子
全都受到他们的祝福：流动

流动，也只是河流的屈从

用偷偷流出的眼泪，我们组成了河流……

这首写于海外的诗真正的主角依然是“时间”，然而是无情地流动，而我们只能“屈从”的时间，“偷偷流出的眼泪”一语甚至带着忍气吞声的意味。然而屈从中也有抗拒，抗拒中又带着无奈。这种复杂的感受集中地体现在“流动”的重复中。在说出第一个“流动”后，多多空了一行（跨段），然后再说第二个流动，在节奏上是很长的停顿，在这停顿中，仿佛流动在这一瞬间已经停止，这个幻觉透露出一点虚幻的希冀，仿佛河流之流动和时间之流逝都可以停止，何其悲哀之感受！多多不会像孔子那样感叹：“逝者如斯夫，不舍昼夜！”也不会像歌德笔下的浮士德那样高喊：“瞬间，请你停止，你真美！”他仅仅在节奏的一张一弛中，就已经说出了全部。

当然，并不是所有多多诗歌的音乐结构安排都可以上升到如此高度。但是在最基本的意义上，它们至少可以和诗歌的意义和情绪保持一致，这种音乐上的自觉在当代诗人中依然是凤毛麟角的。看这首典型的“多多式”的诗《没有》（1998 年）：

没有表情，所以支配，从
再也没有来由的方向，没有的
秩序，就是吸走，逻辑
没有止境，没有的
就在增加，
……
河，就会有金属的
平面，冰的透明，再不掺血
会老化，不会腐化，基石会
怀疑者的头不会，理由
会，疼不会，在它的沸点，爱会
挺住会，等待不会，挺住
就是在等待没有
拿走与它相等的那一份
之前，让挺住的人
免于只是人口，马力指的
就还是里程，沙子还会到达
它们所指的地点，没有周围
没有期限，没有锈，没有……

这首诗通过一些相似的词组和短句式（如“没有……”“会……”），营造出急促的节奏，表现出一种疯狂辩论的语态——当然是和自己辩论——这反映出其内心激烈的矛盾与巨大的危机。虽然这首诗的写法接近于“反内容”，然而其节奏却是成了意义的来源之一。尽管它在总体上是急促的，甚至有点紊乱，但总体上依然张弛有度。细读倒数第八至倒数第四行，并对比它们的前后几句，可以看出它们并不是像其前后几句那样一气呵成的节奏和不断重复的句式，而是相对较为凝滞。在这四行，全诗一冲而下的气势突然收住，而就在这个当口，全诗发出了其最强音："挺住/就是……让挺住的人/免于只是人口"它以强硬的姿态回应里尔克那句著名的诗："有何胜利可言？挺住意味着一切。"在这样一种"没有来由"的矛盾中，"挺住"本身就是意义。而在这些接近于"没有来由"的呓语中，节奏已包含着意味，它的起伏就是诗歌的意义和情绪的起伏。[1]

三

如果说前面论及的词组、句式安排是一种结构重复的话，下面我们要讨论的则是一种语音上的重复，后者最明显的体现当然是押韵。但是，多多诗歌中从头到尾押尾韵的诗歌几乎没有，这种定期在每行末叮当响一下的音乐在他的诗歌中并不多常见，他有自己的韵律法则。在多多诗歌中，往往在某些部分出现大量的内韵（即在句中押韵）与尾韵的联合使用，甚至还会同时卷入其他的同音关系如双声、叠韵以及同音字，当然，最极端的同音情况是同一个字词反复使用。在句中大量重复某一辅音或者元音的节奏手法在英语诗学中分别被称为"头韵法"（alliteration）和"谐元

[1] 关于多多诗歌中句式、词组重复出现的结构，笔者还在另一篇文章中论及，参考李章斌：《语言的灰烬与语言的革命——从多多海外诗作〈归来〉与〈依旧是〉说起》，《扬子江评论》2009 年第 6 期。

音法”（assonance）[1]，这些手法在俄语诗歌中也经常使用。在汉语韵律学中，除译名以外，目前还没有与“alliteration”和“assonance”完全对应的术语，因此笔者拟称其为“谐音”[2]。在现代汉语诗人中，多多是最经常运用这种手法的诗人，也是在这方面做得最成功的诗人。

例如，“当记忆的日子里不再有纪念的日子/渴望赞美的欣同意了残忍的心”（《解放被春天流放的消息》）这两句重复的不仅仅是“日子”和“心”，而且是“记忆”和“纪念”（同音）、“赞美”和“残忍”（内韵），这不仅增强了诗歌的节奏，而且给这两行诗增添了曼妙的对称之美。这与我国古诗中的“当句对”有异曲同工之妙，如李义山的一联：“池光不定花光乱，日气初涵露气干。”（池光对花光，日气对露气，且“涵”与“干”谐韵）虽然没有直接的证据，我相信正是同音原则让多多在写下“记忆”之后想到了“纪念”，在“赞美”的对面摆放了“残忍”，也就是说，语音，而不是语义，才是这些词语之间联系的纽带。在这个意义上，所谓诗歌的“结构”原则实际上就是构思原则（两者均有“构”字），明显以同音原则“结构”的诗句在多多诗中还有很多（下画线为笔者所加，下同）：

死人死前死去已久的寂静（《他们》）

---

[1] alliteration 指在诗句中密集地重复某一辅音，尤其是词语开头的辅音或者重读音节中的辅音；assonance 指在诗句中密集地重复某些相同或相似的元音，它的使用往往会带来某种特定的谐音（euphony）效果。

[2] 广义的“谐音”指的是声韵的相同或相近，但是在目前的用法中，“谐音”一般仅指谜语、对联、广告等艺术中同音双关的使用情况，同音原则仅仅是添加一些额外的小趣味的作料，在我看来，这实际上是现代汉语的表达能力的衰退之体现。

而四月四匹死马舌头上寄生的四朵毒蘑菇不死/五日五时五分五支蜡烛熄灭/而黎明时分大叫的风景不死（《五年》）

不妨把这些诗句朗读一遍，可以发现，第二段第一行中“四”与“死”的刺耳的谐音（或许叫“不谐音”更确切些[1]）有着绕口令般的难度。不过显然会有读者质疑：为了造成如此强烈的音响效果，诗人岂不是有硬凑词语、意象之嫌吗？答曰：对于不是多多这种超现实主义式的诗风而言，或者对于不是像多多这样的“苦吟”诗人而言，如此建构诗行很可能会变成“硬凑”。然而多多的意象与措词本来就以出人意表制胜，在诗人与词语的漫长搏斗中[2]，这种苛刻的结构方式反而成了刺激想象的“兴奋剂”。在前面的《五年》这首写于诗人流亡海外五年后的作品中，去国怀乡之恨与逝者如斯的感慨以一种疯狂的语言表现出来，“四”与“死”之间的谐音关联让多多迷狂不已，他在这两者之间堆砌了一道海市蜃楼般的意象奇观，以此来辨明“不死”之生命，抵制时间的流动。

而同一字词的反复使用在多多诗中有更精彩的体现：

在树上，十二月的风抵抗着更烈的酒
有一阵风，催促话语的来临
被谷仓的立柱挡着，挡住

---

[1] 英语诗学中有“谐音”（euphony）与“不谐音”（cacophony）的区别，前者指一连串和谐的音节，后者指一连串刺耳的音节，它们与汉语中的“谐音”概念含义不同，不可混淆。

[2] 多多坦言他的每一首诗都要写几十遍之多！参考《我的大学在田野——多多访谈录》，《多多诗选》，第 275 页。

被大理石的噩梦梦着，梦到
被风走下墓碑的声响惊动，惊醒
最后的树叶向天空奔去

——《什么时候我知道铃声是绿色的》(1992 年)

读者想必和笔者一样，读到这两节诗时立即就被那三对动词的“联袂演出”给抓住了——“挡着，挡住”“梦着，梦到”“惊动，惊醒”。它们不仅在节奏上气势磅礴；更重要的是，它们以语言的线性前进序列成功地实现了对动作和场景的模仿：一开始是风被立柱挡着，然后是停顿（逗号），过了一会才被“挡住”。而写风的声响的惊恐景象亦极其细致，先是被“惊动”，过了一会才被“惊醒”——仿佛一场噩梦就在我们眼前！相反，如果这几句诗歌写成“挡着和挡住”，则动作间的时间间隔没有体现出来；而如果直接写成“被谷仓的立柱挡住”而省略掉“挡着”，则其间细微的过程没有描绘出来，时间的脉搏亦无法感受到。因为对运动的模仿本质上就是对时间的模仿。不妨借此机会再次回味一下前引布罗茨基那句断言——诗歌是重构的时间。可以说多多这样的诗句已经在接近重构时间之艺术的极致。在短短的一行诗内能描绘出如此复杂的动作与节奏的细微变化，这样的诗艺难道还不足以令我们“惊动，惊醒”?

多多诗歌中同声、同韵、同音以及同一字词的反复使用在语义上最经常造成的“后果”就是词语之间的矛盾乃至厮杀——诗歌内部的战争。这在修辞上经常表现为反讽和悖论。例如，“在曾经/是人的位置上忍受着他人/也是人”（《忍受着》）。“人”在这里所暗示的巨大的张力和矛盾让我们联想到法国哲学家列维纳斯的一个认识：

《圣经》中的人是能够让他人在我面前通过的人。在这里，诗歌的特权之一——跨行，一种停顿和转折——再次体现出它的价值：当我们读到第二行时，我们会发现他“曾经是人的位置上”忍受着他人(何其矛盾!)，那忍受他人的什么行为呢？停顿之后，读到下一行，我们才发现他忍受的是“他人也是人”这一点！如此迂回曲折的矛盾！而如果这句话不进行跨行，则它的迂回与跌宕将被去除无遗。“他人”当然也是人之一种，然而强调“他人也是人”，则暗示了“他人”有并不被当作人的可能，而这种感受居然是在“人的位置”上产生的。而在多多另一首诗中的“人”则更为纠结：“一种酷似人而又被人所唾弃的/像人的阴影/被人走过”（《我始终欣喜有一道光在黑夜里》）这个似人非人的“阴影”与“人”纠缠在一起，欲为“人”而不得。

词语之间的“战争、搏斗、厮杀”，在多多看来，是“诗歌最本质的东西”，也是“诗歌最高级的地方”[1]。在 1986 年的一首诗歌中，多多就向我们展露了词语之间的这种战争：“它们是自主的/互相爬到一起/对抗自身的意义/读它们它们就厮杀”（《字》）。当然，这场战争在其诗中遍地开花，并不仅限于同音字词之间。但是，正是在同音字词之间，它们之间的搏斗才显得空前激烈。例如《在这样一种天气里来自天气的任何意义都没有》中的这四行：

在这样一种天气里
你是那天气里的一个间隙
你望着什么，你便被它所忘却

[1]《我的大学在田野——多多访谈录》，《多多诗选》，第 282 页。

吸着它呼出来的，它便钻入你的气味

仔细观察可以发现，“天气”与“间隙”中的两个字的韵母都相同，“望着”和“忘却”也如此，这显然不是碰巧出现的：应该注意到，第一、二句，第三句、第四句内部都存在着一种对称或对比，这当然是作者有意为之。“天气”与“间隙”之间的谐韵凸显了“你”的无足轻重，“在这样一种天气里”的无意义的存在。而“忘却”显然站在“望着”的对面，并像回音一样回应着后者。如果“望着”与“忘却”中的两个字不是分别同音和同韵，而是诸如“注视”或者“观察”这样的意义接近的词语的话，这种对应与回响的效果显然不会那么强烈，而“望着”与“忘却”之间的矛盾也不会显得那么突出，语言之张力远逊。可见韵律对语义领域的战争发挥了火上加油的作用。当代英语大诗人谢默斯·希尼也屡次谈到这种情况，例如菲利蒲·拉金的《晨歌》(*Aubade*)：

Unresting death, a whole day nearer now,
Making all thought impossible but how
And where and when I shall myself die.
Arid interrogation: yet the dread
Of dying, and being dead,
Flashes afresh to hold and horrify. [1]

希尼评价道：“当‘恐惧’(dread)与‘死亡’(dead)谐韵，

[1] 笔者试译：“不安的死亡，现在又逼近了一整天，/使人无法思索任何东西，除了关于/何时，何地，我自己将如何死去。/枯燥的质询：死亡/与垂死的恐惧/再次闪现，抓住并恐吓我。”

它与其全部语义的对峙几乎达到了顶点。而动词‘死去’（die）也在动词‘恐吓’（horrify）中引爆出自身的激情。”[1] 再看多多的另两行诗：“冬日的麦地和墓地已经接在一起/四棵凄凉的树就种在这里”（《依旧是》）。辛笛的《风景》可以与之对读：“比邻而居的是茅屋和田野间的坟/生活距离终点这样近”。“生活”与“终点”之间的临近关系非常微妙，辛笛的后一行诗用来阐释多多的这两行诗也恰如其分。不过辛笛的第一行比较而言则略显拖沓，而多多以两个声音极其相近的词语（“麦地”和“墓地”，“麦”“墓”为双声）简练地显示这种对比，效果显然更明显，节奏亦更为响亮。

对词语的语义与音韵效果如此执迷，在我看来，这并不是一种诗歌技艺的炫耀——至少主要不是如此——它体现了多多对词语与音乐的高度敏感，甚至隐含着一股复活语言生命的冲动（下画线为笔者所加）：

> 船是海上的马，遗忘向着海上的村庄。
> 循着麦浪滚动的方向，落日
> 也盛装，旧翅膀也能飞翔。
> 从罗马的凉台往下望，
> 比流亡者记忆的土地，还要宽广，
>
> 比等待镰刀收割的庄稼还要焦急：

[1] ［爱尔兰］谢默斯·希尼：《希尼诗文集》，吴德安等译，作家出版社 2001 年版，第 334 页。该文译文（姜涛译）谬误较多，笔者略作改动（引文改“战栗”为“恐吓”，并在“身”前面添加“自”字）。

只有一具装满火药的躯体！
让脾气，如此依赖天气；
让脑子，只服从犁沟。

——《五亩地》（1995 年）

这两节诗歌中内韵与尾韵的联合使用和较为平稳的布局让诗歌的节奏非常稳健、恢宏，一读便知。尤耐寻味的是这两个诗节的韵部的选择：上节为“ang”，下节为“i”。“ang”韵读起来非常响亮、庄重，这恰好与这一节诗歌辉煌的意象相互配合，音与义交相辉映。这两节诗歌的分节显然是依照韵律，而不是句法或者句义（多多相当多的诗作都是如此）。下节所押“i”韵在声响上相当的刺耳、激越，这也与本节诗歌所表现的焦灼、激烈的情感互为表里。正是同一个原因，前引《五年》中的“四月四匹死马……”一句也同样反复使用“i”韵来配合诗中紧张、激烈的情绪：可见多多对于韵部的选择并非是随机的，至少在相当多的诗歌中是如此。

这种以声音模仿感觉、配合语义的手法在英诗中被称为“拟声法”（onomatopoeia），[1] onomatopoeia 在希腊文中的原义便是“命名”（name-making），[2] 在希腊人看来，语言对万物“命名”所依据

[1] 这种手法在英诗中很常见，如［英］雪莱的《奥西曼迭斯》（Ozymandias）：“Nothing beside remains, round the decay/ Of that colossal wreck, boundless and bare/The lone and level sands stretch far away.”此诗堪称“拟声法”之典范：“round the……”一句屡次以辅音 k 和其他辅音以及元音相互摩擦，形成刺耳的声响（不和谐音），以表现残破的荒凉景象；而最后一行则以和谐而平稳的语音表现出自然的永恒与壮阔。

[2] *The Penguin Dictionary of Literary Terms and Literary Theory*, 4th edition, edited by J. A. Cudden, London: Penguin Books, 1999, p.614.

的就是语音与语义的感觉上的关联；而蒲柏（Alexander Pope）则明确要求“声音必须成为感觉的回声”[1]，在笔者看来，这个要求至少对于诗歌而言是相当合理的。实际上，这种音义之间的关联也是我国文字的一个固有的性质。我国的文字学中有种观点叫“佑文说”，即认为在形声字的形成过程中，读音相近的声旁往往被用来组成意义相近的形声字，如在古音中声旁读音相同的“钟”“江”，声响都比较洪亮，两者都用来表示宏大、壮阔之物，而形旁则用来区分两者的事类范畴。在西方诗歌中，音与义也经常有这种类似的联系。然而这种联系在现代汉诗中几乎被遗忘了。现代汉语在西方语言因素的不断融合和现代社会的不断冲击下，虽然可能性极大地增加了，但同时也变得日趋芜杂，这种状况在现代汉诗与古诗的对比当中体现得很明显。作为语言艺术之极致的体现者，诗歌有必要时时回到原点，恢复和更新语言与世界的最初联系，激活语言之根的生命力量。

四

上面所分析的这些音乐结构只是多多诗歌音乐的一部分，而且是最容易辨识的那部分。无论是词组、句式的重复与转换，还是押韵或者同音字词的使用，它们都有章可循：其规律简言之就是重复与变化。变化可以是句式的衔接、转换，词义的扭转、翻新，同音字词的冲突、对立，等等。这些变化让重复超越低层次的平面排列，而呈螺旋式的上升运动。闻一多早在其 1922 年写就的《律诗底研

---

[1] *The Penguin Dictionary of Literary Terms and Literary Theory*, 4th edition, edited by J. A. Cudden, London: Penguin Books, 1999, p.615.

究》一文中，就反复强调“均齐中之变异”的原则，“变异”之用，在于它能够调和或冲淡重复所带来的单调之感[1]。对于试验新诗节奏的诗人而言，这条原则也是相当值得注意的。另一方面，重复是音乐（包括诗歌这种词语音乐）的核心原则。对于诗歌音乐而言，保持一定的可复现性和一贯性是必要的，否则不独诗歌声响会凌乱、琐碎，各个部分也会像散落的珠子一样不成体系。这对于那些追求夸张的意象组合和词句的跳跃性的诗人而言是尤其重要的一点。在谈到一些诗歌中的跳跃性组合时，布罗茨基曾分析道：“正是韵律原则使人们感觉到了貌似不同的事物之间的相近。他所有的组合如此真实，因为它们都是押韵的。”[2]在我看来，不独押韵如此，其他音乐形式（如词组、句式的重复，同音字词重复等）也有类似的效果。多多诗歌的意象如此夸张和繁复，词语之间的断裂如此明显，而意义又如此隐晦，但是作为一个整体却不给人以凌乱、突兀之感，其奥妙首先就在于音乐，尤其是本文所讨论的显性层面的音乐结构。

类似句式、韵式、谐音之类的音乐结构，有学者可能会认为它们只是一些“雕虫小技”而不屑一顾——尤其是在当代文学批评界如此盛行“主义”“理论”的背景下。然而笔者以为这些“雕虫小技”关涉到的正是诗歌发展过程中最核心的东西。谢默斯·希尼在论及奥登时一针见血地指出，奥登与马克思、弗洛伊德的渊源关系并不是像某些批评家所炒作的那么重要，而其诗歌中“类韵、头韵联合使用以制造一种新的语言现实，就像由岩块和石英构成”，“才

---

[1] 闻一多：《律诗底研究》，《闻一多研究四十年》，清华大学出版社 1988 年版，第 43 页。

[2] [美] 约瑟夫·布罗茨基：《文明的孩子》，刘文飞译，中央编译出版社 2007 年版，177 页。

是对长久的诗歌进程最有价值的东西，因为它们对语言的艺术有着最本质的敏感。”[1] 而当我们考虑到新诗是一种以新生语言（现代汉语）为载体的新生文体时，尤其是在艺术上（如音乐方面）还未积累足够的“雕虫小技”时，那么类似多多诗歌中这些富有成效的艺术实践，是不是值得倍加珍惜呢？

---

[1] ［爱尔兰］谢默斯·希尼：《希尼诗文集》，吴德安等译，作家出版社 2001 年版，第 352 页。

痖弦与现代诗歌的“音乐性”及“具象节奏”问题

一、“诗”与“歌”的关系：新诗的一个难题

自从新诗诞生起，“诗”与“歌”的关系一直萦绕于这一文体的核心，并成为新诗的一个难解的“心结”。在胡适等早期新诗探索者废除了传统的格律，改用白话写自由体诗歌之后，新诗是否还具有“音乐性”就成了一个难题。在二十年代，郭沫若明确地提出“诗”应与“歌”分离的观点：“诗自诗，而歌自歌。歌如歌谣，乐府词曲，成为感情的言语之复写，或不能离乐谱而独立，都是可以唱的。而诗则不必然。”[1]在当时的郭沫若看来，诗有“内在韵律”即可，外在的形式与音乐性则并非是必要的。虽然这一理论现在看来尚有疑点[2]，但是却成为了自由诗节奏理论的风向标。戴望舒在三十年

---

[1] 郭沫若：《论诗》，《文艺论集（汇校本）》，长沙：湖南人民出版社 1984 年版，第 253 页。

[2] 关于郭沫若的韵律理论的疑点与局限的讨论，参考王毅：《试论中国自由诗的音乐性》，《西南师范大学学报（哲学社会科学）》1996 年第 3 期；李章斌：《韵律如何由“内”而“外”？——谈“内在韵律”理论的限度与出路问题》，《文学评论》2013 年第 6 期。

代进一步宣称："诗不能借重音乐，它应该去了音乐的成分。"[1]这种观点出于以音乐性强的《雨巷》成名的戴望舒口中，无疑是极显眼而又令人疑窦丛生的[2]。艾青也曾明确地提出："所有文学样式，和诗最容易混淆的是歌；应该把诗和歌分别出来，犹如应该把鸡和鸭分别出来一样。"[3]作为新诗一支的台湾诗坛，在"诗""歌"分离的道路上走得更为彻底。台湾当代诗的奠基者纪弦在五十年代明确反对新月派的格律追求，反对以"韵文"写诗，他在《现代诗》杂志上发表了以《诗是诗，歌是歌，我们不说诗歌》为题的社论[4]。这篇社论产生了很大的影响，台湾诗坛也确实走向了他展望的道路。著名学者奚密指出："台湾近40年来，不管是诗人、批评家，还是一般读者，均习惯称新诗为'现代诗'而不称'现代诗歌'（或'当代诗歌'），有别于中国大陆。这应该归功于纪弦和《现代诗》的大力推动。"[5]总体上，尽管对于"诗""歌"的分离至今仍有不少批评与反对意见[6]，但是这已然是一个客观存在的总体趋势。

---

[1] 戴望舒：《望舒诗论》，《现代》第2卷第1期，1932年11月，第92页。

[2] 余光中曾对此有质疑："我认为这两句话完全不负责任，因为中外古今的诗，都不能没有节奏和意象。"（余光中：《评戴望舒的诗》，《名作欣赏》1992年第3期，第14页）

[3] 艾青：《诗论》，《艾青全集》第三卷，石家庄：花山文艺出版社1991年版，第24页。

[4] 纪弦：《诗是诗，歌是歌，我们不说诗歌》，《现代诗》第12期，1955年。

[5] 奚密：《反思现代主义：抒情性与现代性的相互表述》，《渤海大学学报（哲学社会科学版）》2009年第4期。

[6] 比如，公木：《歌诗与诵诗——兼论诗歌与音乐的关系》，《文学评论》1980年第6期；高小康：《在"诗"与"歌"之间的振荡》，《文学评论》2002年第2期；吕周聚：《被遮蔽的新诗与歌之关系探析》，《文学评论》2014年第3期；等等。

当然，百年以来试图重新弥合“诗”与“歌”之间的裂痕的努力也一直没有停歇。早在二十年代，以北京大学歌谣研究会为中心形成了一个颇具声势的歌谣运动，参加者有胡适、周作人、刘大白、刘半农等众多新诗的开创者[1]。三十年代，则有“中国诗歌会”的蒲风、任钧、王亚平等鼓动和实践歌谣创作，五六十年代有声势浩大的民歌运动、小靳庄诗歌运动，等等。即便在“诗”“歌”分离已成定局的七八十年代台湾诗坛，也曾有过一场民歌运动，参与者有余光中、夏宇等诗人和杨弦、罗大佑等音乐人。然而，和新诗史上的多次格律诗探索一样，这些努力并没有对新诗发展的大势产生决定性的影响，这其中的原因值得深思。一方面，正如有的学者已经注意到的那样，“不能简单以歌词的思维写诗，降低诗的格调和水准，纯粹模仿民歌写诗，历史证明很难成功，远的如‘五四’诗人的拟民歌创作，近的如十七年诗人的民歌体诗歌，几乎未留下传世之作”[2]。确实如此，民歌中使用的重章叠句的节奏，如何以诗的方式呈现出来，至今仍然是个棘手的难题。另一方面，更为根本的是，在很多论者与诗人眼里，“诗”与“歌”（音乐性）的结合的问题经常被简单地化约为格律、押韵的有无问题。于是，自由诗这一新诗的主流体裁就被有意无意地当作是一块音乐性上的“蛮荒之地”，而成为一种无法摆脱的“根本性缺陷”，这种看法从闻一多开始[3]，到

---

[1] 相关讨论可参考傅宗洪：《“音乐的”还是“文学的”？——歌谣运动与现代诗学传统的再认识》，《中国现代文学研究丛刊》2011年第9期。

[2] 罗振亚、侯平：《诗与歌的“合流”——论现代歌词与新诗的关联》，《文学与文化》2015年第4期，第121页。

[3] 在闻一多看来，没有“格律”根本就不能算是诗歌（见闻一多：《诗的格律》，《闻一多全集》，第2册，武汉：湖北人民出版社1993年版，第140页）。

现在依然有论者坚持，比如有学者称："现代诗的主流——自由诗——便可以说基本上丧失了音乐性，而这恰恰是现代诗一直不能被底层大众接受的一个根本性的缺陷；换句话说，诗的音乐性就只有一种，即'歌谣的音乐性'。"[1]然而，问题恰恰在此：君不见，当今流行歌曲的歌词其实在体裁上大都也是"自由体"，也并不一定押韵，谁能否认它们具有"音乐性"？其次，以可不可以"唱"出来作为诗歌是否具有音乐性的标准其实并不可靠，因为从理论上来说，新诗中的很多作品也是可以"唱"的，自由体诗诸如海子的《九月》《远方》，郑愁予的《错误》，都曾被不同的音乐人多次改编为歌曲，且取得了很不错的反响。区别只在于有没有人愿意去"唱"，而不在于可不可以"唱"。实际上，"自由体"这种体裁不仅可以具有特定的音乐性，而且也可以汲取包括民谣在内的多种音乐形式的节奏因素。在这方面，台湾著名诗人痖弦是一个极其成功的典范。

有趣的是，痖弦曾经明确提出要学习传统的《诗经》、民谣等与音乐紧密相连的形式（详后），他本人的诗作也经常径名为"歌"或者"曲"，如《歌》《一般之歌》《无谱之歌》《夜曲》《协奏曲》等。痖弦的好友、诗人、学者杨牧曾经指出："关于绘画和音乐的比重的问题，我认为痖弦诗中的音乐成分是浓于绘画成分的。"[2]但是，杨牧的论断一直没有得到很好的论证。由于痖弦诗歌大都采用自由体甚至散文诗的形式，也很少押韵，其"音乐性"也经常让论者感到无从下手。在我们看来，痖弦实际上在有意识地定义一种现代诗

[1] 傅宗洪：《"音乐的"还是"文学的"？——歌谣运动与现代诗学传统的再认识》，《中国现代文学研究丛刊》2011年第9期，第130页。

[2] 叶珊（杨牧）：《〈深渊〉后记》，萧萧编：《诗儒的创造》，台北：文史哲出版社1994年版，第20页。

"歌"的形式与路径。对于这样的诗"歌"，我们的分析视角与路径也需要从过去那种格律、押韵模式的机械分析中解脱出来，而更多地考虑诗歌与音乐在结构和本质上的相通之处。从痖弦的创作中可以窥见现代诗歌为何需要形成自身的"音乐性"，却又不能简单地挪用民谣、歌词的缘故，否则依然容易落入过去那种仿民歌的老路上去。因此，对于痖弦之诗是如何成为"歌"的思考，或许也可以为整体上思考现代诗"歌"的"音乐性"问题带来一些方法论上的启发。

二、"不感觉有格律存在"的音乐形式

痖弦对新诗的形式问题一直有很强的自觉认识和危机感，在其论著《中国新诗研究》中，痖弦认为："一开始，新诗便扬弃了旧诗的严整格律，在新秩序尚未建立之前，这点相当危险，直到今天，'形式'仍然是现代诗中最被忽视的一环。"[1]他对于形式问题的解决办法是："最理想的方式是具一种形式感——形式的约束感（法国诗人梵乐希认为形式之于诗人正如钢索之于走索人）；叶公超在《论新诗》中说：'好诗读起来，无论自己读或者听人家读——我们都并不感觉有格律的存在，这是因为诗人的情绪与他的格律已融为一体，臻于天衣无缝的完美。'……这种'不感觉有格律存在'的格律，也就是诗人自觉的形式感。"[2]这段话既是启发性的，又令人困惑：一般所言的"格律"意味着一种明确的约束，若感觉不到它的存在，那在诗歌中存在的又是什么呢？格律过去有"法律"之意，它是一

[1] 痖弦：《中国新诗研究》，台北：洪范书店1982年版，第12页。
[2] 同上，第12页。

种外在的、固定的规范，故此才有“戴着脚镣跳舞”的说法[1]；但新诗早已废弃了格律，痖弦诗作也很少使用闻一多等所提倡的“新格律”，这里提出形式的自我“约束”又从何说起呢？

痖弦所引用的叶公超《论新诗》一文是一篇颇有影响的文章[2]。由于叶公超本身是“新月派”成员，再加上文中明确提出“格律是任何诗的必需条件，惟有在适合的格律里我们的情绪才能得到一种最有力量的传达形式；没有格律，我们的情绪只是散漫的，单调的，无组织的”[3]，因此，叶公超也一般被当作是新月派的格律路线的支持者。但是细读此文的具体论证，却可以发现他的主张与闻一多、饶孟侃等实际上有根本区别，甚至他所提倡的形式是不是“格律”都是一个问题。首先，他主张新诗的节奏是一种“说话的节奏”，而不是旧诗那种吟唱的节奏。其次，叶公超明确提出新诗的字数乃至音组数目都不必每行相同，他甚至批评闻一多的诗行过于整齐，造成的效果过于急促，与诗的情绪并不相宜[4]。再次，叶公超也和闻一多一样强调“重复”的作用，他提出：“格律的功用是要产生某种不同的节奏的模型。它必然包括某种音段之重复条件。”[5]但是他所提倡的却不是闻一多、饶孟侃、朱湘等人所主张的以相同的字数、音组数来组成均齐的诗行，而是“对偶和均衡的技巧”，他为此举的两个诗例（分别是金克木的《织情诗》和徐志摩的《我等候你》）

[1] 闻一多：《诗的格律》，《闻一多全集》，第 2 册，第 140 页。

[2] 此文原刊《文学杂志》1937 年创刊号，后收入《叶公超散文集》（台北：洪范书店 1979 年版）。

[3] 叶公超：《论新诗》，《文学杂志》1937 年创刊号，第 13 页。

[4] 同上，第 22 页。

[5] 同上，第 20 页。

都不是诗行整齐、押韵规则的格律诗，而是自由诗；他着重分析的是其中的各种重复与“对偶”。比如“怨风，怨雨，怨无情的露滴”，他称“怨风”与“怨雨”是“均衡”的，而“怨无情的露滴”与前两者相比是“较大的均衡”[1]。这实际上就是简单重复和略有变化的重复。再如他注意到徐志摩的《我等候你》一组有趣的对比，即第六、七行“希望/在每一秒上允许开花”与四行之后的“希望在每一秒上/枯死——你在哪里?”他指出：“‘枯死’在一行的开始，使人在抬头转行之间突然发见它，记忆中却仍存着‘希望在每一秒上允许开花’的回音。这几行中的情绪的转变可以说完全是靠均衡与对偶的力量产生的。”[2]叶公超说的“均衡与对偶”，在我们看来，其实就是以重复（同一性）为框架的对比（差异性）原则，而这是节奏原理的一个关键。叶公超敏锐地注意到这一点，他指出：“均衡的原则是任何艺术中最基本的条件，而包含对偶成分的均衡尤其有效力。重复一方面增加元素的总量（massiveness），一方面产生一种期待的感觉，使你对于紧跟着的东西产生一种希望，但是趁你希望的时候又使你失望。”[3]叶公超观察到重复（均衡）的普适性意义，还注意到重复在读者心理可以造成一种期待，而期待落空往往也可以造成特别的效果。有趣的是，叶公超三十年代在清华大学的同事瑞恰慈也曾指出：“节奏，以及作为其特殊形式的格律，都取决于重复和期待。”“显然，没有期待就不会有惊奇和失望，而且大多数节奏既

[1] 叶公超：《论新诗》，《文学杂志》1937 年创刊号，第 25 页。

[2] 同上，第 27 页。

[3] 同上，第 27—28 页。

是由简单的满足，也是由失望、延缓、惊奇和背叛所组成的。”[1]确实，重复（期待）与差异对比（落空）是现代诗歌的一条重要节奏原则，而痖弦在这方面可以说是大师（详后）。

可见，如果一定要说叶公超、痖弦这里提倡的是“格律”的话，那么这种“格律”也与过去闻一多、饶孟侃等人的“格律”的含义有根本区别。考虑到“‘不感觉有格律存在’的格律”这样的说法颇有自相矛盾的意味，甚至有概念混乱的危险。若从明确概念定义的角度出发，不妨将其称为“‘不感觉有格律存在’的韵律”，或者用笔者过去提出的“非格律韵律”来称呼这种“形式感”[2]。“不感觉有格律存在”其实强调的是这种形式感并非是那种明确、固定化的规范，就像叶公超所云，形式的追求应避免“过于显著（英文所谓cheep effects）”，而是一种潜在的同一性原则，即韵律。“韵律”一词没有“格律”那么强的规范性与固定性的含义，不过它背后指向的正是节奏规律的基石，即重复与同一性。古人很早就认识到“韵”的本质涵义，恰恰在叶公超的这篇文章中，就引用了《文心雕龙》声律第三十三篇的话：“异音相从谓之和，同声相应谓之韵。韵气一定，故余声易遣。”[3]这实际上也是对韵律原则中的同一性与差异性的一种认识。这种形式感与格律那种外在、固定规范不同，是一种以同一性（均衡）为原则，依照诗歌情绪发展所进行的自我约束，而这一点正是自由诗的节奏的本质，也是痖弦诗歌的音乐形式的关

[1] I. A. Richards, *Principles of Literary Criticism*. London: Routledge & Kegan Paul, 1967, p.103, p.106.

[2] 李章斌：《在语言之内航行：论新诗韵律及其他》，北京：人民文学出版社 2014 年版。

[3] 叶公超：《论新诗》，《文学杂志》1937 年创刊号，第 23 页。

键。来看一首看起来似乎没有“韵律”的散文诗《庙》，其前两节是：

耶稣从不到我们的庙里来；前天他走到宝塔的那一边，听见禅房里的木鱼声，尼姑们的诵经声，以及菩提树喃喃的低吟，掉头就到旷野里去了。

顿觉这是中国，中国底旷野。[1]

这里写的是现代人信仰缺失的荒芜境况，这是痖弦诗歌的一个常见主题，而这首诗中还突出了基督教在异文化中的疏离状态，耶稣成了一个与本地文化格格不入的外乡人，这是颇为反讽的，尤其是对于有普世主义倾向的基督教而言。在此诗的最后一节，这种反讽到达顶点：

整个冬天耶稣回伯利恒睡觉。梦到龙，梦到佛，梦着大秦景教碑，梦到琵琶和荆棘，梦到无梦之梦，梦着他从不到我们的庙里来。[2]

敏锐的读者马上就会意识到，这里所发生的事情几乎与叶公超在徐志摩《我等候你》中观察到的所谓“均衡与对偶”完全一样，甚至更为微妙。“梦到龙，梦到佛”构成一种“均衡”（重复），而“梦着大秦景教碑，梦到琵琶和荆棘”构成一种更大尺度的“均衡”。

---

[1] 痖弦：《痖弦诗集》，台北：洪范书店2010年版，第274页。

[2] 同上，第274—275页。

这也会让我们形成一种期待，以为往下“梦到”的肯定依然是某种“中国特色”的景象，但是痖弦接下来戏耍了读者一番，接着梦到的居然是“无梦之梦”?“无梦之梦”到底是何许梦也？接下来梦到的更令读者吃惊，“梦着他从不到我们的庙里来”，又让人陡然想起此诗的开首一句“耶稣从不到我们的庙里来”。这与徐志摩《我等候你》那几行的效果相似，而且更复杂：如果说整首诗歌（除了最后两句）写的实际上就是“耶稣从不到我们的庙里来”，那么最后一句又带有梦中之梦、戏中之戏的意味，而且颇有“元叙事”的特色：这也就意味着，前面三节所描述种种其实也是一个“梦”，而这个“梦”又是“无梦之梦”？难以确凿言之。实际上，这种荒诞的感觉正暗示着在现代性与异文化背景下，宗教信仰所面临的种种窘境与反讽，就像诗中所云：“他们简直不知道耶路撒冷在哪里?”从整体来看，这首诗第三节与第一节构成一种“均衡”与“循环”，而通过节奏的反复推进全诗，在结尾冲向一个“惊讶”与“悬疑”的顶点。首尾循环结构在痖弦诗歌中可以说俯拾皆是，比如《乞丐》：

不知道春天来了以后将怎样
雪将怎样
知更鸟和狗子们，春天来了以后
以后将怎样

依旧是关帝庙
依旧是洗了的袜子晒在偃月刀上
依旧是小调儿那个唱，莲花儿那个落
酸枣树，酸枣树

大家的太阳照着，照着
酸枣那个树

而主要的是
一个子儿也没有
与乎死虱般破碎的回忆
与乎被大街磨穿了的芒鞋
与乎藏在牙齿的城堞中的那些
那些杀戮的欲望

每扇门对我关着，当夜晚来时
人们就开始偏爱他们自己修筑的篱笆
只有月光，月光没有篱笆
且注满施舍的牛奶于我破旧的瓦钵，当夜晚
夜晚来时

谁在金币上铸上他自己的侧面像
（依呀嗬！莲花儿那个落）
谁把朝笏抛在尘埃上
（依呀嗬！小调儿那个唱）
酸枣树，酸枣树
大家的太阳照着，照着
酸枣那个树

春天，春天来了以后将怎样

雪，知更鸟和狗子们
以及我的棘杖会不会开花
开花以后又怎样[1]

这首《乞丐》写的是乞丐衣食无着、穷困潦倒的生活，因为“一个子儿也没有”，所以难免担心吃了上顿没有下顿。第一节的几个“将怎样”其实流露的就是这种担忧。这个“将怎样”的句式在最后一节又复现了，但又有所区别，区别在于末两行：“以及我的棘杖会不会开花/开花以后又怎样”。这里实际上暗示着一种微妙的心理变化：“棘杖”的开花暗示着乞丐的死亡，但“开花以后又怎样”则带有一种无奈与无所谓的语气，可以说是典型的“乞丐式”的达观与绝望：生活已经最坏，再坏又能怎样？可见，这首诗首尾两节的循环暗示着丰富的心理内容，这是重复与差异对比的节奏原则带来的。

实际上，这首诗也是现代诗化用民谣的一个典范。民谣里经常使用的复沓、复叠，在这首诗里也比比皆是，比如“酸枣树，酸枣树/大家的太阳照着，照着/酸枣那个树”。这一点与贺敬之那些模仿民谣的诗作是类似的[2]。此外，诗中也大量使用各种民谣中的俚语、俗语，“依呀嗬！莲花儿那个落”“依呀嗬！小调儿那个唱”，这给诗歌带来一股浓厚的泥土气息。但是，此诗并不是一首纯粹的民谣，它的泥土气息又混杂着浓厚的现代气息。应该注意到，在“酸枣那个树”这曲小调接着的是第三节，“而主要的是/一个子儿也没有/与

[1] 痖弦：《痖弦诗集》，台北：洪范书店2010年版，第62—64页。
[2] 比如贺敬之《桂林山水歌》：“水几重啊，山几重？/水绕山环桂林城……”

乎死虱般破碎的回忆/与乎被大街磨穿了的芒鞋/与乎藏在牙齿的城堞中的那些/那些杀戮的欲望”。这些完全“现代”的诗行的出现几乎令读者猝不及防。稍稍回过神来，才发现这首诗不仅在写乞丐的穷酸窘迫，而且也在写人一旦陷入极度饥饿困乏之中，就难以避免变得“穷凶极恶”：“与乎藏在牙齿的城堞中的那些/那些杀戮的欲望”就暗示着一种“每个人都是所有人的敌人”那种存在主义式的极恶之境。后面的“每扇门对我关着，当夜晚来时/人们就开始偏爱他们自己修筑的篱笆”也在暗示着这种困境。[1]

值得注意的是，此诗第三、四节的措辞与比喻明显与前面两节不同：一是书面语与文言语辞的大量使用，比如“与乎”“芒鞋”“城堞”等；二是大跨度比喻的使用：“牙齿的城堞”“死虱般破碎的回忆”“月光没有篱笆”，这给诗歌带来了很大的张力，也是极其典型的“现代诗”的写法，与前面的民间小调构成反差。而在接下来的第五节，“民间”与“文明”这两种语言势力开始合流，“谁在金币上铸上他自己的侧面像/（依呀嗬！莲花儿那个落）/谁把朝笏抛在尘埃上/（依呀嗬！小调儿那个唱）”。这里，两种声音的共同出场构成了一种奇妙的“多声部”效果，也暗示着一种反讽，即乞丐们潦倒的世界与达官显贵们荣华富贵的世界之间的互相反讽。概言之，痖弦这首诗为如何将民谣形式带进现代诗树立了一个典范：他并不强行将两者“融合”在一起，而是容许这两股力量各自存在，

---

[1] 痖弦在 1960 年的《现代诗短札》中说：“新兴艺术只会使人更加发狂。它发掘人类心中的魔鬼，或制造更多的魔鬼。这些话是存在主义作家们常说的：‘人不过孤独地“生存”，在一个上帝已死的世界里，没有丝毫价值。人愈知自己就变得愈坏。’”（原刊《创世纪》第 14、15 期，收入《中国新诗研究》第 49 页。）

通过矛盾性的并置使得两者成为一个富含张力的整体。实际上，应该注意到，这也是英国诗人奥登在复兴英国“谣曲”（ballad）时所采取的路径。

在世界各国文学发展“初级阶段”普遍存在的民谣可以说是诗歌与音乐最原始的结合方式。痖弦一直有意识地思考和实践如何在现代诗歌中实现民谣的继承与创新。他指出：“过去《诗经》、说部、民谣的形式，在纪弦、杨牧、洛夫的笔下重新流出鲜活的生命力，这些是传统的，也是现代的。”[1]有意思的是，痖弦所说的值得借鉴的传统形式，并不是五言、七言这些最成熟的传统诗歌形式，而是《诗经》、民谣一类较为原始、古朴的形式，这恐怕不是毫无缘故的。因为这些形式实际上也可以说是诗歌“格律化”（定型）之前的“自由诗”，它们往往基于语言中最根本、最简单的节奏原则，这也是为什么它值得重新走向自由诗之路的现代诗歌关注的原因之一。《诗经》与民谣极其亲近，甚至大部分作品也可以说是民谣，因此陈世骧以及其弟子杨牧才用原来英国民谣研究中的术语“反复叠增法”（incremental repetitions，或译“反复回增法”）来概括《诗经》中的节奏方式[2]。民谣与现代的自由诗——尤其是那些讲求“形式感”的自由诗——能够互通声息之处，首先是叠词叠句乃至重章叠句的大量使用，这也是痖弦的“歌诗”接通传统的重要路径。痖弦诗歌中有很多带有民谣节奏特点的作品，比如《歌》《西班牙》《巴比伦》

---

[1] 痖弦：《中国新诗研究》，台北：洪范书店1982年版，第13页。

[2] 陈世骧：《原兴：兼论中国文学特质》（1970年），《中国文学的抒情传统》，张晖编，生活·读书·新知三联书店2015年版，第107—109页。杨牧：《钟与鼓》，成都：四川人民出版社1990年版；杨牧：《一首诗的完成》，台北：洪范书店1989年版，第148页。

《在中国街上》等。这些作品大都如《乞丐》一样，同时也具有较强的语言张力、跳跃性以及悬念，不过，也有少数诗作是较为简单地模仿歌谣体的习作，其问题与二十年代的刘大白、刘半农等人的歌谣类似，比如《协奏曲》：

在小小的山坡上
一群牛儿在吃草
他们吃着红地丁
他们吃着紫地丁
他们吃着白地丁

在静静的小河滨
小风车们在做梦
他们梦着北风
他们梦着西风
他们梦着南风

在丛丛的林子里
一些情侣在偷吻
他们吻着蔷薇唇
他们吻着玫瑰唇
他们吻着月季唇
……[1]

---

[1] 痖弦：《痖弦诗集》，台北：洪范书店2010年版，第276—277页。

这首诗让我们想到了《诗经》中的那些“反复叠增”的诗句：“七月流火，九月授衣。一之日觱发，二之日栗烈。无衣无褐，何以卒岁……”（《诗经·豳风》）但是若以现代诗歌的标准来看，痖弦这首诗并不算太成功的作品，它读起来“太顺”，语言缺乏内在紧张，而且会让读者有不耐烦的冲动。这也典型地反映出传统民谣在现代诗歌中复生所遭遇到的问题：它们固然可以建立较为明快的节奏，但是却缺乏现代诗所要求的张力与“硬度”，而且过多的重章叠句往往容易陷入“轻”与“滑”的路数上。用前面叶公超与瑞恰慈的理论来说，它们只建立了“期待”，却没有突破期待之后的“失望、延缓、惊奇和背叛”。而前面所论的《乞丐》的实验却显然更为可取，它并不满足于“复制”传统形式，其节奏除了差异对比之外，还有强大的张力。关于“张力”与现代诗歌的关系，痖弦说：“在我们流行的思想和日常言语中，散文的侵蚀性是很严重的。现代诗人的艺术之一，或者就是在于排斥此种侵蚀和保持作品的‘张力’。”[1]换言之，张力让现代诗歌保持诗性语言的特质，并将其与散文区别开来。

痖弦诗歌与音乐发生联系的方式不仅限于民谣。实际上，当诗歌语言中重复性的因素大量增加时，它就不可避免地走向音乐的性质。正如坡林（Laurence Perrine）所观察到的，“音乐的本质是重复。”[2]在他看来，“节奏”（rhythm）一词指的本来就是“任何声音或者动作的波动性重复”[3]；因此重复因素的增加也必然导致节奏感

[1] 痖弦：《中国新诗研究》，台北：洪范书店1982年版，第53页。

[2] Laurence Perrine, *Sound and Sense: An Introduction to Poetry*, New York: Harcourt, Brace Jovanovich, 1982, p.155.

[3] Ibid., p.158.

的增强，这也是诗歌与音乐在结构上的统一性。实际上，诸如首尾循环结构，至今是流行音乐普遍使用的手段，而相同或者近似旋律的反复，更是一个乐段的基本构建原则。若我们观察痖弦的诗作，会发现他大量使用不同形式的重复，比如字音、字词、词组、句式、意象等，这些重复甚至已经变成其诗歌的一条重要的结构原则。比如《红玉米》（前二节）：

宣统那年的风吹着
吹着那串红玉米

它就在屋檐下
挂着
好像整个北方
整个北方的忧郁
都挂在那儿[1]

如果单独地看这首诗歌的每一行，是看不出它们有什么韵律感的。但是通读下来，却能感觉到一种流动的韵律感萦绕其中。如果说韵律感实际上是对同一性的追求的话，那么这里的韵律则可以说是一种“流动的同一性”，它们与格律诗中那种相对固定的同一性有别。实际上，这两节诗是靠两个动词的重复“结构”起来的，分别是“吹”和“挂”。两者萦绕于整首诗，后面又不断出现，比如第六节中“就是那种红玉米/挂着，久久地/在屋檐低下/

[1] 痖弦：《痖弦诗集》，台北：洪范书店2010年版，第56页。

宣统那年的风吹着”，还有最后一节中“犹似现在/我已老迈/在记忆的屋檐下/红玉米挂着/一九五八年的风吹着/红玉米挂着”[1]。词语的反复摆荡于现实与记忆之间，给人以余音绕梁，三日不绝之感。对于痖弦诗歌而言，重复之意义不仅在于给文本提供结构和秩序，更在于，有了这重“秩序”，就有了进一步立体化与复杂化的可能。第二节先写红玉米挂在屋檐下，紧接着就笔锋一转，说“好像整个北方/整个北方的忧郁/都挂在那儿”，这里视角骤然放大，从“红玉米”到“整个北方”，而且从具象的“红玉米”一步就迈入抽象的“北方的忧郁”，这一切都是在三行十八个字之内瞬间完成的，令人叹服。比照之下，第二个“挂”字显得不同凡响。若我们说“这让我想起了整个北方/和整个北方的忧郁”，这种比照就感觉不到了。与二三十年代郭沫若、戴望舒大部分作品里的那些简单重复或者排比堆砌不同的是，痖弦诗歌的重复暗含着剧烈的跌宕和跳跃，这正是其诗艺中关键的一个特点，它完全解除了重复排比给读者带来的厌倦与疲惫感，让读者对眼前发生的事情保持持续的关注。

在很多时候，痖弦诗歌中重复与韵律结构的使用甚至到了违背日常的语言习惯乃至语法的程度，实际上，这不仅是古典诗歌中经常出现的情况[2]，也是包括当下的流行歌曲在内的歌词创作中经常有的情况[3]。比如《如歌的行板》：

---

[1] 痖弦：《痖弦诗集》，台北：洪范书店2010年版，第56页。

[2] 赵敏俐：《中国早期诗歌体式生成原理》，《文学评论》2017年第6期。

[3] 如方文山作词的周杰伦歌曲、唐映枫作词的陈鸿宇歌曲，都有很多类似的现象。

温柔之必要
肯定之必要
一点点酒和木樨花之必要
正正经经看一名女子走过之必要
君非海明威此一起码认识之必要
欧战，雨，加农炮，天气与红十字会之必要

散步之必要
遛狗之必要
薄荷茶之必要
每晚七点钟自证券交易所彼端

草一般飘起来的谣言之必要。……[1]

这种“之必要”结尾的句式几乎统治了整首诗歌，而且很多“之必要”句让人看了有啼笑皆非的感觉，比如“正正经经看一名女子走过之必要”“懒洋洋之必要”，等等。这些“之必要”在细读之下，其实是完全不必要的，这种反讽背后流露的是对琐碎日常生活的无奈与绝望。实际上，若没有“之必要”这个简单“暴力”的韵律装置的使用，整首诗歌就成了一团乱麻了——这首诗歌的优点恰好在于它的语言“暴力”。这种“暴力”地折腾语言的风格也让我们想起了另一个同样讲究音乐性的当代诗人多多的作品，比如《忍受着》：“在几条大河周围封冻的河岸上/忍受着矗立，在后人的尿里忍

[1] 痖弦：《痖弦诗集》，台北：洪范书店2010年版，第194—195页。

受着/物并不只是物，在曾经/是人的位置上忍受着他人/也是人……”[1]实际上，与《如歌的行板》中的“之必要”一样，多多的“忍受着”一词也在暴力的折腾中几乎“金蝉脱壳”，变成了一个充满歧义的词语，有时是“忍耐”，有时是“坚忍”，有时是“不得不承认”，等等。另外，痖弦与多多都有较强的超现实主义风格倾向，他们之所以如此重视诗歌音乐性的营造，原因之一在于，超现实主义诗人所打破的不仅是意象的现实性，也是词语的现实性，因而句与句、词与词之间的联系就变得相当松散或者跳跃，这时诗人就需要一根“纽带”来把这些看起来凌乱的部分“连接”起来，这根纽带就是音乐结构。

但是，痖弦与多多诗歌中韵律结构的运用却与诗歌的语义、语法保持着一种紧张的关系，两者似乎在相互反对对方，又在反对中构成一个整体，它们不停地在制造期待与突破期待的矛盾中推进，类似于叙事文学和电影中的情节推动的模式。这其实是现代诗歌与歌曲或者民谣之间不得不承认的一个分野；如果说大部分民谣或者歌曲中的韵律结构是为了满足听众的期待的话，那么诸如痖弦与多多这些较有现代气息的诗歌则更多是为了在期待之后突破期待，是一种“惊讶的（韵律）诗学”。这种差别来源于诗歌和歌曲不同的传达、接受方式。歌曲、民谣是用来唱和听的，或者是用来吟诵、口耳相传的，这种路径不能容纳太多的多义性、思维上的跳跃性。而诗歌既是用来朗读的，也是用来阅读的（而且其分量越来越大），前者要求一定的音乐性，而后者要求具有一定的多义性乃至“悬念”，可供读者反复玩味，一时不明白还可以停下来继续思考。正因为如

[1] 多多：《多多诗选》，第 235 页。

此，艾青说："歌是比诗更属于听觉的；诗比歌的容量更大，也更深沉。"[1]这就是包括民谣在内的各种传统韵律形式需要为新诗所吸纳，又需要进行"诗化"改造的原因。归根结底，现代诗歌是一种阅读与朗读的综合艺术。

三、流动的"感觉"与变动的"时间"

上文我们从重复与韵律结构的角度讨论了痖弦诗歌与歌和音乐之间的"亲缘性"，这可以说是两者之间在结构上的相似，不过，这一点还不足以说明诗歌与音乐的统一性。应该看到，诗歌中的"音乐性"并不同于音乐中的"音乐性"，诗歌中并不存在严格意义上的音乐旋律以及对位和声等形式。韦勒克、沃伦在其《文学理论》中甚至认为"音乐性"这个概念在诗歌中是不成立的，"实际上，二者之间存在相当大的差异，讲出的一句话调子抑扬起伏，音高在迅速变化，而一个音乐旋律的音高则是稳定的，间隙是明确的。""浪漫派与象征派诗人竭力要将诗歌与歌曲和音乐等同起来，这样的做法只不过是一个隐喻而已，因为诗在变化性、明晰性以及纯声音的组合模式方面都不能与音乐相抗衡。"[2]我们同意韦勒克等的看法，即从物理（声学）角度来说，诗歌的语声与音乐差异甚大；而且也同意他们关于研究节奏的建议，即不能"完全脱离意义去分析声音"[3]。不过，诗歌的"音乐性"也并非是一个牵强的隐喻，它背后

[1] 艾青：《诗论》，《艾青全集》，第三卷，石家庄：花山文艺出版社1991年版，第24页。

[2] [美] 韦勒克、沃伦：《文学理论》，刘象愚等译，北京：文化艺术出版社2010年版，第169—170页。

[3] 同上，第168页。

包含着对于诗与音乐之间在本质上的趋同关系的体认，“诗歌”这个名称同样也暗含着这种体认。然而，这种本质上的趋同关系究竟如何具体体现的，却一直被当作一个“理所当然”的问题，或存而不论，或顾左右而言他，语焉不详。

在我们看来，探索“音乐性”这个“隐喻”如何在诗（学）中立足是一个有真正意义的诗律学问题，也是对杨牧关于痖弦诗歌的“音乐成分”的观点一个回应。要解开这个问题的症结，必须从“时间”这个概念入手。时间是音乐的本质维度，因其曲调与旋律只在时间中行进；而绘画与建筑艺术的本质维度则是空间。这本是常识，无须赘述。当然，诗歌与音乐都以“声音”工作，而声音自然是有时间性的。问题在于，一切文学艺术的语言都有“声音”的面向（从理论上说），那么，诗歌声音为何可以称为“音乐性”呢？这个问题还必须回到“节奏”这个老问题上。过去大部分学者对于“节奏”的定义强调的是周期性的复现或者“波动”[1]，但是正如韦勒克等所认识到的，这种认知“显然将节奏与格律视为一体，因而必然导致否定‘散文节奏’的观点，把散文节奏视做与之相矛盾的，或者视做一种比喻”[2]。在我们看来，格律固然包含着一种典型的对时间的认知，即周期性，但这并不是语言之时间性的唯一认知，在周期性之外，还包含着非常丰富的“时间性”。前文我们提到坡林将“节奏”视为一种波动性的重复（wavelike recurrence），其实这种定义依然只是定义了节奏的规律性、同一性面向，即韵律；但是“节

[1] 如雅各布森，中国的朱光潜、陈本益，相关讨论参考李章斌：《新诗韵律认知的三个“误区”》，《文艺争鸣》2018 年第 6 期。

[2] ［美］韦勒克、沃伦：《文学理论》，北京：文化艺术出版社 2010 年版，第 175 页。

奏”还有非规律性、差异性的面向，即具体的高低、起伏、停顿，这些特征甚至在每一行诗中的表现都是各有不同的，因此需要一种更宽泛的节奏定义。

唐代孔颖达在《礼记·乐记》中曾这样给“节奏”作“疏”：“节奏，谓或作或止，作则奏之，止则节之。言声音之内，或曲或直，或繁或瘠，或廉或肉，或节或奏，随分而作，以会其宜。”[1]实际上，古人已经很清楚地认识到“节奏”所描述的声音之丰富与多变，而且还用“曲”“直”“繁”“瘠”等具象化的词语来形容它——这也启发了后文提出的“具象节奏”概念——而绝非只是整齐的模式。著名诗人帕斯将节奏（rhythm）定义为一种“具体的时间性”，以区别于格律中那种抽象的、模式化的时间性[2]，这也认识到节奏是一种具体的声响特征。因此，我们认为，节奏是语言元素在时间中的具体分布情况，它就是语言之时间性的具体化。“节奏”与时间性的联系是本质性的，甚至是相互定义的。格罗斯等人认为：“正是节奏赋予时间一个有意义的定义，一种形式。”[3]他们指出：“节奏结构是有表现力的形式，有认知意义的元素，它们交流着只有节奏意识才能交流的经验：即人类对于流逝中的时间的强化反应。”[4]在节奏意识的背后，是人们的时间意识。传统诗律学中所强调的种种周期性的重复、对称，固然也是一种典型的“强化反应”，其背后的时

[1] 郑玄注、孔颖达正义、吕友仁整理：《礼记正义》，中册，上海：上海古籍出版社2008年版，第1559页。

[2] Octavio Paz, *The Bow and the Lyre*, trans. R. L. C. Simms, Austin: University of Texas Press, 1987, pp. 49—58.

[3] Harvey Gross & Robert McDowell, *Sound and Form in Modern Poetry*, Ann Arbor: University of Michigan Press, 1996, p.9.

[4] Ibid., p.10.

间意识，在帕斯看来是一种“原型时间”[1]。不过，在现代诗歌中，周期性与固定模式的瓦解已然是世界性的趋势，时间已变成“变动的时间”，或“流动的时间”，甚至其重复与同一性因素，也是“流动的”。痖弦诗歌的节奏就鲜明地体现出节奏的变动性与具体性，并将其充分利用。比如《远洋感觉》，就善于以变动的节奏捕捉变动的“感觉”：

哗变的海举起白旗
茫茫的天边线直立，倒垂
风雨里海鸥凄啼着
掠过船首神像的盲眼
（它们的翅膀总是湿的，咸的）

晕眩藏于舱厅的食盘
藏于菠萝蜜和鲜鱼
藏于女性旅客褪色的口唇

时间
钟摆。秋千
木马。摇篮
时间

[1] Octavio Paz, *The Bow and the Lyre*, trans. R. L. C. Simms, Austin: University of Texas Press, 1987, p.51.

脑浆的流动，颠倒
搅动一些双脚接触泥土时代的残忆
残忆，残忆的流动和颠倒[1]

这里写的显然是在海上晕船的感觉。第二节三行是“藏于……”的平行排比句式，“晕眩”已渐有弥漫之势，从“食盘”漫上“褪色的口唇”。而第三节变成了对称性摆动的节奏，“钟摆。秋千”与“木马。摇篮”各自对称，而前后首行和末行的“时间”又形成对称。第二、三行全是由一个名词单独成句，这些孤悬于空中摆荡的名词，通过对称性的节奏，尽写行船中的摆荡之感。这不仅令人联想到“钟摆”等摆荡之物，甚至感觉连“时间”也开始“摆荡”起来了，让人觉得度日如年。到了第四节，节奏模式又为之一变。从上一节的对称摆荡变成了颠倒循环。“脑浆的流动，颠倒”已让人无法忍受，而这节中的三行本是一个整句，到第三行居然主谓颠倒循环，成了“残忆，残忆的流动和颠倒”，连“残忆”也颠倒了；而且此中“残忆，残忆”的停顿与复沓，仿佛人呕吐前的一声哀叹，可谓“苟延残喘”！可见，这里通过巧妙的节奏变化，从平行重复到对称摆荡再到颠倒循环，把晕眩的一步步发展写得入木三分，登峰造极。此中的节奏虽然也要依靠过去的重复、对称、排比等形式，但被运用得极其灵活多变，体现出鲜活的具体性。

痖弦的诗歌节奏让我们想起了二十世纪自由诗的开创者之一庞德的“绝对节奏”（absolute rhythm），即“与想要表达的情感或者

[1] 痖弦：《痖弦诗集》，台北：洪范书店 2010 年版，第 70—71 页。

情感的影子精确地相互呼应”的节奏[1]。实际上，二十世纪初英美自由诗变革的一个根本缘由，就是想追求一种更为灵活、也更为贴近诗歌表达内容的节奏形式。对于痖弦而言，如何精密地以节奏的方式表现“感觉”，是其诗艺的一个核心，即“从感觉出发”[2]。由于“感觉”是随时千变万化的，因而节奏也不可能是完全整一化的格律式节奏，而是随着情绪与感觉的需要不断变化、发展。从整个世界诗歌发展历史来看，这种企图精确地描述具体情感的节奏趋势之所以变得可能，跟现代诗歌的主要表现与传达形式——书面形式——有着颇为密切而又悖论性的联系。应该看到，紧接着庞德、艾略特的自由诗变革，就有威廉斯（William Carlos Williams）等人的“具象诗”（concrete poetry）运动，即以诗歌的书面形式、视觉上的排列效果来表现特定的意涵[3]，这种方式实际上对六十年代之后的台湾诗坛也有深刻的影响（详后），但痖弦诗歌总体上却止步于诗歌由听觉转入视觉的边界线上——这是微妙而又关键的区别。来看《那不勒斯——1943年所见》一诗前四节：[4]

被钢铁肢解了的，这城市中

[1] Ezra Pound, *Literary Essays*, ed. T. S. Eliot, New York: New Directions, 1968, p.9.

[2]“从感觉出发”是痖弦一首诗的名字，也是其诗集的第七卷的名字，此外，他还曾提出：“一首不可解的诗并不一定是首坏诗，除非它是不可感的。”（痖弦：《中国新诗研究》，第47页）

[3]“具象诗”或者“视觉韵律”（visual prosody）在西方其实有着悠久的历史，只是到了二十世纪才变成一场诗歌运动，参考John Hollander, *Vision and Resonance: Tow Senses of Poetic Form*, New York: Oxford University Press, 1975, pp.245—287. 附录三首具象诗均出自此书。

[4] 痖弦：《痖弦诗集》，台北：洪范书店2010年版，第120—122页。

一些石膏做成的女子
不知为什么，她们
总爱那样
微笑
　甚至整个前额陷在
　刺蘼与瓦砾之间

而当长长的画廊外，
长春藤成为最后的防卫
在重磅烧夷弹的
　火滵树的尖梢
　　天使们，惊呼而且
飞起

蜥蜴一般
外国兵士使流行的言语变色
有时候整个意大利
在尼古拉市场的清晨
为一罐青豆而争吵

孩子们，很多
没有姓氏
嬉栽于轰炸后的街道上
似一株茶梨树
……

这里我们之所以恢复其诗集原有的竖排右起的排版方式，是因为其排版等书面形式实则与其节奏有密切的联系。让我们从右开始从头读这首诗。前五行显然是一个诗行长度逐渐收缩的形式，节奏也逐渐放缓，我们的目光逐渐由整体上的“城市”聚焦到“女子”的脸部表情（“微笑”），但是从第六、七行却陡然换了一个节奏形式（以空出首格的形式排列），句首的“甚至”这两个急促的去声字也暗示着情绪的转折。而画面也突然一转，告诉我们这个“女子”的脸部是陷在一堆废墟之中！这里的节奏与画面转变颇似悬疑电影中的画面突变，而且也同样让人疑窦丛生：微笑的女子的“前额”怎么会陷在废墟之中？读到后面的战火描述以及“圣玛丽亚”，我们才恍然这些“石膏做成的女子”原来是毁于战火的圣母像。“甚至”领起的两行的陡然一转的节奏实际上也隐含着诗人看到被凌夷的圣母像的心理波澜。再看这首诗的第四节，“没有姓氏”的“孩子们”委婉地暗示战争中妇女被士兵凌辱奸淫的现象，这些孩子在后来又成了一种耻辱而且尴尬的存在，就像种子不经意飘在毁坏的圣母像座椅下长出的“茶梨树”一般。实际上，首行的分行就很微妙，在“很多”一词后分行，仿佛在说一件难于启齿的事情时那种迟疑与停顿，若写成“孩子们，很多没有姓氏”，就体现不出这种语气与节奏了。再看最后两行，“也发芽，也开看起来很苦的花”中“也”字的复叠带有隐隐的无奈，这些孩子虽然被视作“野种”，可是也和其他孩子一样纯洁无瑕，健康成长，令人同情。而最后一行行前空两格，节奏又一顿，话锋一转，“但不知为谁种植”，仿佛一声悲哀的叹息。

可见，痖弦诗歌中书面形式的安排（包括分行、空格、标点）与上文的各种韵律结构一样，也与语言中具体的节奏进程（快慢、行止、转折等）有着微妙的直接联系。仿佛乐谱与乐曲的关系一样。

当然，我们也必须承认，有少部分形式的安排，其实与语音上的节奏关系已经不太密切了，而更接近“具象诗”。比如第二节的“天使们，惊呼而且/飞起”中的“飞起”，在竖排形式之下就仿佛在模拟“天使”由低向高的“飞起”之状。不过，这样的现象在痖弦诗歌中并不多。在大部分情况下，痖弦诗歌中的书面形式与诗歌声音的关系，仿佛电影的画面与台词、配乐的关系一般，相互配合形成一个紧密的整体。不妨借用“具象诗”（concrete poetry）的名称，将这种以视觉形式辅助形成的节奏称为“具象节奏”（concrete rhythm），这也呼应了帕斯对“节奏”的认识，即“具体的时间性”。

虽然现代诗“歌”需要构建自身的“音乐性”，然而这一时间性的艺术却又是必须得通过空间性的文字排列来最后传达与实现的，这是其中的悖论之处。但是，这里绝非是在宣扬诗歌写作的视觉化。实际上，痖弦这些以书面形式“模仿”声音节奏的作品与后来台湾诗坛流行的“具象诗”写作是有微妙却本质性的区别的。痖弦的“具象节奏”并没有脱离语言的时间性，相反是对其时间性的一种模拟：首先是模拟语言在时间中行进的过程，即人是逐字逐句、一行一行地向前读的。这就与后来的具象诗有根本区别了。试拿上面的这些作品与洛夫的《长恨歌》（第四章）、陈黎的《战争交响曲》或者白荻的《流浪者》对比，便可见分晓：

望着远方的云的一株丝杉
　远方的云的一株丝杉
　　一株丝杉
　　　丝杉
　　　在

地
平
线
上
一株丝杉
在
地
平
线
上

他的影子，细小。他的影子，细小
他已忘却了他的名字，忘却了他的名字。只
站着。　　　只站着。孤独
　地站着。站着。站着
　　站着
　向东方。

孤单的一株丝杉。

白荻《流浪者》[1]

[1] 洪子城、奚密等编选：《百年新诗选》，上册，生活·读书·新知三联书店 2015 年版，第 414—415 页。洛夫《长恨歌》、陈黎《战争交响曲》亦可见于此书，限于篇幅，此处不讨论。

虽然这些诗歌的形式排列也有其自身的暗示与含义，比如上面第一节诗的诗形实际上是在模仿“丝杉”站在地平线上望云的形貌，而最后一节单独成句则是在暗示它的孤独。但是这些形式其实是很难体现出节奏的起伏高低的。而且，我们并不需要逐字逐句地“读”完每个字，而是整片整片地“看”诗，也正因为如此，我们把“具象诗”看作是一种逾越文体边界的跨界艺术，而不再是“诗歌”，因为其时间性已经不明显了。这些具象诗很难与语言活生生的实际发声结合在一起，因此读诗往往变成了看诗乃至“想诗”。

格罗斯等人认识到：“一旦诗歌变成一种图画写作，它就不再需要作为声响层的韵律了。进一步的情况是，诗歌将脱离语言，脱离整个听觉方面的符号特征（韵律是其一部分）。”[1]实际上，不仅具象诗，整个自由体诗歌写作都有这种慢慢丧失与语声节奏的紧密联系的危险。帕斯曾意识到这个问题的严重性：“智性和视觉对于呼吸日盛一日的凌驾反映出我们的自由诗也有转化为一种机械量度的危险，就像亚历山大体和十一音节体一样。”[2]然而，应该记得，汉语新诗的诞生本身就有自觉的回到语言的实际节奏的目的，胡适的“自然音节”倡导就是这种追求的结果。若自由体的形式安排反而脱离了与语言实际节奏的联系，那么就与原来的出发点背道而驰了。但是，从另一方面来说，现代诗歌很难完全摆脱视觉因素，因为就连分行，其实也是一种视觉手段，而且基本上是与现代诗如影相随的手段（中国古典诗歌在印刷上其实是不需要分行排列的，往往是句与句之间首尾相接排版）。考虑到以上两方面，痖弦这种以视觉手段辅助声

[1] Harvey Gross & Robert McDowell, *Sound and Form in Modern Poetry*, p.126.
[2] Octavio Paz, *The Bow and the Lyre*, pp.60—61.

音节奏的“具象节奏”的独特意义就凸显出来了。痖弦的诗之所以依然能被称为“诗歌”，是因为它们依然是以时间性为中心的，包括书面形式的安排。他对语言之时间性的敏感甚至要高于很多看起来有“韵律”的诗人。在很多时候，他往往有意“展示”语言在时间中展开的过程，仿佛要给语言的行进本身“放慢动作”一样，比如前文讨论过的《庙》的第二节：

> 顿觉这是中国，中国底旷野。

在这个“慢镜头”下，诗句的丰富意义展现了出来：“顿觉这是中国”在暗示着“中国”是一个基督教之外的“异文化”。语言的声音与意义像一个俄罗斯套娃一样，在时间的进行中一层一层地展现出来。

实际上，穆旦的名作《出发》也有与此异曲同工的一句：“让我们相信你句句的紊乱/是一个真理。而我们是皈依的，/你给我们丰富，和丰富的痛苦。”末句其实有着巧妙的节奏转折，前半句“你给我们丰富”是褒义的，仿佛是在颂赞“你”（神），而下半句“和丰富的痛苦”又告诉我们，这种“丰富”是令人痛苦的，或者这种痛苦也是“丰富的”。在短短的一行之内，就有着语气与节奏上的曲折变化。若省略行中的停顿（逗号），这种转折就被掩盖了。再回头看前文讨论的《乞丐》中的两句：

> 与乎藏在牙齿的城堞中的那些
> 那些杀戮的欲望

在跨行而且空格后陡然出现的“那些杀戮的欲望”带有一种惊悚效果：让读者猝不及防遭遇到人性之恶。之所以在“那些”一词后跨行且在下行复沓，实际上也是暗示说出“杀戮的欲望”前的迟疑。此诗最后二句“以及我的棘杖会不会开花/开花以后又怎样”其实也是同样的手法。可见，在痖弦诗歌中，分行、空格的使用，与乐谱中的休止符颇为相似，两者都是一种标示时间性的方式。而下面这首《故某省长》，则让人想起音乐中比例的设置问题：

钟鸣七下时他的前额和崇高突然宣告崩溃
在由医生那里借来的夜中
在他悲哀而富贵的皮肤底下——

合唱终止[1]。

这首写“某省长”去世的诗歌是颇具反讽性的，前三行的措辞已经流露出这种意味。最微妙的是最后一句“合唱终止”。这句诗本来可以和上一行合并为一行，但却被“暴力”地分到了最后一节，与前面三行长句对比之下，在视觉上显得形单影只，而在节奏声响上则有戛然而止之感。这既暗示着这首诗歌“合唱”的“终止”，也暗示着“某省长”生命之歌的“终止”，可谓曲终人“丧”，双重反讽。

从这些诗作可以看出痖弦诗歌之时间性的关键：即语词（“内容”）出现的时间顺序乃至具体的“时间点”都是相当重要的节奏

[1] 痖弦：《痖弦诗集》，台北：洪范书店2010年版，第146页。

因素，而且可以构成诗歌“含义”（signification）的一部分——诗歌不是抽象、干瘪的“意思”（meaning）的堆积，它的言说方式本身（即节奏开展过程）就是“含义”之一部分。而这一点，同样也是音乐的本性和长处。不管是诗歌节奏还是音乐旋律，都要求我们对声音之进行过程予以足够的关注，就像舞蹈动作一样，本身就是艺术欣赏的对象。从本质上说，正是在让声音本身——当然是包含着意义的声音——成为语言的目的这个意义上，诗歌与音乐才获得了本质上的同一性，这也是谈论现代诗歌的“音乐性”的真正意义。

四、结语：新诗如何为声音“赋形”？

从上文对痖弦诗歌的讨论可以看到，新诗中的“诗”与“歌”（音乐性）的关系问题涉及到声音与语义、阅读与诵读、视觉与听觉等多方面的复杂关系，也关系到整个新诗的本质与未来发展方向。这并不是简单的评判或者号召就能迅速解决的问题；而是要充分地立足于百年来新诗写作的成功经验与失败教训，深入到诗人写作的“内核”中去，去分析其“不得不如此”的缘由。鉴于诗与歌的传播与接受方式并不完全一样，对于新诗而言，“诗”与“歌”的结合并不能停留于表面上的形式挪用，而更多要从结构与本质方面考虑。从根源上来说，现代诗歌已经是一种朗读和阅读的综合艺术，诗歌中的“音乐性”的营造要综合考虑两方面的因素。痖弦诗歌的典范性在于，它敏锐地捕捉语言的实际节奏，并以“流动的同一性”给语言带来韵律，还能保持丰富的悬念和张力。而且，他在使用书面形式表达节奏特征上，也有相当的创造性，以“具象节奏”来为声音“赋形”，既适宜朗读，也适宜阅读。在我们看来，痖弦与多多一样，都是当代新诗史上具有开创性的大诗人。由痖弦诗歌可以看出，现代诗歌不仅在吸纳民谣、歌曲的节奏因素，也在努力创造适宜自身条件的独特形式，由此定义一种“新诗歌”。在我们看来，这条路径其实是新诗音乐性真正有实绩，也有前景的方向。

第三辑　论当代诗歌的语言与伦理

“怨气”与“常心”：关于多多诗歌写作“动力”的一种思考

《论语》说：“诗可以怨。”“怨”既是一种诗歌功能和目的，又是一种诗歌之“气”，或者说诗歌的“动力装置”。当代先锋诗歌从二十世纪七十年代的“地下写作”开始，就带有强烈的与历史语境和正统文化争辩、对抗的倾向，可以说是一种“对抗诗学”，其后八九十年代虽然淡化了其意识形态与政治因素，但是那种自居为“边缘”“异端”，并与主流文化和社会对抗的心态依然是根深蒂固的。显然，在这种对抗中，“怨”与“怒”是少不了的。甚至可以说，“怨”催生了中国当代先锋诗歌最优秀的一批作品，是中国当代诗歌最有力的“动力装置”。在这些诗人当中，多多的诗作（还有其怨气）都是令人印象深刻的。

多多说：“巨大的怨气一定使你们有与众不同的未来。”（《看海》）这句话几乎一语成谶。无论是他七十年代的早期诗作，还是八九十年代的成熟期作品，“巨大的怨气”是一以贯之的。诗人所“怨”的对象并不只是政治、历史，还可以包括感情、身世，甚至写作者自己。而且，随着多多写作的逐步成熟，这种“怨气”慢慢并不是以“牢骚”的方式表露，而是更为隐晦、深沉地体现于他的反讽、隐喻乃至语言游戏之中，有时甚至隐藏于他的“骄傲”之中。八十年代末，正值历史风云突变之际，多多离开了中国，来到欧洲定居。然而，在这个平和安静、“没有一个女人不会亲嘴”的欧洲，多多却感到格格不入，隐隐中颇有“怨气”：

当教堂的尖顶与城市的烟囱沉下地平线后
英格兰的天空，比情人的低语声还要阴暗
两个盲人手风琴演奏者，垂首走过

没有农夫，便不会有晚祷
没有墓碑，便不会有朗诵者
两行新栽的苹果树，刺痛我的心

是我的翅膀使我出名，是英格兰
使我到达我被失去的地点
记忆，但不再留下犁沟

耻辱，那是我的地址
整个英格兰，没有一个女人不会亲嘴
整个英格兰，容不下我的骄傲

从指甲缝中隐藏的泥土，我
认出我的祖国——母亲

已被打进一个小包裹，远远寄走……[1]

——《在英格兰》(1989—1990)

有的读者从中读出了“乡愁”，有的读出了“流亡”，还有的读出了“骄傲”。“整个英格兰，容不下我的骄傲”，一语乍看之下有点刺眼，有的读者或许会困惑：为何诗人的“骄傲”要以否定“整个英格兰”为前提或者“垫脚石”呢？如果我们翻看多多同时期在欧洲写的诗作，其实里面并没有多少批判英国或者西方文明的内容，这句诗就更显得令人诧异了。“没有墓碑”指涉不在场的死亡，它的存在，让“新栽的苹果树”这样生机勃勃的景象也“刺痛我的心”。多多作为一个中国诗人在这个时刻来到国外，身上刻着历史的伤痛与耻辱，身处“没有一个女人不会亲嘴”的异域文化中，可想而知是何其的反讽与辛酸。在这一刻，诗人痛切地感到自己是一个异乡人。“整个英格兰，容不下我的骄傲”是一句“怨语”，是痛彻地感受到历史的反差与文明的落差之后的“怨”，其中包含了“偷偷流出的眼泪”。在这一刻，多多与“少陵野老吞声哭”的杜甫是相同的。从这一角度来看，多多那首聚讼纷纭的名作《居民》其实也有悼亡的意味：

在没有睡眠的时间里
他们向我们招手，我们向孩子招手
孩子们向孩子们招手时
星星们从一所遥远的旅馆中醒来了

[1] 多多：《多多诗选》，第 161 页。

一切会痛苦的都醒来了

他们喝过的啤酒，早已流回大海
那些在海面上行走的孩子
全都受到他们的祝福：流动

流动，也只是河流的屈从

用偷偷流出的眼泪，我们组成了河流……

——《居民》（1989 年）

这里包含着来自历史与时间的深层次的哀伤，是“屈从”者对于历史的无奈与无声的反抗。这里的“痛苦”既是历史的，又是形而上的。

然而没有哪位诗人愿意去做一个“例行的哀悼者”（米沃什《在华沙》），如果诗歌中充满了来自历史的阴暗，也会为后者所压垮和“同构”。再说，诗歌毕竟不是新闻报道和史书，它能对“现实”做什么呢？因此，需要一种语言“势能”来应对这股来自历史的压力。在这个过程中，“怨”的力量就显示其效能了，它充盈于多多诗歌的语言之中，很多时候，就像保罗·策兰那样，它甚至让词语进行自我伤害，形成一道酷烈的语言风景，它与酷烈的存在构成对称：

拖着一双红鞋越过满地的啤酒盖
为了双腿间有一个永恒的敌意

肿胀的腿伸入水中搅动
为了骨头在肉里受气
为了脚趾间游动的小鱼
为了有一种教育
从黑皮肤中流走了柏油
为了土地，在这双脚下受了伤
为了它，要永无止境地铸造里程

用失去指头的手指着
为了众民族赤身裸体地迁移
为了没有死亡的地点，也不会再有季节
为了有哭声，而这哭声并没有价格
为了所有的，而不是仅有的
为了那永不磨灭的
已被歪曲，为了那个歪曲
已扩张为一张完整的地图
从，从血污中取出每日的图画吧——

——《为了》(1993 年)[1]

初读之下，很多读者很难明白这首接近于呓语的诗歌究竟是什么“意思”，但也会为诗歌节奏中流露出的决绝气魄所震撼。若只挖掘其字面意思，能挖掘出的东西少之又少：生活在国外，终日酗酒，腿脚肿胀，然后是洗脚，然后是痛哭。但是，如若我们一起朗读完

[1] 多多：《多多诗选》，第 200 页。

此诗，可以发现字里行间有着一股巨大的“气”，且看“骨头在肉里受气”和“用失去指头的手指着”这些惊人的语词吧，真是怒发冲冠。全诗在“为了”一词所构造的节奏中飞流直下，一直到最后一行，节奏突然放慢——更猛烈的爆发来临前的前兆——在“从”字上顿了一顿（这与朗诵完全合拍）。这个停顿，读起来有一种哽咽之感。全诗最后才冲出“从血污中取出每日的图画吧——”这一痛苦的结语，真是琴声呜咽。

“从血污中取出每日的图画吧”显然是带着强烈怨愤的反讽（正话反说）。它承接“那永不磨灭的/已被歪曲”一语，可指历史与政治，也可以指其他方面，难以断言，但更像是甩向历史的一记响亮的耳光。它从措辞中就流露出强烈的敌意与对抗性，拒绝字面上的阐释。它是一种有意的扭曲，但是一种高贵的扭曲。从“骨头在肉里受气”“众民族赤身裸体地迁移”“这哭声没有价格”等词语中都能够读出巨大的怨气，这种怨气萦绕于词语之间，似乎是在对词语“施暴”，或者说，仿佛语言在伤害自身，因此也让人觉得有精神错乱之感。不过，既然汉语已经被伤害过很多次——尤其对于经历过那几十年历史的诗人而言——它为什么不可以自己伤害一下自己呢？对于多多这一代诗人而言，语言的更新很多时候是通过暴力乃至“自伤”的方式实现的，这可以说是当代诗史上的一道“酷烈风景”——而且，“本身就是一个故事”（《手艺》）。

“诗可以怨”，但“怨”并不仅仅是一个纯粹的个人心理问题，它之所以成为当代先锋诗歌写作的强大的“内驱力”，与当代诗人的总体存在状态和社会定位有关系。关于“怨”，钱钟书先生写了一篇有意思的文章叫《诗可以怨》，他对中国文学为何走上了独尊“怨”一路作了透彻分析，其实“怨”与“群”原来在很多诗人和诗论家中是并重的，只是后来才逐渐重“怨”而轻“群”[1]。文中提醒我们去好好留心《诗品·序》里的一节话：“嘉会寄诗以亲，离群托诗以怨。”这句话看上去是在说诗人的“亲”与“怨”是在何种具体语境下发生的。从字面上来理解，就是和大家在一起时写诗就容易写得亲切，而离群索居就会在诗歌中带有“怨”气。如果稍稍引申一下，不妨说，以“怨”为诗大抵是一种“离群”状态，或者说在“怨”这种诗歌动力中蕴含了写作个体与群体和社会的紧张甚至对立关系，这一点对于当代诗人而言尤其如此。在这个过程中，诗歌又进一步地拉远了自身与读者乃至一般意义上的“人”的距离，成为一种不与读者“亲（近）”的诗歌（诗学），甚至在极端情况下，变成一种不与“人”亲近的诗歌，而在多多诗歌中，就出现这种情况。杨炼、顾城九十年代之后的作品也多少如此。

从某种意义上来说，多多在八十年代中期之后的诗歌就逐步往“非人的诗学”的方向发展。其实，早在他 1989 年的文章中，就曾用“非人”一词来形容根子七十年代的诗歌，“也是随着时间我才越来越感到其狞厉的内心世界，诗品是非人的。”[2]多多诗歌在此后几十年的持续发展中将这种“非人的诗学”发展到极致。比较而言，多多早期（七十年代）诗歌更倾向于对具体的历史与人性之“恶”的表达[3]，而后期则走向一种对人世与普遍意义上的“人”的否定和蔑视，背后暗含了一种形而上学视野。也正因为如此，他后期才会对保罗·策兰和普拉斯这两位弃绝人世的诗人如此“青眼有加”。

---

[1] 钱锺书：《七缀集》，生活·读书·新知三联书店 2002 年版，第 115—132 页。

[2] 多多：《北京地下诗歌（1970—1978）》，《多多诗选》，第 243 页。

[3] 限于篇幅，此不详论，笔者曾另文详述，参考李章斌：《“保持整理老虎背上斑纹的疯狂”：再读多多》，《扬子江评论》2018 年 02 期。

这种诗学提供了一个超越性的视野（诗歌视镜），超越于人类，仿佛于外太空或者另一个星球遥望人类，因此其气质也显得卓尔不群、孑然独立：

裸露，是它们的阴影
像鸟的呼吸

它们在这个世界之外
在海底，像牡蛎

吐露，然后自行闭会
留下孤独

——《它们——纪念西尔维亚·普拉斯》（1993 年）[1]

此中流露出一种非人间的气息，它包含着对人世的彻底的恨与怨。诗歌最末的“让他们用吸尘器/把你留在人间的气味/全部吸光”一句暗示，“吸尘器”的世界，或者说“他们”的世界，根本不值得留恋，而在诗人的死亡里留存的不过是“雪花，盲文，一些数字”，仿佛一些密码，也很难为俗世所理解。

多多在中国当代诗歌中的存在，令人想到了庄子在先秦诸子中的存在。这位两千多年前的痛苦的思想家，在某些特定的时刻，也并非没有触及到一种“非人的形而上学”，比如在《人间世》中所表露的对人世的蔑视，还有《养生主》里对非人的世界的向往，不乏

[1] 多多：《多多诗选》，第 198 页。

可与多多诗歌相互对照之处。另外，多多在后期也确实展现出对道家思想的浓厚兴趣。实际上，多多给中国当代诗歌树立了一个很高的形而上学标准，在这个参照系下，那些简单地书写“日常生活”“口语”或者“语言实验”“底层关怀”一类的作品，显得有点像是矮人国里自娱自乐的游戏。换言之，由于他的存在，相当多数量的诗作甚至在当下就失去了意义，这当然也是残酷的事实，尽管令人不悦。

然而这种遗世独立的视角与风格本身也包含着一种困境和危机。它有着强烈的蔑视“人”的倾向，因此在很多时候也对“人”的生活细节缺乏耐心，对于存在的表现更多取抽象的否定或蔑视的态度，与读者的“对话”经常像是用“盲文”与正常人说话，或者外星人与地球人说话。“非人的诗学”是一个想要拔着自己的头发将自己抽离地面的悖论——却是一个伟大的悖论——但是它终归还是要面向“人”的，它包含了一种形而上的痛苦，就像穆旦所言的“陷在毁灭下面，想要跳出这跳不出的人群”（《牺牲》）。这该死的“人群”，却又是诗歌唯一现实的读者。

在孔子的“诗可以怨”的前面，还有一句“诗可以群”。“群”可以作最简单的社交意义上的理解，但若稍微跳脱一下，不妨将其理解为诗的另一种基本功能，即诗歌可以让人意识到人与人之间的关系，并致力于表达和加强这种关系，借用济慈的诗来说，就是让人意识到“你远在人类之中”。布罗茨基对这句话的解释是：“消失于人类，消失于人群，置身于亿万人之中。……丢掉你的虚荣心吧，它说道，你不过是沙漠中的一粒沙子。”[1]或许因为当代先锋诗一开

[1] [美] 约瑟夫·布罗茨基：《悲伤与理智》，刘文飞译，上海译文出版社2015年版，第25页。

始面临的历史语境就不那么“温柔敦厚”，大部分先锋诗人也很难将自己视作“沙漠中的一粒沙子”，何况后者同样包含着另一种宗教的深厚理解，即基督教式的对人的理解，这对于中国诗人而言还是相对陌生的思想。因此，在当代先锋诗歌中，普遍存在这样一种伦理假设，即艺术家的主体高于普通“人群”。

当然，简单化的论断是危险的。虽然多多并不是一位以“群”为主要的写作动力的诗人，不管是他的人生还是写作，仿佛都在演绎李商隐的“人生何处不离群”这句诗。但是在他的写作中亦有少许“例外”，在某些时刻，诗人还是能够超越自身写作路径的拘囿，表达出一种进入“关系”的渴求，甚至流露出对于“人”的深厚的爱。比如《居民》这首诗虽然写得克制，却是流露出对于“他们”的消失乃至天人两隔的悲哀，最后也暗示“我们”会加入到他们的“河流”之中。《常常》（1992 年）这首诗则罕见地体现出对于“常人”生活的深刻理解，甚至还从中体会到某种“教诲”意义：

常常她们占据公园的一把铁椅
一如她们常常拥有许多衣服
她们拥有的房子里也曾有过人生
这城市常常被她们梦着
这世界也是

一如她们度过的漫长岁月
常常她们在读报时依旧感到饥饿
那来自遥远国度的饿
让她们觉得可以胖了，只是一种痛苦

虽然她们的生活不会因此而改变
她们读报时，地图确实变大了

她们做过情人、妻子、母亲，到现在还是
只是没有人愿意记得她们
连她们跟谁一块儿睡过的枕头
也不再记得。所以
她们跟自己谈话的时间越来越长
好像就是对着主。所以
她们现在是善良的，如果原来不是

她们愿意倾听了，无论对人
对动物，或对河流，常常
她们觉得自己就是等待船只
离去或到来的同一个港口
她们不一定要到非洲去
只要坐在那把固定的铁椅上
她们对面的流亡者就能盖着苹果树叶
睡去，睡去并且梦着
梦到她们的子宫是一座明天的教堂。[1]

与他大部分诗作高强度的“暴力”语言相比，这首诗的语风几乎接近说家常。《常常》这首诗写的其实就是很多中年之后的女人的

[1] 多多：《多多诗选》，第188—189页。

“日常”（即“常常”的事）：她们也曾经美丽过，拥有许多衣服，也曾在某间房子里努力经营自己的人生，做过这样或者那样的梦，度过了漫长的岁月，现在如何呢？现在就是诗人在第一句说的，“常常她们占据公园的一把铁椅”——安静却也无奈的晚年。读完这首诗后，我们甚至可以揣测，诗人并不了解她们（所以里面的描写对于大部分女人都适用），只是经常在公园里遇见她们，才想起了这一切。

他从她们身上看到了什么呢？还有，他如何来看这一切的呢？很明显，既看到了孤独与宁静，也看到了辛酸。“她们做过情人、妻子、母亲，到现在还是/只是没有人愿意记得她们”这暗示着人世的冷酷（甚至孩子都不愿意去记得她们），最讽刺的是，“连她们跟谁一块儿睡过的枕头/也不再记得”。这就是“当你老了”的真实状况。不过，这首诗并没满足于悲叹人之老矣这种基调。他冷静描述而且带着微讽。在上面这几行后面紧接着就有，“所以/她们现在是善良的，如果原来不是”。换言之，作者清晰地认识到，这种老年的孤独状态或许更容易让一个人变得善良，至少变得真实，而这些女人很多在年轻时显然不是如此。

相比于年轻女性生活的风花雪月和喧嚣热闹，多多从晚年女性的生活中发现了更富于诗意的图景，而且颇有形而上学意味。比如“让她们觉得可以胖了，只是一种痛苦/虽然她们的生活不会因此而改变/她们读报时，地图确实变大了”，这里既写一个女人容颜老去的痛苦，但是也在暗示当一个女人不再关注她的容颜与身材时，却也陡然发现一个新的世界。“她们读报时，地图确实变大了”，巧妙地暗示当这些女人视野变宽时，那种发现新大陆的新奇感，晚年生活也让她们接受了自己的渺小，因此才发现世界是如此巨大。

可惜，这是到晚年才发现的，之前她们干什么去了呢？无非在这个城市中做着种种的梦罢了。但这能怪她们吗？谁又不是呢（包括男人）？应当意识到，这里的悲剧显然超越了女性作为一种性别的悲剧，再看：

她们愿意倾听了，无论对人
对动物，或对河流，常常
她们觉得自己就是等待船只
离去或到来的同一个港口

前面一句看起来似乎在形容女人到了晚年时心性上的改变，她们不再自我中心，变得愿意倾听他人甚至动物，但是忽然之间画面一转，“或对河流”。什么样的人会经常坐在河边“倾听”河流呢？不外乎是明白“逝者如斯夫”的人吧，短短四字已经包含着深刻的悲哀。在米兰·昆德拉的《不能承受的生命之轻》里有类似的一幕，当备受命运打击的特蕾莎一个人坐在布拉格的河边时，看见人们遗弃的木椅子一张张从河面缓慢漂过时，感觉生活似乎结束了。“她们觉得自己就是等待船只/离去或到来的同一个港口”暗示着一个生命接近凝止的人面对新人、新事那种既宁静又无奈的感受。显然，这幅画面本身就包含着对她们的命运的极大的同情乃至共情。不过，多多非常注意控制他的语调，节制而且时带微讽，以免诗歌的描绘滑入感伤的滥情之中，从而丧失其真实性和客观性，而且，人生的大悲哀不需要廉价的眼泪来衬托。

耐人寻味的是，这首诗歌以一个“流亡者”荒诞的梦结尾。考虑到这首诗正是在多多流亡海外期间写的这个背景的话，那么不妨说这个“对面的流亡者”也是作者自身，是整个画面的观察者在画面中的现身。他默默地看到了坐在对面椅子上的女人的一切，而且他自己也在另一张椅子上昏昏睡去，身上甚至飘满了苹果树叶（一幅同样悲哀的画面），想着这些女人悲哀的一生（但又具有深刻的“教诲”意义），也做着一个关于人生的荒诞的梦，这就是“同病相怜”吧。

这首诗写得既具体又颇有形而上学意味，这里的“形而上”飞跃显得颇为节制，这正是这首诗的好处。因为形而上学对于诗人而言是一个诱惑，它既可以在很大程度上提升诗歌的视镜和境界，但有时又是一个危险的武器，且不说它会让诗歌显得玄奥，而且过多的形而上的升华也会伤害诗歌的细节力量与形象性，导致诗人的“主体”过度地侵犯书写的对象进而让其失去鲜活性，还带有玄学说教的风险。在《常常》这首诗中存在着多次“形而上”飞跃的机会，比如第二节“那来自遥远国度的饿”显然指涉一种精神上的饥渴感，但是多多压下了这次“飞翔”，接着又转向“让她们觉得可以胖了”这个生活细节。又比如“她们读报时，地图确实变大了”，这个看似“拼贴”实则巧妙的连接也带有几分“形而上”因素，暗示着一种发现新世界的奇妙感和自身的渺小，但是多多只是点到为止，并没有就此发挥下去。实际上，诗歌的“形而上”飞跃直到最后才起飞，诗中“流亡者”的出现承接了“她们觉得自己就是……同一个港口”一句，而“梦到她们的子宫是一座明天的教堂”在对照之下颇有几分肃穆的意味，它暗示着一个饱受生命“无常”者对于“常人”的眷恋，这种眷恋包含着一颗自我与他人平行的“平常心”。在耐心的书写背后有着深厚的爱，没有这种爱，诗歌中的“克制”便很难成为可能。

“怨气”与“常心”，很难说孰是孰非。在“怨”的背后，是难以忍受的历史和一种悲剧性、阴暗的“人观”，其中不乏对于人之“恶”的固执的认定，还有对“人群”的有意的疏离乃至蔑视。但是，这样写作又面临着方法论的悖论，米沃什曾经说：“现代艺术家接受一些讨人喜欢的关于罪的概念，因为美德是既成社会秩序的基础。他们试图以这种方式忘记他们的职业的道德矛盾。艺术诞生于对善的渴望，但观念和形式要求相信自己，而这又是源于对自己的心灵敏捷的痴迷。骄傲、鄙视、傲慢、愤怒支撑了一种与世界为敌的飞扬跋扈。”[1]米沃什的这段话说得既对又不对：“美德”只能说是“理想社会秩序的基础”，而不是“既成社会秩序的基础”，换言之，它不是一种现实状况。若非如此，诗人如此大的“怨气”又从何而来？当然，在与社会的对抗性疏离之中，“骄傲、鄙视、傲慢、愤怒支撑了一种与世界为敌的飞扬跋扈”确实是存在的，此中也确实包含了一些伦理悖论：毕竟，诗人也只是“人”的一种，而且他的写作终归要面向“人”的。当然，批评家也不必时刻挥舞着伦理大棒来对诗人进行评判——何况是多多这样杰出的诗人。况且，连艾略特这样的宗教徒诗人也说过这样的话：

> 只要我们是人，我们的所作所为就一定不是恶就是善，只要我们依然还作恶或者行善，我们就还是人；在某种似是而非的意义上，作恶总比什么也不干好：至少，我们存在着。认为人的光荣是他的拯救能力，这是对的，认为人的光荣是他的诅

---

[1] [波兰] 米沃什：《站在人这边》，黄灿然译，广西师范大学出版社 2019 年版，第 471 页。

咒能力，这也是对的。如果用最坏的词来说包括从政治家到小偷的大多数恶棍，那么我们可以说他们还没有足够的人性值得我们来诅咒。[1]

在艾略特看来，波德莱尔就是这么一位具有“足够的人性”的诗人。而在我们看来，多多也是一位具有“足够的人性”的诗人。他对人之“恶”的表达，对人世的“恨”与“诅咒”，不管在伦理视野上有多少偏颇之处，至少它们强有力地彰显了我们的存在。而我们对于《常常》等几首例外之作的解读，其实并非是在否定他的那些“怨”诗，而是在思考诗学上的一种可能性，即：当离群之“怨”为“常心”所拉回到“人群”之中，诗歌的细节力量或许会更为深厚，诗歌之“爱”也有可能得到更有力的表达。或许，这只是我们一厢情愿的领悟，而诗歌是永远有权利、有动力去“怨”的。

[1] ［英］T. S. 艾略特：《艾略特诗学文集》，王恩衷编译，国际文化出版公司 1989 年版，第 116 页。

从“刺客”到人群：关于当代先锋诗歌写作的“个体”与“群体”问题

一

对于对整个现代诗的发展趋势这个议题感兴趣的读者来说，诗人奥登的《〈牛津轻体诗选〉导言》是一篇颇值得一读的文章。这篇文章看上去是在说“轻体诗”（“轻松诗”）这一特殊的英语文体的问题，实际上却对现代诗歌（诗人）与社会的关系：“当诗人和观众们在兴趣和见闻上非常一致，而这些观众又很具有普遍性，他就不会觉得自己与众不同，他的语言会很直接并接近普通的表达。在另一种情况下，当他的兴趣和感受不易被社会接受，或者他的观众是一个很特殊的群体（也许是诗人同行们），他就会敏锐地感受到自己是个诗人，他的表达方式会和正常的社会语言大相径庭。”[1] 奥登认识到，诗人群体与读者和大众的分裂是一个近代以来的西方就普遍面临的问题，他们变成一群为社会所疏离的观察者和批判者，虽然他们的观察是敏锐的，但是他们慢慢无法用社会通用的语言方式说话，而只能缩入个人领域：

[1] [英] 威·休·奥登：《〈牛津轻体诗选〉导言》，《读诗的艺术》，王敖译，南京大学出版社 2010 年版，第 126 页。

私人的世界是一个相对缺少开发的领域，诗人在这里发展出新的技艺跟工业领域里的技术发明同样伟大。可是兴奋过后，随之而来的就是失落感。因为，对艺术家来说，跟社群联系得越紧密就越难超然地观察，但同样成立的是，当他过于孤立的时候，尽管他可以观察得足够清楚，他观察到的东西在数量和重要性上都会减小。他“对越来越少的东西知道得越来越多”[1]。

奥登认识到，这才是现代诗歌为何变得越来越晦涩，也越来越难以与读者沟通的原因。如果我们对比奥登的观察与中国当代先锋诗歌的发展历程，不难发现一些有趣的相似之处。在二十世纪七八十年代的起步阶段，以“今天派”诗人为代表的一些诗人开始是以一种反叛者的形象出现的，他们的诗歌其实也主要是就公共议题发言，不过他们想要做的却是在公共文化背景下强调“个人”（这颇为悖论，却是一个有诗性生产力的悖论）。但是到了八十年代中期以后，包括“第三代诗人”和“朦胧诗人”本身都相继转入“私人的世界”，他们的措语慢慢地与大众拉开了距离（哪怕是强调“口语写作”的诗人），一个显而易见的总体趋势是，当代先锋诗歌也变得“对越来越少的东西知道得越来越多”，似乎走向了一个怪圈，要么写得晦涩而困难（即奥登所谓的“困难的诗”），要么写得像汪国真、席慕蓉那样通俗而大众，虽然赢得了读者的数量，却丧失诗歌本身应有的高度和丰富性，此中的问题值得深思。

在新诗的研究者当中，奚密教授是较早地对新诗的这种“边缘

[1] ［英］威·休·奥登：《〈牛津轻体诗选〉导言》，《读诗的艺术》，王敖译，南京大学出版社2010年版，第131页。

化”的社会定位和自我认同做出系统反思的学者[1]，她指出：“二十世纪特殊的历史语境造成现代汉诗的边缘化，为诗人带来强烈的（传统地位的）失落感和（与社会中心话语的）疏离感。”[2]这里，“边缘化”的意义指向是双重的，“它既意味着诗歌传统中心地位的丧失，暗示潜在的认同危机，同时也象征新的空间的获得，使诗得以与主话语展开批判性的对话。”[3]相对而言，奚密更为强调新诗这种边缘化的疏离定位的正面意义，它既是一种“语言艺术”，也是一种“意识形态的策略”，因此也有着强大而且持久的诗意生产力。在“边缘化”之外，不妨补充一个概念，就是双重的“外在化”，即诗人外在于社会（乃至普遍意义上的“他人”）的核心要素，而社会也外在于诗人（诗歌）的核心要素，诗歌写作与社会在相互“放逐”。相对于古典诗歌曾经享有的核心地位而言，现代诗歌的社会接受度和影响力的缩小是一个难以逆转的大趋势。因此，与其期待诗歌去阻止一场战争，还不如期待一场足球比赛或者电影来做这一类的事情——甚至还不乏成功的例子。想让现代汉诗变得像电影或者流行歌曲那样广受大众欢迎和社会关注是一件几乎不可能的事——即便偶有成功的案例，其中起作用的也并非诗歌本身的因素。进一步说，诗歌的读者数量也不应该是严肃的诗歌写作者和批评家所关心的主要问题。我们更感兴趣的议题是，在这场诗歌与社会的相互

---

[1] 奚密的“边缘化”理论最早见诸于其主编的英文版《现代汉诗选》导言（Michelle Yeh ed., *Anthology of Modern Chinese Poetry*, *New Haven*, Yale University Press, 1992），其中译本收入奚密：《从边缘出发》，广东人民出版社2000年版。

[2] 奚密：《从边缘出发》，广东人民出版社2000年版，第52页。

[3] 同上，第1页。

“放逐”和对峙过程中，诗歌写作本身是否或多或少受到某种损害与削弱？反思这个问题自然不是为了扩大诗歌的大众接受度——对于严肃的诗歌写作而言，这几乎是一种徒劳的努力——而是基于诗歌本身的内在发展的考量。一方面，从某种意义上来说，诗歌的“边缘化”与“外在化”几乎是现代社会（不独中国）中难以避免的趋势，而且它本身已经成为诗歌写作的一个重要的母题与语言的“驱动力”。另一方面，这种长期的边缘化乃至妖魔化的社会定位是否也会造成一种畸形的文体定位乃至自我认知？尤其是，若诗歌只有旁观者式的（外在）批判，它的领域是否过于拘囿了，是否有变成诸如古典乐或者昆曲那样的僵死艺术门类的风险？

当代学者已经开始意识到这些问题。在姜涛看来，当代先锋诗歌形成了一种较为顽固的“自我”与“现实”的对峙，其背后是一种“现代主体的经典构造”，“一边是真纯、无辜又独创之自我，另一边是‘滥情套语’的世界，需要克服或转化的糟糕现实，两相对峙，反复循环。”[1]这种“自我”与“现实”的简单二元对立在写作上的困难在于“怎样立足本地的烦琐政治，建立一种与他人、社会联动之关系”，基于此，他对当代诗歌展开了颇为尖锐而深入的反省[2]。当然，姜涛所言之“自我”与“现实”的对峙，未必完全是所谓现代主体意识的延伸。如果从七十年代以来的先锋诗人的成长语境来说，这种对于现实的决绝抵触，恰好是在那个高度集体化的社会中确立自身的方式——或许还是唯一的方式。无处不在的“他人”的目光与社会的控制让很多诗人都形成了一种类似柏林所言之

[1] 姜涛：《在催眠的世界中不断醒来》，华东师范大学出版社 2020 年版，第 282 页。
[2] 同上，第 289 页。

“广场恐怖症”的心理，即便日后时过境迁，这种拒绝外界影响的心理防御机制也在顽强地起作用，这种或隐或显的反体系心理也成了当代先锋诗不断向“内”转的根源：他们自觉（也自愿）做一个系统外的边缘人，一个不参与社会棋局的批评者，他们的存在本身就是对时代的否定，这变成了当代先锋诗歌的一个优良的传统和基本母题，也在很大程度上决定了其语言与风格底色，形成了所谓“反抗传统”。进一步地说，在当代先锋诗歌在几十年的发展中，不仅诗人之“我”与社会变得越来越对抗性地疏离，而且还逐渐形成了一种写作伦理上的“自我中心主义”，这两个现象几乎是相辅相成的。这种“自我中心主义”既是个人性格和心理意义上的，更是一种对诗歌的社会定位与文体的“自我认知”。

二

说到“自我中心主义”，我们首先想到的就是当代诗歌中两个著名的典型人物：顾城与海子。在他们身上不仅可以看到前者的一些典型特征，也可以看到一些文化与历史的根由。顾城在其名作《我是一个任性的孩子》中直言不讳地宣称：“我是一个孩子/一个被幻想妈妈宠坏的孩子/我任性。”这种“任性”很长时间都被视作“一代人”敢于寻找“光明”、寻找“幻想”的代名词，直到其杀妻并自杀之后，才有人醒悟，“任性”就是“任性”，它可以用来寻找“光明”，也可以用来制造“黑暗”。就像顾城本人《英儿》这篇小说中的夫子自道：“他是疯子、是魔鬼，却在人间巧妙地找一件诗人的衣服。”[1]实际上，顾城甚至还形成了一套关于“任性”的“自然哲

[1] 顾城、雷米：《英儿》，作家出版社1993年版，第119页。

学”，在这套哲学里，有一条看起来没什么联系，却在顾城眼里有机地联系在一起的线索：庄子、孙悟空等。在他看来：“他［孙悟空］是一切秩序的破坏者，也是生命意志的实现者。他作恶也行善，杀人也救人，不是因为道德——他不属人世，而纯粹由于兴趣使然。孙悟空这个象征是中国哲学无不为意识的体现。”[1]读者或许会对此感到困惑，顾城怎么会把相差如此巨大的人物联系在一起？顾城似乎混淆了神话与政治的区别，还把庄子中的反社会、反权力建制的理念简单地等同于一种齐天大圣式的肆意妄为[2]。虽然顾城几乎是误解了这三人，但他在其中发现的“联系”却准确地解释了他本人的“任性”哲学，这种哲学可以概括为：“天不怕地不怕”，即“无不为”。这正是五六十年代出生的人经常具有的潜意识或者“显意识”。麦芒也注意到顾城的这种“无不为”的“自然哲学”，他指出：“当我们面对顾城关于‘无不为’和‘无法无天’的‘自然哲学’或诗学时，也不应该将之轻视为某种难以理喻的走火入魔，而必须牢记这一‘自然哲学’最直接的来源其实是历史而非自然。正是在这里顾城暴露出他的确遭到了‘文化大革命’的幽灵的附魅缠身。”在他看来，这种“自然哲学”实际上导向的是“反人类主义和虚无主义。”[3]这种意识可以在特定的语境下理解为反叛意识或个性主义（比如八十年代初期），不过，它最终导向的并不是尊重自我并且也

[1] 顾城：《顾城哲思录》，重庆出版社 2015 年版，第 191 页。

[2] 附带说一句，《西游记》中的孙悟空只是看起来肆意妄为、无所畏惧，其实在他的“肆无忌惮”中也经常夹带着精明乃至“世故”的因素，这正是《西游记》中的微妙处。

[3] 麦芒：《“鬼进城”：顾城在新世界里的变形记》，《新诗评论》2008 年第 2 辑，第 144—145 页。

不尊重他人的现代主体意识，而是推翻“玉帝老儿”自己当“齐天大圣”的权力意识。因此，它对于已有的历史与权力结构而言依然是同义反复。

在顾城身上，可以看到“自我中心主义”的一些令人不忍直视的阴暗面。对于顾城的杀妻、自杀，有研究者解释：“当他曾自以为‘太阳’般照耀过和改造过灵魂的谢烨真实地裸露在他面前时，顾城感到的应该是被背叛的耻辱和愤怒。顾城的举斧杀妻，更像是对背叛者的惩罚，而他的自杀，也更像是亡国者的自我了断。”[1]顾城在激流岛进行的一夫二妻实验最后以谢烨和英儿的相继“背叛”告终，这本是合理的人情，而顾城的心态和行动却令人大跌眼镜。不过，上面引用的分析倒是很符合顾城本人的心理状态（虽然它恐怕会让很多读者毛骨悚然）。确实，谢烨与英儿的“背叛”完全是对顾城的贾宝玉式王国的毁灭性打击，是对他所设立的内在权力结构的赤裸裸的侮辱。说到贾宝玉，无独有偶，海子也曾经自比贾宝玉：“太平洋上：粮食用绳子捆好/贾宝玉坐在粮食上//美好而破碎的世界/坐在食物和酒上/美好而破碎的世界，你口含宝石/只有这些美好的少女，美好而破碎的世界，旧世界”[2]（《太平洋上的贾宝玉》）。他也和顾城一样“任性”，有时坦率地宣布：“今夜我不关心人类，我只想你”[3]（《日记》）。海子的野心甚至比顾城更大：“万人都要从我刀口走过/去建筑祖国的语言。”[4]建设祖国的语言固然是伟大的，可是，为什么要举起一把刀让“万人”都“从我刀口走过”呢？读者

[1] 郭帅：《太阳的诱惑——理解顾城的精神世界》，《当代作家评论》2020 年第 6 期。

[2] 西川编：《海子诗全集》，作家出版社 2009 年版，第 542 页。

[3] 同上，第 488 页。

[4] 同上，第 434 页。

或许会觉得这只是表达雄心壮志的比喻性说法，不必深究；但是，难道其中没有主宰欲望与权力意识的流露吗？不过，与顾城有别的是，海子并没有年少成名，因此也很少能让自己的权力意志变成一种现实结构（而顾城至少在他的生活中小范围地、短暂地实现了）。相对而言，海子诗中表现得更多的是其宏大愿望无法实现的反差与反讽，因此相对而言也更深刻一些。自然，将海子诗学的诸种宏大构想简化为“权力意志”是偏颇的，不过，这些构想其实依然是以“自我”或者“主体”为中心的[1]。问题在于，很多当代诗人的宏大的主体意识与自我期许显然无法得到社会的认同，其“权力意志”也无法调整到能与社会相适应的程度，从而与后者产生了激烈的碰撞，因此也只能做“边缘人”“反叛者”，或者“疯狂天才”。这些自我定位确实产生了当代文学中最杰出、也最引人注目的一批作品。但是，也恰好是最“自我中心”的一批作品。

对于八九十年代的相当一部分先锋诗人而言，他们更乐于去做一个在诗歌与艺术世界里开疆拓土的“鲁滨逊”，朝着现实挥舞大棒、大闹天宫的“齐天大圣”，或者主宰人类语言的诗歌之“王”，抑或张枣式的“刺客”，自外于“大家的历史”，而不是将自身认定为一个缠绕于种种社会和伦理关系网之中的“社会人”。他们普遍对于自身的语言创造能力和感受力充满了自信，也乐于去强调诗歌在这些方面的价值。一方面，他们信赖诗歌（语言）与自我之力量，比如在张枣看来：“一个表达别人/只为表达自己的人，是病人；/一

[1] 进一步说，在海子诗歌中，基本上是看不到活生生的、形象饱满的“他人”，而仅仅是“自我”的无数化身。海子写过尼采、维特根斯坦、叶赛宁、荷尔德林、贾宝玉等人物，但这些诗歌几乎无一例外都是在写海子本人，表达他本人的情绪或者主张，有的诗甚至和它们书写的对象没有任何事实联系。

个表达别人/就像在表达自己的人，是诗人。”[1]（张枣《虹》）而另一方面，他们也觉察到“世界”并不对他们的自信那么宽容，“真的，语言就是世界，而世界/并不用语言来宽恕”[2]（张枣《德国士兵雪曼斯基的死刑》）。因此，合适的选择只能是在艺术世界中对抗并疏离现实，“是我的裸体/骑上时间绿色的群马/冲向语言在时间中的饥饿和犯罪/那个人躲在山谷里研究刑法”[3]（海子《盲目》）。诗人表达一种勇往直前的主体姿态和自觉边缘化的社会定位，两者之间颇为反讽，一厢是勇猛地“冲向语言在时间中的饥饿和犯罪”，另一厢是无奈地“躲在山谷里研究刑法”，这倒是恰当地象征了先锋诗歌的社会定位与文体的自我定位，“边缘化”与“外在化”成了当代诗人难逃的劫数。

当然，也有必要回过头来补充一点。艺术毕竟不是道德法则也不是人际关系能够评判的领域，在伦理或者社会法则里颇成问题的心理也未必不会促成杰出的作品，对艺术简单地进行道德审判本身就是一件很危险的事，上面的分析也不能否定这些诗人的杰出之处。进一步说，在不同的程度上，艺术的创造都会涉及到一种“强力”乃至“暴力”，在这其中，“主体性”与权力意志所起的作用也并非全是负面的。希尼曾经这样评价叶芝：“如果说艺术家心灵的行为有爱的行为具备的所有强度和欲望，以及所有潜伏的侵略性，那么可以说，叶芝的艺术想象力常常处于一种只能正确地用阳具崇拜来形

[1] 颜炼军编：《张枣的诗》，人民文学出版社 2017 年版，第 105 页。

[2] 同上，第 127 页。

[3] 海子：《海子诗全集》，第 374 页。

容的状态。”[1]希尼并没有因此而否定叶芝，而顾城的“齐天大圣”式任性和海子的“成为太阳的一生”的热望，与叶芝的“阳具崇拜”状态不无相似之处，同样具有很高的强度与欲望[2]，也暗含着侵略性乃至强力因素，没有这种狂热和强制力，他们的很多作品就无法成为可能，很多同时代的“浪漫型”诗人也大抵如此。

只是其中的困境在于个人世界与公共世界之间的分野。一个诗人无论在自己的世界里如何“称王称霸”，其实都只是他个人的自由而已，哪怕他有人格上的种种不成熟的缺陷，其实往往并无碍于他的艺术表达（有时甚至促进了它），但是一旦这些理念试图运用到他人乃至整个社会上，就是一个值得商榷的问题了。海子在史诗写作上遭遇困境，其实一定程度上是混淆了个体与集体、自我与社会的区别所致，因为对于人与人之间的关系的表达，以至整个群体的表现，是一个超于“自我”的领域，并不是仅仅依靠语言上的才能、自我的想象力和热望就能实现的领域，其中包含的“事理”乃至于想象他人的方式，都与他擅长的抒情性的表达有很大的区别。进而言之，包括海子在内的很多当代“叙事诗”或者“长诗”写作更像是从抒情诗或者自我表达这棵树上强拧下来的半生不熟的果子。一旦涉及到他人、社会乃至历史的表达，先锋诗人身上“自我中心主义”的特性就开始显出其捉襟见肘之处，一些杰出诗人的有限性也正是和他们的局限性紧密地联系在一起的。

---

[1] ［爱尔兰］谢默斯·希尼：《希尼三十年文选》，黄灿然译，浙江文艺出版社2018年版，第124—125页。

[2] 比如，在前引《盲目》一诗中，就有这样的句子：“多欲的父亲 在我们身上 如此使我们恼火//（挺矛而上的哲学家/是一个赤裸裸的人）”（《海子诗全集》，第374页）这里涉及到的是创作主体的“欲望”及其“不满”。

在二十世纪九十年代以来的诗歌讨论中，“历史的个人化”也经常成为诗人所津津乐道的一种方法，然而，当代诗歌的诸种“历史”叙事作品却存在着种种不如人意之处。此中的困境之一是，公共领域或者“历史”，并不是仅仅依靠语言才能、个人想象就能很好地“重构”对象，它不仅需要耐心的观察与钻研，也需要长久的思考和自身体验的深度参与，还需要那么一点“专业”的态度。然而，在部分诗人那里，似乎获得了一种特权，即以一种游戏式的批判者姿态去“戏说”历史，却不用为自己的任何观察与主张负起严肃的责任。因此，与其说他们在“书写”历史，不如说是在“打扮”历史。这种游戏式的超然态度，其实依然是很多“先锋诗人”根深蒂固的“自我中心”视野的一种外化形式。比如，在《薄暮时分的雪》中，张枣流露出一种对历史的超然和否定：

真的，大家的历史
看上去都是一个人医疗另一个人
没有谁例外，亦无哪天不同[1]

这几句诗被不少批评家正面或者反面地引用。张枣在这里似乎找到了一条超越“大家的历史”的道路，一条时代的“刺客”之路。这个“刺客”并不对此类“疗救”性的庸俗历史感兴趣，他手中的剑与其说刺向具体的人，不如说刺向的是整体的“历史”，“历史的墙上挂着矛和盾/另一张脸在下面走动”[2]（张枣《刺客之歌》）。正

[1] 张枣：《张枣的诗》，第 75 页。
[2] 同上，第 68 页。

在德国留学的诗人刺客似乎看透了历史的把戏，发现了一条解脱之路，一条指向“语言”或者“诗”本身的“元诗”之路。然而，容我们稍微申述一句：所谓“逃离”历史或许也是历史本身的诡计之一。这种自外于历史的姿态依然像是过去“广场恐怖症”的变相的延续，当他把“历史”命名为“大家的历史”，实际上是把“大家”都一股脑关进一个“笼子”里，而从旁人的视角来看，难道把“大家”都关进一个笼子其实不更像是把自己关进另一个笼子？无怪乎我们读他八九十年代的海外诗作时，都有一种强烈的幽闭感，流亡海外的诗人果如布罗茨基所言，将自己封闭在一个叫做“语言”的密封舱里，母语是他唯一的能抓住的东西[1]。然而，先锋诗人对“语言自主性的过分依赖”，“由于缺少重新检讨诗歌自主性诉求的历史维度，在变化的社会语境中，对语言自身生成性也即创造性的迷信，就会丧失与历史间的辩驳张力，对‘可能性’的追求反会流于一种常识的表达。”[2]张枣在《朝向语言风景的危险旅行》开篇征引的诗人诺瓦利斯的话，指出语言是一个“奇妙而硕果累累的秘密”[3]。但是语言的“秘密”并非仅仅依靠挖掘它自身或者诗人“主体”就能完全呈现，排除了与“历史”“现实”的紧张对话，语言的

---

[1] ［美］约瑟夫·布罗茨基：《悲伤与理智》，刘文飞译，上海译文出版社 2015 年版，第 33 页。

[2] 余旸：《从“历史的个人化”到新诗的“可能性”》，《新诗评论》2015 年（总第 19 辑），第 48 页。

[3] 张枣：《朝向语言风景的危险旅行——中国当代诗歌的元诗结构和写作姿态》，《上海文学》2001 年第 1 期。

创造极有可能走入僵化的“内卷”[1]。

张枣逝世后，诗人朱朱在悼念张枣的一首诗里，对这种敛翅于国外的屋宇下做着“万古愁”之梦的状态表达了隐晦却又尖锐的批判：

中国在变！我们全都在惨烈的迁徙中
视回忆为退化，视怀旧为绝症，
我们蜥蜴般仓促地爬行，恐惧着掉队，
只为所过之处尽皆裂为深渊……而
你敛翅于欧洲那静滞的屋檐，梦着
万古愁，错失了这部离乱的史诗。[2]

“刺客”之所刺，是一种本体论式的历史，其实也是虚化的、没有实质内容的历史，这样的“历史”与写作主体并无太多切身的联系，是“别人的”历史。如果说当代的诸如“元诗”“历史个人化”一类的诗学有什么问题的话，那么可以说它们在伦理上（进而也表现在感受性上）过去强调自我的力量，也简化了自我与他人的关系，即过于“我是而他非”，进而也简化乃至“错失”了现实。殊不知“他人”即另外之“自我”，而“现实”与“历史”是一群“自我”自选之牢笼。“自我”从来不是一个那么不证自明的力量之源、语言之光，本身也是欲念杂生、权力错综交杂的领域。“历史”或权力的

[1] 关于张枣的“元诗”以及“语言神话”，笔者已另文讨论，此不敷述。参考李章斌：《走出语言自造的神话——从张枣的“元诗”说到当代新诗的“语言神话”》，《文艺研究》2021年第6期。

[2] 朱朱：《隐形人——悼张枣》，《故事》，上海人民出版社2011年版，第45页。

作用，正如一本书的名字所暗示，正如“毛细血管”一般无孔不入，并非一个简单的“姿态”就可以拒之于门外[1]。就当代诗歌而言，它原本所赖以确立自身的反抗姿态早已不那么光彩熠熠，而它与权势和资本暗中或者明面的媾和却触目惊心。换言之，“姿态”早已廉价，也容易变成套现的资本。

三

当然，写作并不是伦理说教，更不是道德楷模的传声筒，机械地宣扬某种道德的写作和批评也极易变成一种欺诈。如果一种更成熟、深厚的伦理认知没有转换成为写作的语言势能和新的感性形态的话，那也是枉然。在新诗史中，穆旦是较早地认识到“自我”所蕴含的巨大的复杂性与不完美之处的诗人，在他那里，几乎带着点“自虐”的严苛和残酷，自我之“内面”那么些不光彩的锈迹斑斑，自我与现实不那么美妙的媾和以一种激烈的语言势能爆发出来：

这是死。历史的矛盾压着我们，
平衡，毒戕我们每一个冲动。
那些盲目的会发泄他们所想的，
而智慧使我们懦弱无能。

——《控诉》[2]

[1] 王汎森：《权力的毛细管作用：清代的思想、学术与心态》，北京大学出版社2015年版。

[2] 穆旦：《穆旦诗文集》，第1卷，人民文学出版社2006年版，第67页。

较之三十年代侧重自我抒发、自我表达的纯诗写作路线而言，穆旦的写作在指向自我的同时也指向社会，它们较好地融合了个人视镜与历史视野，并且在其中包含了形而上的质问。在他的诗歌中，甚至出现了汉语诗歌中少见的末世论景观：

一个圆，多少年的人工，
我们的绝望将使它完整。
毁坏它，朋友！让我们自己
就是它的残缺，比平庸更坏：
闪电和雨，新的气温和泥土
才会来骚扰，也许更寒冷，
因为我们已是被围的一群，
我们消失，乃有一片“无人地带”。

——《被围者》[1]

历史已把他们用完：
它的夸张和说谎和政治的伟业
终于沉入使自己也惊惶的风景。

——《荒村》[2]

这些诗歌表明一种对于世界的震惊体验，对于历史之恶的深切感知。希尼说：“早在战后欧洲寓言诗风行之前，奥登就已经抵达一

[1] 穆旦：《穆旦诗文集》，第 1 卷，人民文学出版社 2006 年版，第 100 页。
[2] 同上，第 250 页。

种调式，充满了对某种可怕事物的不祥预感，并且有能力用严格的诗学手段表达这些不祥预感。”[1]我们也完全可以说，穆旦也曾抵达一种虽然与奥登有所区别、却在本质上不无相似之处的诗歌“调式”。实际上，穆旦留下一个好传统，即将自我放置在与群体的联系之中冷静地审视的传统，这却是一个很长时间内被当代诗歌遗忘的传统。不过，在半个多世纪之后，这种“调式”在汉语诗歌中又可以被听到：

你自比蚯蚓，与众多的中国蚯蚓
在奇怪的建筑物中拱来拱去
没有土壤，依然试图扎根
空气管道的根裸露
也没有迷宫理论能够解释为什么
你迷失在一段洋葱的旅行中
故事里没有主人，但细菌还在滋生
可怜的过客，情操还没有楼高
你应该快乐一些
即使头是你的尾巴，尾巴是你的第三只脚
你全认了
在雾都每个人都是孤儿，等待被重新认领。

——森子《新雾都怪行录》[2]

---

[1] [爱尔兰] 谢默斯·希尼：《希尼三十年文选》，第 264 页。
[2] 森子：《新雾都怪行录》，《十月》2017 年第 2 期。

“雾都”与“孤儿”的重新相连让此诗并非是一个“孤儿”，相反是非常“社会”的写作。这里的在“雾”里盲目爬动的“蚯蚓”般的人并非仅仅指向环境污染问题，而是全社会规模上的盲目与无助状态、这种写作表达了一种重新创造诗与社会的新关系、新意识的努力。

在姜涛看来，“扬弃了修齐治平的传统以后，如何在启蒙、自由、革命一类抽象系统的作用之外，将被发现的‘脱域’个体，重新安置于历史的、现实的、伦理的、感觉的脉络中，在生机活络的在地联动中激发活力，本身就是二十世纪一个未竟的课题。”[1]确实，这是八十年代以来的先锋诗歌没有很好地处理的一个领域，也是当下诗歌写作大有可为之处。森子的“雾都孤儿”就是一个非常“在地”的诗歌形象，而韩博的《注册讨债师之死》则进一步与当代社会、经济乃至伦理上的诸种问题脉络内在相连，也提出了深刻的质问：

哪儿去了，多余的田？
哪儿去了，多余的甜？

肩扛麻袋的堂弟比水稻
长势更快，他攒足四个姐姐，
弟弟却死于尿毒症，他反对弯腰
或父亲式的劳动，不赞成火山岩板上
灌水的薄薄土层陈设脚趾畸形秀的蓝紫，

[1] 姜涛：《从催眠的世界中不断醒来》，华东师范大学出版社2020年版，第289页。

他从未听说《青少年哪吒》或前辈周处，
撂下麻袋——计划分配的命运，他跳上
开往警匪片的慢车驶入首都，他就任
市场委派的分母，一个纯粹的人，
一个脱离了低级的个性的人，分母
入戏且日深，以车房妻子为恒业，直至
某夜，跳涧失真，六楼倒叙平地，袖手的
月光松脱逼围的警察，哪吒满地，发福。

哪儿去了，多余的田？
哪儿去了，多余的甜？[1]

几乎不动声色，韩博以快照式的速写，勾勒了一个不甘于做“泥腿子”“扛麻袋”，而进城去做“讨债师”（黑社会混混）的“堂弟”的一生。他做了“市场委派的分母”，而入戏日深，最后跳楼自杀身亡。“计划分配”“分母”这些非常“在地”的词语暗示了当代社会诸多根处的问题，也引发了对夹缝之中的农民命运的思考。“以车房妻子为恒业”寄托了无数“凤凰男”的梦想，而“攒足四个姐姐”的“攒足”是一个尤其鲜活的反讽，却是悲哀的反讽：计划生育时代，农民为了“传宗接代”拼命生育直到生出男孩为止，于是乎一个男孩“攒足”了四个姐姐。而诸如“计划生育”一类影响了几乎每一个当代人的社会现象，在先锋诗歌里几乎完全是缺席的（试问这是为什么？），也正因为如此，“攒足”这个词的力量才凸显

[1] 韩博：《注册讨债师之死》，《飞地》丛刊第11辑。

了出来。尽管这首诗写的是一个在“成功学”上失败的农村“凤凰男”的故事，但是，家中独子跳楼身亡这一事实，却指向沉痛的伦理问题。与此形成对比的是这首的简洁——乃至过分简洁——而轻盈的笔调，最后“讨债师”跳楼的那一幕，甚至显得优雅而富有“诗意”：“直至/某夜，跳涧失真，六楼倒叙平地，袖手的/月光松脱逼围的警察，哪吒满地，发福。”这几句以《月光奏鸣曲》的舒缓节奏叙述出来的惨烈现实是令人震惊的，此间语调与内容之间的反差是一种无声的抗议，它指向的问题既是社会的，又是伦理的，或许还是诗学的：“哪儿去了，多余的田？/哪儿去了，多余的甜？”是的，去哪儿了呢？在如此多农村“打工人”“凤凰男”向着城市惨烈地迁徙之后，再也无法那么轻易地谈论“乡愁”或者“怀乡”了。对比之下，很多“朦胧诗人”“后朦胧诗人”经常在诗歌里书写的“土地”“麦子”“马”“村庄”等乡村意象更像是一种“诗意召唤策略”，诗性的“自动生成”方法（比如在海子、顾城、舒婷那里），它们更多的是表达一种个人的情绪以及对城市与世俗的抗拒，至于在乡野里真正发生的故事，是很少得到清晰的书写的。

需要说明的是，这里想要展望的诗学路线并不是过去那种简单地让诗歌“反映社会”或者“服务社会”一类的主张，实际上，后者经常以损伤诗歌的诗质活力为代价。我们的着眼点更多地聚焦于诗歌本身，即如何让诗歌从过于自我中心的定位中调整过来，从而包容更广大的、超于个人的“他人”或者“群体”现象，并成为有效激发想象力和语言创造的领域。而在韩博那首诗中，就很好地把握了语言的创造、想象力与现实之间的张力关系。这里还想到经常以“成为他人”为目标的诗人朱朱：“是的，成为他人，自从多年前写下《我是弗朗索瓦· 维庸》之后，这已经成为了我的顽念，并且作为方法论式的存在，一直延续到我现在的创作中，它帮助我走出狭隘的自我中心主义，走出一时一地，乃至走出一种趋于僵滞的文化内部。”[1]朱朱的写作同样脱胎于八九十年代的先锋诗歌。不过，在最近二十年的写作中，他更着迷于在与他人的日常交往中，挖掘自身的不完美，在对这种不完美的冷酷且克制的表现中，发掘出“伦理之美”：

道别之后，我跟随她走上楼梯，
听见钥匙在包里和她的手捉迷藏。
门开了。灯，以一个爆破音
同时叫出家具的名字，它们醒来，
以反光拥抱她，热情甚至溢出了窗。
空洞的镜子，忙于张挂她的肖像。
椅背上几件裙子，抽搐成一团，
仍然陷入未能出门的委屈。

坐在那块小地毯上，背靠着沙发，
然后前倾，将挣脱了一个吻的
下巴埋进蜷起的膝盖，松弛了，
裙边那些凌乱的情欲的褶皱
也在垂悬中平复，自己的气味
围拢于呼吸，但是在某处，
在木质猫头鹰的尖喙，在暗沉的

[1] 朱朱：《候鸟》，《钟山》2017年第6期。

墙角，俨然泛起了我荷尔蒙的碎末。

她陷入思考，墙上一幅画就开始虚焦。
扑闪的睫毛像秒针脱离了生物钟，
一缕长发沿耳垂散落到脚背，以S形
撩拨我此刻的全能视角——
但我不能就此伸出一只爱抚的手，
那多么像恐怖片！我站着，站成了
虚空里的一个拥抱；我数次
进入她，但并非以生理的方式。

不仅因为对我说出的那个“不”
仍然滞留在她的唇边，像一块
需要更大的耐心才能溶化的冰；
还因为在我的圣经里，那个“不”
就是十字架，每一次面对抉择时，
似乎它都将我引向了一个更好的我——
只有等我再次走下楼梯，才会又
不顾一切地坠回到对她身体的情欲。

——《道别之后》[1]

这里的“我”不再把自己当成“太平洋上的贾宝玉”（海子），不再迷恋自己的“孔雀肺”（张枣），更不是“任性的孩子”（顾城），

[1] 朱朱：《五大道的冬天》，华东师范大学出版社2017年版，第89—90页。

抒情的主体在表现出“欲求”时也在审视其“欲求”。这里在欲望骚动的边缘对自己说出的“不”，与其说是在暗示自己的“绅士风度”，不如说是震惊于、也迷惑于欲望本身的恐怖。他观察他人的同时也观察自身，发现在悬崖的边缘勒马居然也有一种别样的美。这个在倒数第四行说出的“不”不仅是一个行为准则，而且又是一个内在于这首诗的写作原则。就写作而言，这个将抒情主体及时“勒”住的“不”字让朱朱的写作（尤其是语言）包含了更大的耐心，因而更深入地进入到“对象”之中。请看这幅维米尔式的精确细描：

她陷入思考，墙上一幅画就开始虚焦。
扑闪的睫毛像秒针脱离了生物钟，
一缕长发沿耳垂散落到脚背，以S形
撩拨我此刻的全能视角——

显然，“我”并没有“以生理的方式”“进入她”，却以写作（观看）的方式占有了“她”。这种写作是对“他人”的一个深情而克制的注视，是“虚空里的一个拥抱”，如果没有对于“对象”的尊重，这种注视也很难成为可能。换言之，书写“对象”其实也“像一块需要更大的耐心才能溶化的冰”，如果写作主体过于迷恋自身想象和意志的表达，那么就只能做“表达别人/就像在表达自己的人”（张枣）了。朱朱实际上逐渐成为一个偏离当代汉诗的自我中心——抒情传统路径最远的诗人，他不再像过去的诗歌那样沉迷于自我的塑形，而更多是在“自我”与“他人”的互动乃至“互文”中——这也意味着这里的“他人”更包括过去文本中的“他人”——获得一种“交往”的伦理和“交互”的美学。

诗人陈东东曾经颇为高瞻远瞩地把当代汉诗比喻为“大陆上的鲁滨逊”。确实，“鲁滨逊”这个隐喻很大程度上喻示了现代汉诗的自我认同、文体本质和社会定位：被抛到陌生陆地上的鲁滨逊，没有任何文明、制度、社会可以依赖，只能自己照料自己，自己管理自己，甚至做自己王国的“王”。这种高度的“自律”与“自主”一直是先锋诗歌的优秀素质[1]。它对于现代汉诗而言至今依然是一个富有生命力和创造性的隐喻。但是，至少可以说，现代汉诗不应仅仅满足于去做开天辟地、自立法则的鲁滨逊，在某种时刻，也要学会做一个社会语境中的“社会人”和伦理语境中“伦理人”。现代汉诗不应仅仅满足于与社会的相互“外在化”这倒不是在强调诗歌的“社会功能”，而是从诗歌艺术发展的内部要求来说的。换言之，鲁滨逊虽然被抛到荒岛（或者新大陆），并不意味着他应该满足于这片荒野。因此，鲁滨逊的故事确实只被先锋诗歌讲到一半，而当代诗歌写作或许要继续讲另一半：“等造好了大船，他［鲁滨逊］终于要像奥德修（更古老的鲁滨逊）那样踏上返乡之旅，去找回和融入伟大和悠久。”[2]

[1] 陈东东：《大陆上的鲁滨逊》，《新诗评论》2008年第2辑，第71—80页。
[2] 同上，第80页。

成为他人：朱朱与当代诗歌的写作伦理和语言意识问题

一

最近几年，朱朱在不同的场合反复提起的一句话总是萦绕在我心里："在自己的家中没有舒适自在之感，这就是道德的一部分。"[1]这句援引自阿多诺的话一直让我好奇，对于朱朱诗歌而言，它意味着什么？它给朱朱诗歌带来什么样的写作伦理？

"伦理"是最近在有关朱朱诗歌的评论中被经常使用的一个词。越是简单的词，其中的问题就越复杂。不管"伦理"指的是人对待他人的行为准则，还是如同近来一些学者在使用"叙事伦理"一类的词所暗示的那种从个人经历的叙述捕捉关于生命感觉的问题，提出具体的道德关怀和伦理诉求[2]。我想，至少可以回到"伦理"的底线（基线），当我们说到"伦理"一词时，不管它指什么，它最基本的前提应该是对"他人"之存在的承认——如果你生活在一个无人荒岛里，是不存在"伦理"问题的——列维纳斯说："《圣经》中的人是能够让他人从我面前经过的人。"我想，就是这种意识，让

[1] 朱朱：《候鸟》，《钟山》2017年第6期，第102页。

[2] 刘小枫：《沉重的肉身》，北京：华夏出版社2007年版。

《圣经》中的人成为“伦理的人”。对他人之存在的认可，如果说这在写作中意味着什么的话，这首先意味着尊重读者，尊重读者的理解力和感受力，在表达的时候不要像在自己家里一样过于“自在”，为所欲为，也不刻意显露自己的才华与情绪，而是时时注意分寸与尺度——这正是朱朱的优点之一，就像他所称道的博尔赫斯的一句话一样：“一种被谦逊地隐藏起来的复杂性。”[1]

关于朱朱诗歌的意义，姜涛在一篇敏锐而有趣的文章中观察到：“当代先锋诗，兴起于‘文革’之后‘我不相信’一类精神气场，大家争先恐后，比赛着甩脱‘文革’时期的大结构、大叙事。无论‘朦胧’还是‘后朦胧’，即便祛除了原来的意识形态内涵，二十世纪革命年代的精神传统仍深刻在场，暗中决定了不止一代人的惯习、癖好和姿态。譬如，当代诗人普遍信奉一种语言机会主义，认为即兴发挥，才能歪打正着，不断地把握语言的奇迹瞬间。这样的‘无政府’态度，距离二十世纪的革命豪情，其实并不遥远。”[2] 在姜涛看来，朱朱最近二十年写作所体现的理性的强大规划，恰好与这种“跳来跳去”的语言机会主义针锋相对。这是犀利而贴切的观察。我们想补充的是，先锋诗人普遍信奉的“语言机会主义”其实也是写作上的“自我中心主义”的征兆。从一开始的“我不相信”，突出的就是写作的主体——这固然是有重大意义的——但是在主语“我”后面的“不”字又以强大的语势表达了对外部世界的否定，也有意无意地取消了“他人”，使其弱化为类似于舞台背景的角色，而在舞台的中心，是“我”，语言是其表演的魔术。所谓“跳来跳去”——我将其理解为一个中性词——无论“跳”得好坏，其最终效果只能是让读者（观众）把注意力放到“跳”者身上去，因此就成了“我跳故我在”，这

[1] 朱朱：《候鸟》，《钟山》2017 年第 6 期，第 102 页。

[2] 姜涛：《当代诗中的“维米尔”》，《文艺争鸣》2018 年第 2 期，第 92 页。

仿佛是叶芝所说的“我们怎么能区分舞蹈与舞者”（《在学童中间》）的当代演绎，亦可以视作抒情诗的一个反讽性的定义[1]。这种自我中心与抒情倾向，与二十世纪七十年代以来的“反抗传统”，共同决定了当代汉语诗歌的基本面貌——虽然例外总是不断地产生[2]。与此相伴的一个现象是，当代诗人普遍珍视自己的“诗人”身份——有的是诗歌“斗士”，有的则是诗歌“王子”，或者“疯狂天才”，有的则低调点，边缘人或者零余者——而将语言视作一种超乎理性控制的诗人专属巫术。此一进路隐隐地呼应着欧洲浪漫主义-象征主义以降的自我中心脉络，即对越来越小的领域——自我（以及相应的语言形式）——钻研得越来越深[3]。而与此同时，诗歌作为一种伦理探索的容器，作为一种干涉公共生活的方式，到了八十年代中期之后，被很多当代诗人视作言不及义甚至等而下之的诗歌路径。在这样的背景下，朱朱的写作伦理与方式就显得有点格格不入了：

---

[1] 当我们说到“抒情诗”（lyrics）时，不要简单地把它与抒发感情等同起来。“抒情诗”（lyrics）在词源上主要是一种音乐形式，而“抒情”更多是一个译名产生的误会，当然“抒情诗”确实也可以“抒情”。作为“抒情传统”概念的提出者，陈世骧在给它定义时最为强调的是两点：一是“言辞乐章（word-music）所具备的形式结构”，二是内容或意向上表现出来的主体性和自抒胸臆（self-expression），参考陈世骧：《中国文学的抒情传统》，张晖编，北京：生活·读书·新知三联书店2015年版，第5页。换言之，“抒情诗”的核心在于它的书写与自我的直接相关性以及与音乐之间的密切联系。

[2] 李章斌：《在语言之内航行：论新诗韵律及其他》，北京：人民文学出版社2014年版。

[3] [美]埃德蒙·威尔逊的《阿克瑟尔的城堡》（黄念欣译，南京：江苏教育出版社2006年版）与胡戈·弗里德里希的《现代诗歌的结构》（李双志译，南京：译林出版社2010年版）都是对此脉络的精彩论述，尽管它们的描述都是片面的，远非欧洲诗歌的全貌。

噢，他必须收起鲁滨逊的傲慢，
在异化的环境里重新定调。
他必须振作精神，不扮演文明的遗老，
不做词语的幽灵，不卖弄苦难，

而只是澄清生命的原址——
以它为一种比例尺，重新丈量大陆，

——《海岛》[1]

这几句以苏轼名义说出的话更像是朱朱自己的诗学理念，其中提到的三个“不”——“不扮演文明的遗老，不做词语的幽灵，不卖弄苦难”——恰恰是三种典型的当代“诗人病”，或者中性地说，“诗人习性”。这并不是说，朱朱不关心文明，不注重词语，或者不关注苦难，而是这种三种诗人习性或多或少都存在一些诗歌伦理上的可疑之处，它们都过于突出写作背后的“我”，而导致书写本身失真，或者模糊不清。“鲁滨逊的傲慢”让我们想起开首那句阿多诺的话，即不要在自己的世界里过于“舒适自在”。朱朱的书写伦理与方法与“三不”恰好相反，他更愿意隐藏到镜头背后（就像他那幅微信头像照一样），用镜头对准世界，精确地对焦，在恰当的时候按下快门，细致地捕捉光影声色，就像他所钟爱的维米尔的画作一样，“澄清生命的原址”。

因此，首要的原则是“看”，不仅要看清楚，而且要“看”进事物的内里去。“看”不仅是诗歌写作对象或者手法问题，至少在朱朱这里，它同时也潜含了一种诗的伦理——正如“我不相信”也隐含

[1] 朱朱：《故事》，上海：上海人民出版社 2011 年版，第 20 页。

了一种伦理态度——“看”意味着不再将诗歌的重心和焦点放在抒发者身上，而是对象与“他人”的存在上——“他人”的存在，是“伦理”的开始。朱朱的诗歌还向我们展示，要“看”清世界，不仅要重新调整自我的位置，也要对诗歌方法本身作根本性的调整。为此，朱朱不惜动用包括绘画、摄影、戏剧乃至艺术评论等“看”的艺术手段，甚至连这些“手段”本身也要细细地看。而且，我们应该注意，朱朱本身就是一个“看家（行家）”，他的另一重身份是艺术评论家和策展人，而他近二十年诗歌的转变与他进入艺术界几乎是同时进行的[1]。很有趣的是，朱朱在一次访谈中提到，他受马克·斯特兰德的画论《寂静的深度》激发，本来想写一篇评论，结果却写成了一组诗歌[2]。这种在艺术评论与诗歌两个文体之间的滑翔在朱朱这里非常常见，对于大部分当代诗歌而言却较为罕见。在朱朱诗歌中出现了一种对于当代汉语诗歌来说可以说是崭新的语体，它不仅仅出现于朱朱的评画诗中，还无孔不入，比如《清河县》第一部中的《郓哥，快跑》：

> 他要跑到一个小矮人那里去，
> 带去一个消息。凡是延缓了他的脚步的人
> 都在他的脑海里得到了不好的下场。
> 他跑得那么快，像一支很轻的箭杆。

---

[1] 我们认为，朱朱诗歌的真正转折点，即转向“视觉”和“叙事”，发生于世纪之交，而他恰好也是在这段时间进入到艺术评论界的，参考张桃洲编：《朱朱创作年表》，《寻找话语的森林：朱朱研究集》，北京：华文出版社 2019 年版，第 299—300 页。

[2] 朱朱、胡桑：《我生来从未见过静物》（访谈）：https：//www. douban. com/note/687300518/

我们密切地关注他的奔跑，
就像观看着一长串镜头的闪回。
我们是守口如瓶的茶肆，我们是
来不及将结局告知他的观众；
他的奔跑有一种断了头的激情。[1]

细腻的“观看”，老到的观察，像是剧评人在评剧，或者画评人在品画，但是更富于想象力与反讽性，并且很圆融地化入叙事之中，润物细无声。这种介于分析性语言与感性语言的滑翔是朱朱诗歌的一个重要的动力机制，它表明诗歌不仅可以向小说、戏剧、摄影、电影等艺术“索要领地”[2]，它甚至可以向学术文字索要领地——因为，至少在知识分子那里，学术语言是二十世纪最有势力的语言之一。需要说明的是，这种语体并不同于中国古代饱受诟病的“玄言诗”，而更接近英诗中的“玄学诗”（metaphysical poetry），它并不在诗歌中进行哲学说教，而是给诗歌的“观看”带入“智性”的因素。“智性”的进入并不是让诗歌更玄奥，而是更为立体。就像绘画中透视法则的存在一样，“智性”也是诗歌叙述中的透视法则，它让诗的“观看”更为立体、清晰。确如姜涛所言，朱朱的诗歌展现出“理性的强大规划”与丰富的“视觉想象力”[3]。这种“规划”首先

[1] 朱朱：《朱朱专辑：野长城》，《新诗》丛刊第 21 辑，第 33—34 页。
[2] 朱朱、木朵：《杜鹃的啼哭已经够久了：朱朱访谈录》，《诗探索》2004 年秋冬卷，第 213 页。
[3] 姜涛：《当代诗中的“维米尔”》，《文艺争鸣》2018 年第 2 期，第 92—93 页。

体现于他的构图与诗歌结构之精细，微妙，比如《威信》这首诗对“清河县”的描绘：

东京像悬崖
但清河县更可怕是一座吞噬不已的深渊，
它的每一座住宅都是灵柩
堆挤在一处，居住者
活着都像从上空摔死过一次，
叫喊刚发出就沉淀。[1]

生存的恐怖如斯。最后两行所包含的动与静之间的张力让我们想起了荷兰画家布鲁盖尔的名画《伊卡洛斯的坠落》（*Landscape*

[1] 朱朱：《朱朱专辑：野长城》，《新诗》丛刊第21辑，第51页。

with the fall of Icarus）里那个从空中坠落的男孩，也想起了奥登的评画诗《美术馆》："那华贵而精巧的船必曾看见/一件怪事，从天上掉下一个男童，/但它有某地要去，仍静静地航行。"[1] 甚至在主题上，两者也有相通之处，即书写一种死寂般冷漠的生存，当然《清河县》的画面更阴暗一些。朱朱和奥登都擅长"临床医生式的分析与静观"[2]。进一步地说，朱朱不仅在描摹这些画面，甚至他让画面的生成过程也成为"画"的一部分。借用朱朱在一次策展文案中的话来说，他"像一个外科大夫一样对这些照片做起了手术"[3]，他是一位景象的手术师。《青烟》这首名作就是对旧上海一幅香烟广告招贴画的一次"手术"，而且它把手术过程也变成了图像，或者说"元图像"（关于图像的图像），这是非常有趣的一个过程：

一辆电车在黄包车铃声里掣过。她
想起冠生园软软的坐垫，想着自己
不够浑圆的屁股，在上边翘得和黑女人一样高。
这时她忘记了自己被画着，往常般吸一口烟，

烟圈徐徐被吐出。

---

[1] 穆旦：《穆旦译文集》第四卷，北京：人民文学出版社 2005 年版，第 463 页。

[2] 斯皮尔斯指出，在早期奥登的想象世界里，"诗人像临床医生一样超然，诊断社会的疾患及其组成部分的个人，诗歌作为一种治疗，发挥了一种类似于心理分析的功能，是奥登作品的基本特色。"（Monroe K. Spears，*The Poetry of W. H. Auden*，New York：Oxford University Press，1963，p.7.）

[3] 朱朱：《造像术：蔡东东个展》，https：//www. mei-shu. com/exhibition/2781. html.

被挡在画架后面的什么哐啷的一声。
画家黑黝黝的眼窝再次对准了她，吓了
她一跳。她低下头扯平
已经往上翻卷到大腿根的旗袍。
这一天过得快多了。

——《青烟》[1]

画家的观看是一个欲望的隐喻，“黑黝黝……对准了她”与“吓了她一跳”暗示着这个隐喻在看与被看者之间的传递。结果是，被看者（妓女模特）也对于“看”产生了欲望。于是在这种不言而喻的下意识中，“这一天过得快多了。”观看与欲望，本来就是一体之两面，或者说，观看就是欲望。《金瓶梅》在写到西门庆的性事时几乎每次都要提到的一句话是“观其出入之势”。而时下也有小说家言：“有些人的眼睛能扒皮，有些人的眼睛会射精。”[2]与这些稍显简单粗暴的“观欲”书写相比，朱朱的书写要优雅、细腻得多，他耐心地描绘“观欲”的弥漫过程，欲望的客体慢慢变成了主体：

她坐在那里，好像套着一层
表情的模壳，薄薄的，和那件青花旗袍一样。
在模壳的里边——
她已经在逛街，已经

[1] 朱朱：《朱朱专缉：野长城》，《新诗》丛刊第21辑，第17页。
[2] 毕飞宇：《相爱的日子》，《北京文学·中篇小说月报》2008年第4期，第120页。

懒洋洋地躺在一张长榻上分开了双腿
大声的打呵欠，已经
奔跑在天边映黄了溪流的油菜田里。

——《青烟》[1]

在朱朱诗歌里我们可以找到当代诗歌中最优美的欲望书写，就像在王小波那里我们可以找到当代小说最生动的欲望书写一样。无独有偶，两者都擅长弹奏欲望与观看之间的那根细弦，上面这两幅画面就让我们想起《黄金时代》中陈清扬与王二在野牛的注视下做爱以及陈清扬在被拉到台上批斗时，批斗群众“性致勃勃”也感染了她的性致那一幕。欲望书写看似简单，实则最考验作家的功底，因为它最容易陷入俗套。与很多当代作家那种动辄“丰乳肥臀”式的性特征展示相比，朱朱的书写要有创造力得多，他让我们想起了李商隐那些艳情诗，比如：“碧城十二曲阑干，犀辟尘埃玉辟寒。/阆苑有书多附鹤，女床无树不栖鸾。”（《碧城三首》）；或者穆旦那首著名的《春》：“抗着土地，花朵伸出来，/当暖风吹来烦恼，或者欢乐。/如果你是醒了，推开窗子，/看这满园的欲望多么美丽。”[2]全是风景与观看，又尽得风流。

正如在穆旦的《春》那里，欲望不仅是男女情欲，而且也包含着一种写作的形而上学（即言说主体想要进入万物的渴求）[3]，实际

---

[1] 朱朱：《朱朱专辑：野长城》，《新诗》丛刊第 21 辑，第 17—18 页。

[2] 穆旦：《穆旦诗集（1939—1945）》，作者自费印刷，1947 年版，第 81 页。

[3] 李章斌：《“在言语所能照明的世界里”：穆旦诗歌的修辞与历史意识》，《文艺争鸣》2018 年第 11 期，第 84 页。

上，《青烟》同样也可以视作一个关于艺术创作的隐喻，其中包含着写作的伦理。在上面这首《青烟》的最后，故事突起急转，忽然——而又合理地——反转为对艺术本身的观照：

她开始跑出那个模壳，
站到画家身边打量那幅画：
画中人既像她又不像她，
他在她的面颊上涂了太多的胭脂，
夹烟的手画得过于纤细，
他画的乳房是躲在绸衣背后而不是从那里鼓胀，
……
她还发现这个画家
其实早就画完了这幅画，
在后来很长的一段时间里，每天
他只是在不停地涂抹那缕烟。[1]

对于这幅画而言，那缕青烟是一处需要巨大的耐心来完成的点睛之笔——谁叫它是香烟广告呢？——而对于这首“元图像”诗作而言，结尾之处也是一画惊艳的点睛之笔，它既是一个性的暗示，也是一个关于艺术作品的隐喻。这里画家对于“青烟”的耐心与朱朱对于这幅广告招贴画的耐心构成了微妙的共振：从画家/摄影师“临看”模特，到模特“反看”画作和画家，再到朱朱“翻看”招贴

[1] 朱朱：《朱朱专辑：野长城》，《新诗》丛刊第 21 辑，第 18—19 页。

画而成诗，在这“看”的循环中未尝没有对于世界的深情注视。

如何深切的“观看”意味着什么？如果放在当代诗歌史的语境下看，它首先意味着走出“自我中心”与“抒情”，进入到与“他人”的互动中，去做一个世界风景的“记者”而不是站在世界中心纵情歌唱。朱朱的诗歌不满足于个人经验，而去更多的“他人”那里寻求领地。在朱朱那里，对“他人”的注视同样是充满深情的，有时就是“成为他人”的过程。在《拉萨路》这首诗的开头，他写道：

这条路以一个漫长的斜坡
述说你的过去，除了几道坑洼
和一处被圈起后正在浚通的窨井
你几乎没有障碍地滑行到今天……
三十七岁，你猛然地刹车，
抛脱了正常的全部辎重，

来寻找一脚踏空的感觉——
在斜坡旁那条静脉曲张的巷子中，
在脏盘子般摞叠在一起的旧公寓楼的
底层小院里，生活仿佛从零开始：
……[1]

[1] 朱朱：《故事》，上海：上海人民出版社2011年版，第78—79页。

这里朱朱以一幅街景图来述说一位刚离婚的友人的“故事”。这种全以视觉来写内心的方法，被宋琳恰切地称为“具象方法”[1]，它充满暗示，又不动声色。这里书写的离婚后那种“失重感”，让我们感叹一条路上有一个人漫长的一生。朱朱对“故事”的述说带着反讽又不失同情，两者都控制在适当的尺度，反讽过度容易显得恶毒，而同情过度容易显得矫情，这两者都不符合朱朱的写作伦理。比如在写到年轻姑娘重新“接管”这个单身汉的后半夜时：

那些年轻、滚烫的躯体在床上重新出场
骄傲地、不留缝隙地将你掩埋，然后
就像那只时常到窗外的枇杷树下蜷伏的
野猫般蜷伏在你的孤独之上，想要
确认这里就是她们未来的窝——

于是你感觉自己刚赎回的自由
又像积雪被泼出去的残茶化开了
一个越来越深的脓口，一个洞
重新显露出恶性循环的深渊……

——《拉萨路》[2]

两幅画面惟妙惟肖地写出了一个单身汉对于稳定关系的恐惧和

[1] 宋琳：《朱朱诗歌的具象方法》，《当代作家评论》2009 年第 6 期。
[2] 朱朱：《故事》，上海：上海人民出版社 2011 年版，第 79—80 页。

矛盾。朱朱的写作总是“看图说话”，不急于去给对象作评判。不过，在这种冷静的叙述背后，也有着同情乃至爱的隐隐在场。朱朱说：“惟有爱是一种真正令人激动的节奏，一切可以作为动机，但只有爱能够引导你合上节拍，启动真正的激情和想象。”[1]这句话同样也适用于这首诗，当我们读到开头的“三十七岁，你猛然地刹车”时，就有这种“合上节拍”的感觉，它缓慢、温和地滑行，令人动容，到了这首诗歌的结尾，它以细腻的手法拨动一根名叫“命运”的琴弦：

你想要向它伸出援手，却
无法克服自幼年起就对所有
毛茸茸的动物怀有的恐惧，是的，
你向我们展示每个人活在命运给他的故事
和他想要给自己的故事之间的落差
这落差才是真正的故事，此外都是俗套……[2]

从“是的”开始，这首时时保持克制与谨慎的诗歌终于开始了它的纵身一跃，它跃向的东西可以称之为“无限”。布罗茨基说：“爱情本质而言就是无穷对于有穷的一种态度。对这一态度的颠倒便

[1] 朱朱、木朵：《杜鹃的啼哭已经够久了：朱朱访谈录》，《诗探索》2004 年秋冬卷，第 216 页。
[2] 朱朱：《故事》，上海：上海人民出版社 2011 年版，第 82 页。

构成了信仰或诗歌。”[1]进一步说，一切爱（包括友爱）都是无限对于有限的态度，而反过来，诗歌则是有限对于无限的态度。在这首诗歌中，朱朱以有限的人之生活触及无限，由此对人的有限产生了可以称为“诗之爱”的情感。这些诗句所包含的“爱”的伦理与七十年代以来当代中国的“反抗诗学”中那种“怨”或者“憎”的伦理有很大区别——当然，后者有其深刻的根源，也有其不可抹杀的诗学意义——它的宽容与谦逊让我们想到米沃什的一些诗句，比如：“在这个没有荣誉和权杖的世界，/在像帐篷卷起的一片天空下，/人们给了我们一些怜悯，一些仁慈/以及，简单地说，体贴，亲爱的Y. Z.”[2]（《Y. Z. 的哀歌》）

朱朱的语风让我们想起谢默斯·希尼赞誉拉金的话：“衣着干净的词语在有文化的谈吐中这类意义上的明亮感。”[3]这句话用在朱朱身上也是恰当的，他措辞谨慎、克制，仿佛把每个词都在秤上称过一遍，因此极其妥帖，各得其所。这种“衣着干净”的感觉，在于他有意无意地抑制书写过程中的自我膨胀，尤其是在很多诗人中常见的玩弄词语巫术时的任性妄为，他极少让他的词语变成空转的修辞机器。词的伦理，在他这里意味着一种教养和尺度感，这倒不是说其他汉语诗人“缺乏教养”和尺度；而是说，朱朱自觉地偏离

[1] [美] 约瑟夫·布罗茨基：《文明的孩子》，刘文飞译，中央编译出版社 2007 年版，第 109 页。

[2] [波兰] 切·米沃什：《切·米沃什诗选》，张曙光译，石家庄：河北教育出版社 2002 年版，第 219 页。

[3] [爱尔兰] 谢默斯·希尼：《心灵的诸英格兰》，《希尼三十年文选》，黄灿然译，杭州：浙江文艺出版社 2018 年版，第 113 页。

当代诗歌那种对抗性的自我中心主义习性，他是一个让诗歌的谈吐与发声面向一个有文化的知识群体的诗人，或者简单说，面向“文明”的诗人。

二

在近二十年来，朱朱在不同性质的文字中反复提到“自我放逐”和“成为他人”[1]，他对于自我中心的批判是自觉的。他把他过去关于诗歌的一些修养、习性放下，或者说忍住，而全身心地去“观摩”他人，于是便有了“视觉诗”与“叙事诗”，它们不仅仅是一个写作技巧的变化问题，也是写作伦理的变化[2]。因此，“叙事”对于他的写作来说是一个合理而且自然的结果——相比之下，很多当代的叙事诗或者“长诗”更像是从抒情诗以及自我中心写作这棵树上强扭下来的半生不熟的果子——这解释了为何他的叙事诗《清河县》成为一个具有分水岭意义的突破，因为他完全为此作好了准备。朱朱说：“是的，成为他人，自从多年前写下《我是弗朗索瓦·维庸》之后，这已经成为了我的顽念，并且作为方法论式的存在，一直延续到我现在的创作中，它帮助我走出狭隘的自我中心主义，走出一

[1] 比如诗歌《读〈米格尔大街〉》《夜访》，访谈《杜鹃的啼哭已经够久了——朱朱访谈录》，创作谈《候鸟》，等等。

[2] 之所以用“伦理”这个词，是因为这种转变的背后正是自我与他人关系的改变。这里的“他人”包含两层意义：一是作为写作内容的“他人”，即如何写“他人”；二是作为诗歌文本读者的“他人”，即如何写给“他人”看。在前文所谓的“自我中心主义”写作那里，这两类意义上的“他人”都是背景——当然这并不意味着是缺陷，只是写作路径的区别。

时一地，乃至走出一种趋于僵滞的文化内部。”[1]他的名作《清河县》就是一个试图“成为他人”甚至进一步解剖文化的标志。

《清河县》第一部与第二部的写作相隔十五年，它所涉及的《金瓶梅》和《水浒传》中的故事，是汉语世界中关于欲望与道德的经久不衰的母题，这也是朱朱尤其感兴趣的题材。当“道德”遭遇到“欲望”，或许是它们两者都感到最不“自在”的一刻，这对两者都可以是引爆的雷管，在文化的根处引爆，并让我们窥见人性的深渊。正如马小盐在她那篇有趣且有才的评论所指出的那样，《清河县》第一部的结构是一部如下图所示的“环形剧场”结构（图引自马小盐文章）：

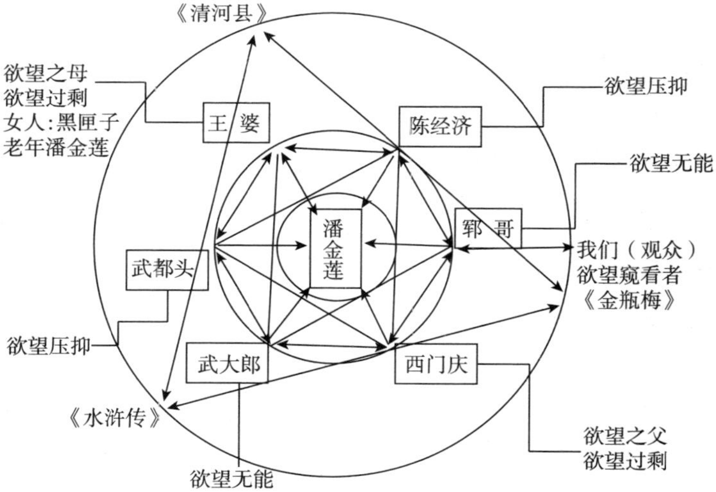

她观察到：“这首诗的结构，具有建筑学方面的雄心。它所要构

[1] 朱朱：《候鸟》，《钟山》2017 年第 6 期，第 103 页。

筑的是一个古罗马竞技场般环形剧场：一个双重观看的剧场，一个历史循环的剧场，一个中国人无法逃离的宿命剧场。”[1] 马小盐观察到《清河县》第一部中各人物在本质上的内在联系和“循环”关系，位于中心的是一直处于“被看”状态的潘金莲。在这场大型“观欲”盛宴中，潘金莲却在主体视角中缺席了（所以上图中的双向箭头其实应该改为单向箭头）。那么她“看”其他人又是何种境况呢？仿佛是为了回答这个问题似的，《清河县》第二部变成了与第一部恰好相反的放射状结构，即以潘金莲为中心向四周“看”。结果，她看到的东西并不仅仅是“欲望波”的统一场，而是：

那群狞视我的背在井边围成圈，
捣衣杵一声声响过了衙役们
手中的棍棒，夹带着阵阵
咒骂和哄笑像鸦雀在我的太阳穴筑巢

当我端着脸盆走近，沉寂
汹涌成泥石流而棍棒挥得更卖力，
背和背挤紧，像这条街上
彼此咬噬的屋顶，不容一丝缝隙。

——《浣溪沙》[2]

---

[1] 马小盐：《〈清河县〉——朱朱所构筑的诗歌环型剧场》，《延河》2011 年第 2 期，第 142—143 页。

[2] 朱朱：《清河县》（第二部），《五大道的冬天》，上海：华东师范大学出版社 2017 年版，第 138 页。

这首以词牌《浣溪沙》取名的诗仿佛是朱朱对唐宋词以及《金瓶梅“词话”》开的一个玩笑，它写的既不是唐宋词中的闺情与相思，也不是《金瓶梅》中的词所传递的活色生香的肉欲，而是洗衣妇人们“狞视我的背”！读者或许会和我一样发问：潘金莲是如何变成《狂人日记》中的“某君昆仲”的？这个处处感觉到敌意的女狂人和《金瓶梅》中那个淫荡、狠毒的妇人潘金莲是一个人吗？细读整首诗可以发现，她既不完全是潘金莲又可以是潘金莲，或者说，是她本应该是的样子（之一）。朱朱想要展示，一个出身卑微、命运坎坷却心气高傲的女人是如走向深渊，如何变成不仅是“欲望之母”甚至还是“恶之母”的。谁说因被大户调戏未遂而记恨，进而被发配给一个无能的侏儒对于这个自视颇高的女人而言不是一个惨剧呢？实际上，当我们把视角转换为从潘金莲的眼睛向外看时，整个世界的伦理地平线都倒转过来了。她看到了整个世俗世界的恶，那些“咒骂和哄笑”和“洗衣的女人们浓痰般的目光”让我们在日常生活中看到一个深渊，让我们看见“恶”不仅来自王婆和薛婆这些“恶之母”，而且来自每一个平凡的人。它甚至能被清清楚楚地“听见”：那比衙役的棍棒还要凶猛的捣衣杵的声音向我们昭显这种日常之恶。这似乎是现代汉诗很少触及的问题。

布罗茨基说：“有关恶的最有趣的事情莫过于它完全是人性的。”“世上最容易里面朝外反过来穿的，莫过于我们有关社会公义、公民良心、美好未来之类的概念。”[1]这提醒我们不要把善恶问题仅仅看作一个道德法则、律令的问题；因为真正到了现实生活中，善恶问

[1] [美] 约瑟夫·布罗茨基：《毕业典礼致词》，《小于一》，黄灿然译，杭州：浙江文艺出版社2014年版，第333—334页。

题变得极其复杂且多面，而且恶几乎是无孔不入的。因此一种文化中的潘金莲或许是另一种文化中的包法利夫人或者安娜·卡列尼娜，而且，甚至可以说，一个人的潘金莲是另一个人的安娜·卡列尼娜，反过来说同样适当。当我们如同朱朱一样把潘金莲这件“衣服”穿在身上时，我们会发现它并不比安娜·卡列尼娜更不值得同情。因此，如若真正获得一种深厚的道德感，第一步便是“成为他人”。来看潘金莲嫁入西门府的那一天：

> 轿帘掀起的那一刻，
> 我像野猫终于溜进了
> 一望无际的花园，秃鹫
> 返航，云停泊在蓝天——
> ……
> 我入迷地抚摸，噙着
> 惊叹号寻觅，绕过廊柱间
> 陡然有一阵酸楚升起——
> 那颗忧郁了我整个童年的
>
> 被卖货郎的担子挑走的糖，
> 仅仅是二手的、被别人舔剩的
> 甜。我喝止了眼眶里的泪滴，
> 因它廉价，会将罗帕变成抹布。

——《围墙》[1]

---

[1] 朱朱：《清河县》（第二部），《五大道的冬天》，上海：华东师范大学出版社2017年版，第150—151页。

这里朱朱把《金瓶梅》中没有处理好的心理细节勾勒出来了，而原作耽于肉欲描摹和道德说教忽略了这些心理细节。若我们仔细研究潘金莲的“档案”，会发现一个底层女子的血泪史，而像这样的女人《金瓶梅》中还有一长串。如果说底层男性（如《水浒传》中的阮氏三雄）尚可以通过揭竿而起、打家劫舍而迅猛地改变命运的话——至少在民间想象中可以——那么像潘金莲这样的“凤凰女”，便只能通过婚配换取转机了——可惜大户的低价甩卖一次性地毁了这种可能性，只要武大郎还活着，她便只能终日洗那“蛆虫般不散的面粉味”。摆在她面前的唯一出路便是杀夫——休夫对于古代女人来说并不是一个可选项。当她终于辗转将自己送进西门府时，那种野猫潜入大家宅院的感觉可想而知：这是“二手”婚姻换来的“二手”的甜，虽然“忧郁了我整个童年的”却只是“被别人舔剩的”廉价幸福。最后一声无声的“喝止”显示出潘金莲的高傲与心气，使她免于被视作进大观园的刘姥姥。“溜进”“舔剩”“喝止”，这些普通的词语在朱朱这里散发出水晶般剔透的光芒，短短二十多行诗写尽了潘金莲心中的酸楚与五味杂陈。

朱朱笔下的《清河县》显然不只是一个放荡女子的悲剧史，而且是包含了更大的文化野心和伦理深度的。他说：“我尤其要将王婆这样的人称之为我们民族的原型之一，迄今为止，我的感受是，每一条街上都住着一个王婆。”[1]进一步说，潘金莲更是我们民族的原型之一，考虑到人口的增长的话，每一条街上住着起码十个潘金莲。朱朱笔下的潘金莲相比两部古典小说的形象而言，带有了更强的力

[1] 朱朱、木朵：《杜鹃的啼哭已经够久了——朱朱访谈录》，《诗探索》2004年秋冬卷，第211页。

量与意志，她让我们想起了《江南共和国》一诗中的柳如是，“有一种深邃无法被征服，它就像/一种阴道，反过来吞噬最为强悍的男人”[1]。《清河县》第二部中的潘金莲可以说是这种母性力量的极致体现。《金瓶梅》中的西门庆死于潘金莲的阴道（见第八十回），这既是一个低俗的性爱故事，又是一次颇有形而上学意义的事件。潘金莲身上那种甚至比西门庆还要凶猛的兽性欲望让夏志清这样富有同情心的批评家也感到诧异和反感[2]，而到了朱朱笔下，她变成一股柔韧却有力的泥石流般的力量，这股力量甚至让武松这样的强悍英雄也显得虚弱和软弱：

……叔叔，
你的道德从不痉挛吗？十根手指
永远攥成一对拳头，除了你认为是人的
其他都是老虎？且让我幼稚地发问：
倘若那天不喝醉你敢在景阳冈打虎吗？
哦，对不起，我的意思是，至少你需要酒……

和我这淫贱之人喝一杯如何？
高跷我且替你收着，斗笠上的风尘
且让我用腌臜一百倍的手掸净，
你那根始终勃起的哨棒儿，以往的静夜里

[1] 朱朱：《故事》，上海：上海人民出版社2011年版，第8页。
[2] 夏志清：《中国古典小说》，南京：江苏文艺出版社2008年版，第192—193页。

我曾经多少次以发烫的面颊紧紧依偎——

——《对饮》

这首诗表面上写的是潘金莲挑逗武松，而实际上却剑拔弩张，她那句不经意间说出的“你的道德从不痉挛吗？”像一把利刃一般刺向作为道德化身的武松，而后面并不幼稚的“幼稚的发问”则又补了一刀。这里的潘金莲游“刃”有余，表面上她被拒绝了，而实际上她却取得了压倒性的胜利，欲望压抑的武松在潘金莲面前几乎显得像一只纸老虎，而他的“道德”是唯一能让他免于崩溃的救命稻草。这里朱朱展现出对于《水浒传》所代表的道德律令乃至社会结构的强烈的批判。我们可以进一步发问：难道武松为了兄弟义气而杀人与潘金莲为了欲望而杀人真有那么大区别吗？应当注意的是，在《水浒传》所展现的社会权力结构中，“兄弟义气”本来就是维护男性权力与统治地位的核心途径，是一种典型的“男义治理”的方式。夏志清曾对《水浒传》中明显的虐杀与厌女倾向提出尖锐的批评：“《水浒传》中的妇女并不仅仅因为心毒和不贞而遭严惩，归根结底，她们受难受罚就因为她们是女人，是供人泄欲的冤屈无告的生灵。心理上的隔阂使严于律己的好汉们与她们格格不入。正是由于他们的禁欲主义，这些英雄下意识地仇视女性，视女性为大敌，是对他们那违反自然的英雄式自我满足的嘲笑。”[1]夏志清敏锐地把握到水浒英雄叙事中的“潜意识”。确实，在《水浒传》中我们看到的是女性的完全无力，她们除了偶尔反抗一下以外，几乎是如同肉猪一样被任意屠杀。在“血溅鸳鸯楼”这场文学史上闻名的血案中，

---

[1] 夏志清：《中国古典小说》，南京：江苏文艺出版社2008年版，第101页。

武松不仅手刃了张都监、张团练、蒋门神等陷害他的三个男人（这也包含着利益争夺的意味），而且连亲随、唱曲儿的、使女、仆妇等也一并屠杀，数量甚至要远多于男性（见《水浒传》第三十一回）。

因此朱朱在诗中尖锐地发问："除了你认为是人的/其他都是老虎?"《清河县》的写作带有比《金瓶梅》还要强烈的对水浒式价值观的反噬倾向，在后者那里象征着正义与力量的哨棒到了朱朱这里变成了"始终勃起的哨棒儿"。这既带有性隐喻的意味，又潜含着一点嘲弄与反讽。在《清河县》第一部中的《武都头》中，武松看见"整个住宅像一只中午时沸腾的大锅，/所有物品徒然地//漂浮着，/她的身体就是一锅甜蜜的汁液/金属丝般扭动，/要把我吞咽"[1]。面对着如此盛大的欲望景观，武松几乎显得像一个初次遗精的小男孩，在欲望的深渊力量之前毫无招架之力，只能落荒而逃，"我必须远去而不成为同谋，/让蠢男人们来做这件事。让哨棒和朴刀仍然做英雄的道具吧，还有一顶很久没有抬过的轿子。"这个可笑的自我安慰让武松的英雄之路看起来像一个自我逃避的鲁莽少年，而他"只搏杀过一只老虎的投影"(《武都头》)。

正如《金瓶梅》在某种意义上可以视作对《水浒传》的"改写"甚至"反写"一样，《清河县》也可以视作对前二者的再次改写；当然，这种改写依然根植于原作的土壤中。实际上，在《金瓶梅》中与潘金莲一样出身卑微的女性还有很多，比如春梅、来旺儿家的、如意儿等。她们大都与"大官人"进行着一些皮肉交易，凭着自己那"不值钱的身子"做些小本生意，期盼着有朝一日翻身做主，偶尔竟也能美梦成真，摇身一变成为大妇（如春梅）；在最坏的情况

---

[1] 朱朱：《朱朱专辑：野长城》，《新诗》丛刊第21辑，第43—44页。

下，也不过卖入娼门，进行另一番皮肉生意，仿若在欲望与金钱的大工业生产线上各司其职一般。与那些卑微女子相比，潘金莲倒是一个不折不扣的“女强人”，她的侍女春梅说她“要强”，倒是体己的评价。她敢于对拦在她面前的任何人“动刀子”，逆天改命，而最后自己也死于非命。她不仅在欲望上，在各种“妇德”上都是一个反传统的女子。她的“强”表面上是欲望之强，而背后则是强盛的生命意志。朱朱在《清河县》中敏锐地把握到《金瓶梅》这条若隐若现、却又被一些情节给破坏掉的线索，并发挥到极致。他笔下的潘金莲并不是原作那样的被售卖给武松进而被动地被宰杀身亡的（《金》这一情节安排多少显得有点草草了结，精明如潘金莲怎么会甘于被售卖给仇人任人宰割呢?)，而是极其主动地迎接自己的毁灭，从一开始就是如此：

我就要离开这个家了。未来难料。
窗外，蝉鸣正从盛夏的绿荫里将我汇入
一场瀑布般的大合唱。我就要脱壳了，
我就要从一本书走进另一本书，
我仍然会使用我的原名，其不会
走远，你看，我仅仅是穿过了这面薄薄的墙，
你还有复仇的机会，一直都会有——
叔叔，“杀了我，否则我就是你杀死的。”[1]

---

[1] 朱朱：《清河县》（第二部），《五大道的冬天》，上海：华东师范大学出版社 2017 年版，第 149—159 页。

"从一本书[《水浒传》]走进另一本书[《金瓶梅》]"，这句带有很强"元叙事"的飞来之笔让我们神思恍惚，分不清戏里戏外，这里的告白既像是潘金莲对"叔叔"武松说的，又像是朱朱对《水浒传》和《金瓶梅》作者说的，这里的语言几乎每一句都有这种"双重对话"的性质。在某种意义上，《清河县》是当代诗歌中最富有"互文性"的文本，而且是名副其实的"互文性"，他的写作仿佛是一次次与经典亲密对话的结果。这里的"脱壳"甚至可以进一步理解为由《金瓶梅》的潘金莲"脱壳"为《清河县》的潘金莲，她由一个好斗善妒、纵欲无度、刻薄寡恩的妇人蜕变为一个尼采式的超人，她依然生活在《金瓶梅》的世界中，但是却像一个哲人一样感受到存在的虚无：

我学会小口地啜吸，
慵懒地勾脸，用半个白天
探看马厩里配种的烙铁，
用偏头痛做诱饵，钓出

那根名叫存在的刺。
当锦鲤们悠游于池塘，
当斗争只发生在棋盘，
虚无的水位不断在上涨——

——《围墙》[1]

[1] 朱朱：《清河县》（第二部），《五大道的冬天》，上海：华东师范大学出版社2017年版，第151—152页。

朱朱从《金瓶梅》中那些对于衣服首饰、饮食交际、房事细节的不厌其烦的“物恋”式书写中，准确地引申出一个词：虚无。欲望的力量虽然强大，却敌不过虚无。正是这种虚无感反过来让她只能耽于兽性般的欲望，甚至产生了那种毁坏一切的意识。当然，这同样也与古代女子那囚禁般的家庭生活不无关系：有多少大家宅院，就有多少“阁楼上的疯女人”。潘金莲最后在床上以性爱的方式害死西门庆，也与后者整天在外花天酒地颇有关系。表面上，他还能不停地寻得新欢，而实际上却早已虚弱不堪，只能靠春药和工具来让他的女人得到满足，而最后也死于春药和潘金莲对于性的丧失理智的索取。在《围墙》中，朱朱写道：“我（潘金莲）是/嗜睡的、失眠的、每到黄昏就心悸/贵妇。我是整日站在门帘下的妓女。”接着他笔锋一转：

> 我有母马的臀部，足以碾死
> 每个不餍足的男人，哦，我是多么
> 小心地用岩层般的裙褶掩盖这件事——
> 我是死火山，活火山和休眠火山。[1]

这里朱朱用他一向优美的笔法刻画了这个女人的欲望的恐怖力量，这种优美与恐怖构成奇妙的反讽，夹带死亡意志的欲望正是这个反讽的来源。《金瓶梅》中一个难以索解的谜题就是，潘金莲为何要折磨死西门庆这个唯一的依靠（甚至不无蓄意的成分），而且是她

[1] 朱朱：《清河县》（第二部），《五大道的冬天》，上海：华东师范大学出版社2017年版，第146—147页。

之前用谋杀的方式换来的“依靠”？考虑到西门庆一死，她以及其余妾妇很快就被月娘摆上货架这一点，她这个做法几乎等于自杀。《金瓶梅》既是一篇包含着诸多自相矛盾的、未完成的小说，又可以说是一座包含着纷繁复杂的“曲径”的文本迷宫，是一座“天然的富矿”，很容易招引博尔赫斯式的对现有文本的“再次写作”。而朱朱也给《金瓶梅》中诸多难以索解的谜题之一指引了一条“理解”的通道：它由“西门庆之死”这件形而上学事件看到了潘金莲的欲望的深渊般的力量，它超于精明的算计和自我保护，有时甚至直接引向自我毁灭：

我想要死得像一座悬崖，
即使倒塌也骑跨深渊里的一切！
我想要一种最辗转的生活：
凌迟！每一刀都将剜除的疼

和恐惧还给我的血肉，
将点燃的引信还给心跳，将
僵冷的标本还给最后那个瞬间
它沿无数个方向的奔跑——

——《围墙》[1]

与《水浒传》和《金瓶梅》中潘金莲的死法相比，这几乎是她

[1] 朱朱：《清河县》（第二部），《五大道的冬天》，上海：华东师范大学出版社2017年版，第153页。

所能享有的最好的死法了。在初次读到这些诗句时，我几乎被这些豪迈、辉煌的诗句吓了一跳，这是朱朱的写法吗？朱朱的文笔一向温和、克制，批评界也乐于给他贴上“江南 style”的标签。上面这样的文笔极少在朱朱诗歌中出现，在我们印象中，只有在《月亮上的新泽西》偶尔一见：“无人赋予使命，深夜/我梦见自己一脚跨过太平洋，/重回烈火浓烟的疆场，/填放着弓弩，继续射杀那些毒太阳。”[1]即便如此，他也不忘提醒一下读者这是“梦见”，仿佛怕自己的豪言壮语冒犯了读者一样。《清河县》里这个“要死得像一座悬崖”的潘金莲可以说是朱朱偶尔“梦见”之“我”的进一步实现。

一向奉行“克制”和“自我放逐”的朱朱居然在潘金莲这个“他人”之“自我”身上弹出了最强音，这是一个有趣的反讽，而又是一个合理的事实。朱朱说：“成为他者，无疑是我们永生的渴求之一，文学中‘我’的使用即一种出自单方意愿的双向运动，在他者的面孔上激起一个属于我的涟漪，自我的意识因而得以净化。”[2]这个他者面孔上的“涟漪”并非是简单的自我“镜像”，而是自我“经过”他人时激发出来的新的东西，这既包括新的心理内容，也包括新的语言因素和造语方式。一个很明显的现象是，在朱朱那些叙事诗中，出现了很多他一般不会使用的词汇和语气。有时，甚至连节奏感也有所不同，比如其中的《浣溪沙》这首诗，其中的节奏就明显较为急促，多用重复与排比，与朱朱诗歌常见的那种优雅、从容的语速相比明显加快。因此，“成为他人”作为一种写作伦理既是一

---

[1] 朱朱：《清河县》（第二部），《五大道的冬天》，上海：华东师范大学出版社2017年版，第58页。

[2] 朱朱、木朵：《杜鹃的啼哭已经够久了——朱朱访谈录》，第212页。

种心理状态，也是一种语言状态。至少对于写作而言，“成为他人”意味着更多的丰度与可能性，抵达“自我”原本所不愿意到达之处。

三

这也使得朱朱实际上成为一个偏离当代汉诗的自我中心——抒情传统路径最远的诗人。虽然，自兰波以来，就有“我是他人”的宣言，但是这并没有将现代诗的主流引向伦理与语言意义上的“他人”，这只是更深地潜入“自我”的另一种说法。莎士比亚与弥尔顿时代那种大容量、宏大的剧诗与史诗时代仿佛一去不复返了，现代诗歌放弃叙事以及戏剧功能也是一个显而易见的潮流，当然，其中还有社会变迁以及文体关系变化等多方面的因素，非本书所能详述[1]。虽然，最近二十年的当代汉诗的一个显而易见的倾向就是转向“叙事”，也确实出现了一批颇有特色的文本。但是，不得不承认的是，在这些诗歌中，那种促狭的文人趣味以及自我中心依然阴魂不散。朱朱意识到此中的危险与陷阱：“也许你戴上他人的面具时，反而要多出一重困难，那就是你在语调上必须成为他人，你的理解力、想象力和情感必须与之交融，而非简单地折射你自己。”[2]这些话对于十九世纪以来的小说家、戏剧家而言本来是常识，不过当代汉语诗人却很少实现这一点。语言与心理意识上的“个性”本来是他们安身立命的东西，放弃起来也就显得格外困难。在一定程度上，

[1] 在这个问题上，爱伦·坡的《诗歌原理》和奥登的《〈牛津轻体诗选〉导言》是两篇非常有启发价值的文章。

[2] 朱朱、木朵：《杜鹃的啼哭已经够久了——朱朱访谈录》，《诗探索》2004年秋冬卷，第212页。

丰富、大体量的“叙事”不可避免地要求诗人对自己的“个性”进行巨大的牺牲，乃至“施暴”。然而，它又不完全是彻底抹除“自我”，它只是在“自我”的“在”与“不在”之间滑翔：

在所有的路线中我发展了
自我放逐，那多么不够，
还需要回来，一次次地回来——
确曾在某个春日或者夏日的午后，
当一阵风吹动整条街的窗帘，
我看见过生活的全部色彩。

——《读〈米格尔大街〉》[1]

有意思的是，朱朱的“回到自我”的念头正是在一首与“他人”对话的“互文性”写作中产生的。看来，在“成为他人”与“成为自己”之间有一种内在的共生关系。任何写作，包括朱朱的写作，自我始终是一个无法摆脱的起点。若无法牢牢占据自我，也无法充分地“成为他人”，就像艾略特在《传统与个人才能》文中所说的那句颇为吊诡而又不无道理的话一样：“诗不是放纵感情，而是逃避感情，不是表现个性，而是逃避个性。自然，只有有个性和感情的人才知道要逃避这种东西是什么意义。”[2]

“成为他人”之所以是必要的，是因为自我的表达（抒情）不管

[1] 朱朱：《五大道的冬天》，华东师范大学出版社 2017 年版，第 31 页。
[2] ［英］T. S. 艾略特：《传统与个人才能》（卞之琳译），《艾略特诗学文集》，王恩衷编译，北京：国际文化出版公司 1989 年版，第 8 页。

如何地具有“个性”，如何微妙与精细，它的广度与容量总归是有限的；尤其在心理与语言上，它容易陷入一种模式化的状态，很多成功的当代诗人在写作后期多少都遭遇到这个写作的瓶颈。另外，过于满足自我的经验也让诗的语言丧失与已有的经典充分“对话”的机会，因而失去了一种扩张自我的可能性。而朱朱的《鲁滨逊》《清河县》《马可·波罗眼中的中国》等诗的成功也在于此，它们在伦理和语言上都更为克制（自我）和宽容（他人），能容纳更多的他人经验和相应的表达式，并形成有趣的反讽性和丰富的张力。概言之，朱朱这样的“跨界”写作是一个给当代汉诗做“加法”的突破。从汉语诗歌史的语境来看，这种对自我的“施暴”也可以看作是当代汉诗对自身的一次“施暴”，在“成为他人”的过程中实现了更饱满的质地和更丰富的可能性，由此进一步引发的内在裂变是可以展望的。

后　记

编入这本小书里的十几篇文章是我过去十几年在几个研究方向中工作成果的一个缩影。三辑分别对应着三个方向：一是论“九叶”诗人；二是论新诗的“音乐性”；三是论当代诗歌的语言与伦理问题。在这三个方向之外，我也写过一些别的文章，不过大都散乱不成系统，就不收进来挤占篇幅了。

第一辑《论“九叶”诗人》，是我读研究生期间（2006—2012）的研究课题。这几篇文章都与我博士论文题目有关，这一时期我作的主要是一种“还原式”的学术研究，力图还原这些诗人的真实状态，从诗歌的语言策略与历史的关联的角度为其定位，并力图进行一些理论的“去魅”，比如过去八九十年代学界对“九叶”诗人所进行的某些不太恰当的命名。另外，我也试图去挖掘这些诗人之写作的“当下性”，而不仅仅把他们视作一串文学“功德簿”上的僵死的名字。在谈“历史关联”时，我们发现，与具体诗人所“关联”的历史绝非铁板一块，每个诗人所感受到“历史”都是如此的各自有别，甚至像“九叶”诗人这样的同时代诗人之间也不例外，各自的历史感知和书写历史的方式有鲜明的差异。“历史”像是一大片土地，从不同地块长出的树又是如此的不同。因此，“历史”也不是“决定论式”的存在，它是写作的出发点（之一），但绝非终点，终点往往是人各有别的，何况出发点本身也在不停漂移。因此，所谓“反映现实”是一个前提与推理都不可靠的命题。此外，在方法论上我们特别强调的是诗人、批评家 T. S. 艾略特所谓的“历史意识”，它“既是对于永久的意识，也是对于暂时的意识，也是对于永久和暂时的合起来的意识”，这个“历史意识”其实不是指我们平常所说的“历史观”或者“历史性”，而有点接近古人所谓的“常”与“变”的关系。进化论式的史观已经根深蒂固地植入我们的文学史书写中，似乎文学发展像是芯片更新换代似的，不停推陈出新、技术换代。然而这并非是全部的事实，而更多是现代性所造成的“神话”或者“陷阱”，对于写作者而言更是一个相当有害的圈套，因为只知求“新”求“变”往往会新无可新、变无可变，反得其“旧”。相反，“历史意识”实则是认识到一种文学乃至文化的“共时体”的存在，常与变并非只是简单的取代与更替关系，若不知“常”，亦难以知“变”。

第二辑《论新诗的“音乐性”》是最近十余年来（2011—2022）我在新诗的“声音”或者“音乐性”上的一些论述的节选。在我看来，“声情”或者“音乐性”维度的薄弱是当代新诗研究以及批评的一大缺憾。虽然零星的探索还偶或出现，但是系统性的理论突破与范式更新仍是一个有待完成的任务。在这十余年的探索之中，我从一些具体问题的讨论起步，逐渐涉及到对整体意义上的诗律学的反思。我对新诗“音乐性”的思考已经发生了不小的变化，从早年对“韵律”感和重复、对称的强调，到近五年来对新诗声音中更细微、变化莫测的一些细节的关注，比如停顿、分行、标点、语调变化等，从早年对“音乐结构”的挖掘到后来对很多“非结构”性因素的强调，也在尝试突破自己的“自我设限”。之所以要进行这些突围，是因为我发现汉语诗律学或者说韵律学（prosody）在当代几乎完全与新诗创作实践脱轨。在现代诗歌中，分行、停顿、标点等形式的作用已经很难在传统诗律学的框架下讨论，它们很少是用来制造整齐的节奏感或者所谓和谐、悦耳的“音乐性”的，而是变成了诗之时间性、“肌理”乃至意义的关键（参考书中的《论新诗节奏的速度、停顿以及起伏》）。在这方面，目前笔者所见最有说服力、也最为深刻的论述是伽达默尔对策兰《呼吸结晶》这组诗中的分行、停顿等细节的分析，还有海伦·文德勒对于格雷厄姆诗歌分行以及长度的分析，他们出色地展现了，诗的分行、节奏是如何与文本的整体脉络和意义融为一体的，而不仅仅是一个声音或者节奏层面的现象[1]。它们或许也会为汉语学界如何处理诗歌的语言细节问题带来深远的影响。

因此，摆在我们面前的选择是，要么把分行、停顿、标点等形式排除于诗律学之外，要么对诗律学本身的范围乃至方法论进行急剧的更新——这有可能导致这门学科丧失边界乃至意义——变成一门关涉到诗歌文本之整体性的学问，至少是从时间的角度理解这一整体性的学问。过去的诗律学似乎倾向于将自身定义为一门规范性的学科——其核心是如何定义“节奏”以及如何评判“好的”（和谐的）节奏——它在对规则与结构的沉迷中丧失了进入现代诗歌之内

---

[1] ［德］汉斯-格奥尔格·伽达默尔、保罗·策兰：《谁是我，谁是你》，陈早译，上海文艺出版社 2023 年版；［美］海伦·文德勒：《打破风格》，李博婷译，广西人民出版社 2020 年版。

核与肌理的意愿和能力，而又因固守“声音”这一维度而在诗歌意义的理解中自我设限，因此退化为一门漠视诗之动力机制的机械的修辞学，这是它在当代陷于停滞状态的根源。十余年来，我一直在有些冒进地建构一些“理论”和方法，比如十余年前的“非格律韵律”到最近的节奏的“多层次”与“集群”理念、分行与诗之时间性的关联等，目的无非是让过去稍显停滞的“韵律学”或者“诗律学”进行“自我调整”，以求能够重新触及到诗人写作的内在“动力”以及意义的“内核”，而不是停留在对旧有格律范式的迷恋以及对当下灵动、丰富的写作状况的“全盘否定”式批判之中。辑中几篇文章只是一个“剪影”，更为系统的论述将在我即出的《新诗节奏研究》中呈现给读者。

第三辑《论当代诗歌的语言与伦理》，是我最近几年在当代诗歌批评领域的一些探索，这里所谓的“语言与伦理”，并不是要给诗人的写作加上一套道德律条的紧箍咒，不是指如何让诗人遵纪守法，惩恶扬善，做一个“好人”；而更多指向“语言中的伦理”。辑中文章卑之无甚高论，无非是在说一条常识，即语言的发生与创造并不是一个仅仅与自身相关的孤立的“定点”，而是一项涉及到自我与他人、他物之关系的“动势”[1]——这里的“关系”更多是认知意义上的，而非“人际关系”“搞关系”意义上的“关系”——因此，在某种意义上来说，“他人”与“他物”的存在，便是语言更新的开始；而“他人”与“他物”，都是深不可测而动向未知的，需要持续的探索才能略知一二。讨论这个问题主要是源于对先锋诗歌中的过度膨

[1] “定点”“动势”二词参考：骆一禾：《美神》，《骆一禾诗全编》，张玞编，上海三联书店1997年版，第839页。

胀的“自我中心主义”的观察与反思。当然，这并不是在生硬地划分“有伦理”的写作和“无伦理”的写作，在现实中不存在这种截然的对立。哪怕最“自我中心主义”的写作，也无一例外地处于前述的“关系”和“动势”当中，只是写作者往往处其“动”而不自觉，误以为是凝固的“定点”，因而也就容易自设牢笼，刻舟求剑。简言之，语言往往是“伦理中的语言”，借用列维纳斯的话并偷换几个字来说：真正意义上的语言是能够容忍“他（人）”或“他（物）”从它面前通过的语言。

以上是我对三辑文章所作的一点说明与“补白”，这些“补白”有的仅仅是对文中观点的引申，有的则是把书中未明确交代的问题补充一下，读者自可当作王婆卖瓜者的“抢白”，评判的权力依然只在读者手里。辑中文章有的已经收于笔者过去的《在语言之内航行：论新诗韵律及其他》等书，由于它们印数有限，现在已经不好买到，因此就再行收入此书。辑中文章基本保留了发表时的原样，一般不作大的改动，由于时间跨度颇大，或有前后不一致之处，尚请读者谅解。